As Crônicas de Mitrin

A Lenda das 7 Runas

L. R. LUCIANI

Autor: Lucas Luciani
Título: As Crônicas de Mitrin: A Lenda das 5 Runas
Local de Publicação: Campinas/SP
Editora: Editora de Outro Mundo
Ano de Publicação: 2024
Edição: 1ª edição
Número de Páginas: 246 páginas
ISBN: 978-65-00-90312-6
Assuntos: Fantasia, Mitologia

Dedico este livro à escritora Heloisa Prieto, com quem tive o prazer de me conectar em 2014 durante uma palestra na FIESP. Naquele dia, após ser premiado em um concurso de poesia, tive a oportunidade de conversar com Heloisa. Sua abordagem acolhedora e conselhos perspicazes abriram meus olhos para o mundo da escrita de uma maneira que nunca esquecerei.

O processo de criação deste livro começou em 2012 e atravessou doze anos de aprendizado, crescimento e descobertas.

Carta do Autor

Desde quando um livro leva 12 anos para ficar pronto? Parece que quanto mais tempo demora para publicar, maior é a tensão de quem escreve, com o medo de ser apenas mais um livro esquecido na biblioteca.

No final, é parte da diversão, a expectativa de uma obra que traduza tudo o que você gosta, e que seja a grande obra que você deixará para o mundo.

Em 12 anos, o livro mudou tanto que, provavelmente, se eu lesse a primeira versão, acharia desrespeitoso comigo mesmo.

Mas no fim, toda vez que leio este livro, fico encantado com a história. Minha missão foi apenas colocá-la no mundo, e espero ansiosamente ver ele florescer.

Te vejo em Mitrin....

L. R. Luciani

SUMÁRIO

CAPÍTULO 1 - PROMESSAS

A influência dos deuses é sentida em todos os aspectos da vida em Mitrin. Desde o clima até a sorte em batalhas, tudo pode ser influenciado pelos caprichos divinos. Eles podem escolher abençoar ou amaldiçoar uma pessoa ou um grupo de pessoas, e essa decisão pode mudar o curso de suas vidas para sempre.

Mas a relação entre deuses e mortais nem sempre é simples. Aqueles que são abençoados pelos deuses podem se sentir gratos e honrados, mas também podem atrair inveja e ressentimento dos outros. Aqueles que são amaldiçoados podem se sentir desesperados e abandonados, mas também podem encontrar força e coragem para enfrentar seus desafios.

Além disso, nem todos os deuses são iguais em poder e importância. Alguns são mais benevolentes e populares entre os mortais, enquanto outros são temidos e evitados. Alguns deuses têm templos grandiosos e sacerdotes dedicados, enquanto outros são cultuados apenas em rituais simples e privados.

Mas, mesmo com todas essas diferenças, há algo que todos os deuses de Mitrin têm em comum: a sua imortalidade. Eles são seres eternos, que vivem além do tempo e do espaço, observando a história de Mitrin se desenrolar diante deles. Eles podem testemunhar o nascimento e a morte de civilizações inteiras, e ainda assim permanecer inalterados.

No entanto, mesmo com todo o seu poder e imortalidade, os deuses de Mitrin não são invencíveis. Eles podem ser feridos, enfraquecidos e até mesmo mortos por outras divindades ou por mortais muito habilidosos e corajosos. E, quando um deus é morto, isso pode ter consequências catastróficas para o equilíbrio do universo.

Os deuses de Mitrin são seres complexos e fascinantes, que têm um papel crucial na vida dos mortais. Eles podem ser imprevisíveis, poderosos e influentes, mas também podem ser frágeis e vulneráveis. Com todo o impacto que os deuses têm na vida cotidiana, é claro que, em Mitrin, a crença neles é mais do que uma questão de fé - é uma realidade palpável que molda o destino de todos os seus habitantes.

Quando se trata dos deuses de Mitrin, suas ações podem ser tão misteriosas quanto poderosas. Eles podem aparecer em momentos de desespero, como uma luz no fim do túnel, ou podem escolher permanecer ocultos, observando silenciosamente enquanto os mortais lutam para sobreviver.

Eu tive um encontro com um dos deuses em meio às ruínas de uma vila devastada. Neste cenário devastador, eu vivi minha própria experiência com os deuses. Enquanto testemunhava as cinzas das explosões e o fogo que consumia tudo ao meu redor, meu corpo envolto em dor, minhas lágrimas embaçavam minha visão.

Foi então que eu ouvi uma voz, não deste mundo, mas que falava com uma clareza cristalina, era a voz de um Deus... um ser tão poderoso que me fez sentir pequeno e insignificante em sua presença. Ele se apresentou como Amorim, um dos deuses de Mitrin, e me ofereceu uma chance de mudar o curso da minha vida.

- Eu sei que pode parecer impossível, mas eu preciso que vocês acreditem em mim e no poder que têm dentro de vocês. Eu prometo que, se vocês fizerem o que eu pedir, eu trarei a vida de volta para aqueles que vocês perderam e farei justiça com aqueles que causaram tanto sofrimento. Mas se vocês não puderem ou não quiserem me ajudar, então não haverá nada que eu possa fazer para ajudá-los. A escolha é sua, mas lembre-se: a vida das pessoas que você ama está em jogo. - Ele disse

Fiquei surpresa com sua proposta, mas também senti uma sensação de esperança brotar em meu peito. Pela primeira vez desde que tudo havia acontecido, eu senti que poderia fazer algo para mudar as coisas. Amorim me disse que tudo o que eu precisasse seria encontrado ao longo do caminho, mas que o sucesso da missão dependia da minha coragem e determinação.

Embora soubesse que não seria uma tarefa fácil, com a promessa de Amorim e a sua bênção, eu senti que poderia enfrentar qualquer desafio. Com uma sensação de propósito renovada, eu me preparei para seguir em frente, pronta para enfrentar o que quer que o destino me reservava.

Enquanto os ventos fortes sopravam ao meu redor, levantando poeira e cinzas dos escombros, eu olhava para o horizonte em busca de qualquer sinal de vida. Mas não havia nada além do silêncio ensurdecedor que preenchia o ar. Eu estava sozinho, cercado por destroços e corpos sem vida. A sensação de solidão era avassaladora, e eu sentia um vazio no peito que não conseguia explicar.

Minha mente ainda tentava processar tudo o que havia acontecido, como uma chuva de lembranças que caía sobre mim. Lembrei-me da minha infância naquela vila, das brincadeiras com meus amigos e das tardes ensolaradas na praça principal. Lembrei-me do sorriso de minha mãe e do perfume das flores que ela plantava em nosso jardim. Lembrei-me de minha namorada, cujos olhos brilhavam como estrelas no céu noturno.

Mas tudo aquilo havia desaparecido, transformado em cinzas e poeira. Eu não conseguia acreditar que tudo o que eu havia conhecido e amado havia sido destruído em um piscar de olhos. Eu me sentia perdido e sem rumo, sem saber para onde ir ou o que fazer.

Naquela hora, me peguei refletindo sobre a mensagem de Amorim. Foi então que suas palavras voltaram à minha mente: "Vocês". A palavra que havia me confortado antes agora ressoava em minha cabeça como um eco vazio. Quem eram "vocês"? Será que havia mais alguém vivo além de mim?

Eu comecei a caminhar pelos escombros, procurando por qualquer sinal de vida. Meus pés afundavam na poeira e nos destroços, e eu me sentia como se estivesse andando em um mundo que havia deixado de existir.

Correndo por entre as ruínas da vila, eu estava em busca de qualquer sinal de vida que pudesse encontrar. De repente, vi uma figura surgir à distância, uma garota que parecia ter minha idade. Corri na direção dela, mas quando cheguei, ela havia desaparecido como um vulto. Frustrado, comecei a procurar novamente e foi então que vi algo ainda mais surpreendente. No horizonte, um homem se levantava, mancando. Parecia estar sofrendo muito, mas não podia acreditar no que via. Era meu irmão, Tom! Não podia acreditar que ele estava vivo! Corri até ele com lágrimas nos olhos e abracei-o com todas as minhas forças. Quando tentei dizer alguma coisa, ele me olhou com determinação e disse:

- Vamos irmão, não temos tempo para chorar. Precisamos procurar mantimentos, roupas, coisas para passar o final do inverno. Talvez tenha sobrado algo nestes destroços. Não vou aceitar isso como uma derrota. Vamos fazer o que Amorim falou. Tem uma caverna a poucas horas daqui, onde o pai me levava para passar a noite quando ele me ensinava a caçar. É um ótimo lugar para ficarmos. Não podemos ficar aqui e esperar que algo aconteça novamente. Então, quando começar a primavera, iniciaremos nossa jornada.

Fiquei emocionado ao ouvir a voz do meu irmão novamente. Ele estava vivo e tinha um plano para sobrevivermos. Não havia mais tempo para lamentos. Tom estava certo, precisávamos agir. Juntos, partimos em busca de suprimentos e de um lugar seguro para ficarmos até a primavera. O destino era incerto, mas com meu irmão ao meu lado, tudo parecia mais suportável.

CAPÍTULO 2 - A JORNADA DOS PERDIDOS

PARTE I: CADA TEMPO DE UMA VEZ

Os anos haviam passado com velocidade crescente, tempo naquele instante encontrava-se talvez por volta do ano C-398 e a história de Mitrin desdobrava-se em um labirinto de lendas e mistério. Aqueles que tentavam entender o tempo e a sua existência em Mitrin se deparavam com a imensidão da terra, que parecia ter sido forjada por deuses que brincavam com a mente humana.

A busca por mudanças era algo que já não se via com tanta frequência como antes. A confusão espalhava-se e tomava conta da mente de muitos, sem deixar claro o motivo de a realidade ter passado por tantos colapsos nas sequências anteriores. A terra parecia ter sido tocada por uma magia incompreensível, que afetava tudo ao seu redor e desafiava quaisquer tentativas de explicação lógica.

As montanhas de Neo foram amaldiçoadas a conviverem com um vulcão de água fervente, ou seja, sempre após o inverno começava a fluir águas em temperaturas absurdas. Todo aquele gelo que preenchia a montanha transformava-se em uma grande camada de vidro fina e espelhada, algo totalmente lindo, o problema era enxergar a montanha nos primeiros dias, pois havia muito reflexo do vidro. Os primeiros dias davam a impressão que a montanha havia simplesmente desaparecido. Ao passar do tempo, aquele vidro começava a se quebrar, e tudo voltava ao normal.

A caverna em que eu me encontrava era escura e úmida, e o cheiro de cinzas da fogueira já apagada permaneciam no ar.

A luz do sol ainda não havia chegado ao seu ponto mais alto no céu, mas eu já sabia que a Primavera havia chegado, pois a montanha Neo havia desaparecido. Essa era uma das muitas tradições de nossa antiga vila, e um sinal para começar uma nova jornada.

Tom, meu irmão mais velho, apareceu de repente do nada e me acordou de meus pensamentos. Eu podia sentir a ansiedade em sua voz quando ele disse que era hora de partir. Eu me levantei, ainda sonolento, e perguntei qual era o plano.

Ele me explicou que ouviu falar de uma cidade a leste de nossa localização e que essa poderia ser a melhor opção para nossa jornada. Ele nunca tinha estado lá antes, mas sua ex-sogra costumava levantar produtos para lá, então ele sabia da existência.

Antes de partirmos, Tom sugeriu que voltássemos à nossa antiga vila para ver se ainda havia mantimentos que pudéssemos pegar.

- Você tem certeza que devemos fazer isso? - perguntei a Tom

Não temos escolha, irmão - ele respondeu com um tom determinado. - Se ficarmos aqui, vamos morrer. Se sairmos em busca de respostas, temos uma chance de sobreviver.

Suspirei e acariciei o pescoço de Rikki. Ele relinchou, como se entendesse nossas preocupações. Montei no cavalo com cuidado, sabendo que ele podia ser imprevisível. Tom me observava com um sorriso no rosto, como se soubesse que eu estava com medo.

Não se preocupe, irmão - ele disse. - Vamos juntos, sempre.

Parecia uma ideia sensata, então eu concordei. Saímos da caverna e começamos a cavalgar em direção à nossa antiga casa, na esperança de encontrar algo útil para nossa jornada.

O ambiente estava pesado e desanimador, com um ar de incerteza pairando sobre nós. Nós estávamos perdidos em meio ao caos e à confusão, sem saber qual caminho seguir ou o que fazer a seguir. As palavras de Amorim ainda ecoavam em minha mente, mas sem um contexto claro, eu me perguntava se tudo não passava de um delírio criado por minha própria mente em meio à crise. No entanto, o fato de que meu irmão também teve a mesma visão me deixava em dúvida. Será que era mesmo possível que tudo não passasse de uma ilusão coletiva?

Pude sentir a tensão no ar. Era como se o mundo estivesse prestes a ruir a qualquer momento. Olhei para Tom, ele tinha um olhar decidido, como se nada pudesse detê-lo. Eu, por outro lado, me sentia inseguro, como se estivéssemos indo em direção ao desconhecido, sem um destino certo.

Com essas palavras, começamos nossa jornada em busca de respostas, montados em nossos cavalos que pareciam ter um destino incerto. Rikki relinchou alto, como se soubesse que sua vida estava prestes a mudar. Olhei para Tom, e sabia que tínhamos que confiar um no outro, pois era tudo que tínhamos

Rikki era um belo animal, de pelo negro e olhos faiscantes, mas seu temperamento era bastante difícil de lidar. Eu precisava estar sempre atento para não perder o controle da situação. Já Asmor, ao contrário, era um cavalo dócil e carinhoso, mas que frequentemente apresentava problemas de saúde, o que nos preocupava bastante.

Sobre os nossos companheiros de viagem, Rikki e Asmor, ainda que não soubéssemos a origem exata dos animais, eu compartilhava da teoria de meu irmão de que eles poderiam ter sido um presente de Amorim de alguma forma, parecia que esses cavalos foram colocados em nosso caminho com um propósito, ainda que não soubéssemos qual era. E a placa com seus nomes, que parecia ter sido feita à mão, apenas aumentava o mistério em torno deles.

Para que você possa entender melhor quem somos eu e meu irmão, deixe-me apresentá-los. Meu irmão é um homem alto e robusto, com cabelos castanhos ondulados que lhe caem nos ombros. A cor dos seus olhos sempre me intrigou, pois eram azulados com pequenos pontos verdes. Enquanto eu, por outro lado, tenho cabelos castanhos escuros e olhos castanhos profundos, que às vezes parecem cinzas.

Desde jovem, meu irmão sempre foi uma pessoa carismática e chamava a atenção de todos ao seu redor. Não importava onde estivéssemos, sempre havia alguém que queria estar perto dele ou ouvir suas histórias.

Meu pai, que não está mais entre nós, era o responsável por treinar meu irmão em caça e combate. Como eu era mais jovem, fui deixado de lado nesses ensinamentos, e só pude começar a aprender com meu irmão mais velho. Tom, como é conhecido, me ensinou tudo o que ele aprendeu com nosso pai. Além disso, desenvolvemos algumas técnicas próprias de luta juntos.

Embora meu irmão fosse mais forte e astuto do que eu, vale ressaltar que eu sempre tive uma velocidade superior em batalhas. Talvez por causa da minha natureza impaciente, sempre buscava uma solução rápida para as coisas. No entanto, juntos formávamos uma boa equipe, cada um usando suas habilidades para ajudar o outro a sobreviver em um mundo tão difícil e imprevisível.

Eu ainda me recordava das palavras que foram ditas por Amorim. Elas haviam se fixado na minha mente como um carrapato insaciável, pronto para sugar todo o meu sangue. Eu estava debilitado e sem forças, sem vontade de sair da caverna. A minha vontade era de morar ali para sempre, mas eu sabia que não podia. Tinha perdido muitas pessoas que amava: minha irmã, minha mãe, além de Mari e Jake.

Assim como eu havia sofrido perdas, meu irmão não havia perdido apenas uma irmã e uma mãe, mas também sua família. Fazia anos que nosso pai havia nos deixado, e eu lembrava que minha mãe sempre dizia que ele havia morrido durante uma viagem. Eu costumava pensar que nada pior poderia acontecer conosco, mas a mudança dos fatos nos revelou o que sempre esteve oculto. Nada havia mudado de verdade, boa parte continuava como antes.

As lembranças do meu pai eram poucas, mas o relógio quebrado de pulso era um tesouro inestimável para mim. Mesmo sem funcionar, eu nunca o tirava do meu braço. O relógio tinha uma pulseira de couro marrom gasto. Eu sempre imaginava como seria quando o meu pai o usava, provavelmente, ele o usava em todas as suas aventuras, e o relógio tinha as marcas da sua vida agitada.

Eu não conseguia me lembrar da última vez que o meu pai o usou, mas a minha mãe, que ainda guardava muitos segredos, disse que ele era um presente da minha avó paterna e que ele nunca deixava de usá-lo. Quando a minha mãe nos deu a notícia da morte do meu pai, ela me entregou uma caixa com o relógio, e disse que ele iria querer que eu o usasse. Desde então, eu nunca mais o tirei do meu pulso.

Eu não sei explicar porque eu era tão apegado ao relógio. Talvez fosse porque ele era uma conexão tangível com o meu pai. Ou talvez, porque o relógio representava a sensação de segurança que eu tinha quando o meu pai estava vivo. O relógio nunca me deixou na mão, mesmo que ele estivesse quebrado. E quando eu o usava, eu sentia como se meu pai estivesse comigo, guiando-me pelos caminhos da vida.

Enquanto cavalgávamos em direção à antiga vila, senti um frio na barriga. Sabia que o que iríamos encontrar seria devastador, mas precisávamos encarar a realidade. Assim que chegamos ao local, a cena que se desdobrou diante de nossos olhos era absolutamente surreal. Nada restava da vila devastada – nem mesmo os escombros e cinzas resultantes da catástrofe. A paisagem estava irreconhecível, como se a vila jamais tivesse existido naquele lugar.

Meu espanto só aumentava, pois já havíamos retornado àquelas ruínas três vezes desde o desastre e, em todas elas, a destruição permanecia intacta, como se o tempo tivesse congelado naquele fatídico dia. No entanto, agora, tudo desaparecera inexplicavelmente, sem deixar vestígios. A situação era angustiante, como se estivéssemos presos em um pesadelo interminável.

Diante de tamanho absurdo, senti um misto de medo e confusão se apoderar de mim. Não havia lógica nem explicação plausível para o que testemunhávamos, e eu me vi lutando para aceitar a realidade que se impunha. A vila que conhecíamos, com suas casas e árvores, havia sido completamente apagada da existência.

Não conseguia acreditar no que meus olhos viam. A paisagem fora drasticamente alterada, como se a realidade tivesse sido transformada em questão de horas. As construções e vegetação que antes marcavam o local agora haviam desaparecido, substituídas apenas por terra, pedras e mato. Tudo parecia diferente, como se fôssemos transportados para um lugar desconhecido e inóspito.

O silêncio e a desolação daquele lugar eram assustadores, e eu sentia um nó na garganta ao pensar em todas as vidas que foram perdidas na tragédia que ali ocorreu. O que antes era um lar para tantas pessoas agora não passava de um vazio inexplicável, como se a própria memória da vila tivesse sido apagada.

Caminhamos pela área onde antes se erguia a vila, tentando compreender o que acontecera e buscando algum indício de como tudo pudera sumir tão repentinamente. A cada passo, a perplexidade aumentava, e eu não conseguia evitar a sensação de que algo sinistro estava por trás daquele fenômeno.

Enquanto observamos o que antes fora um lar e um refúgio para tantos, um arrepio percorreu minha espinha. Será que estávamos sendo observados ou testados por alguma força desconhecida? O que poderia explicar o desaparecimento abrupto de toda uma vila, com sua história e lembranças?

Por um segundo, até pensei que poderíamos estar em um lugar errado, mas então avistei a árvore com as iniciais de N e M e um coração esculpidos em seu tronco. Meu coração acelerou quando percebi que aquela era a nossa vila. Não havia dúvidas, aquele símbolo era uma prova inegável de que estávamos no lugar certo.

Eu olhei para o meu irmão e ele parecia tão perplexo quanto eu. Ele não disse nada, apenas seguiu em frente com seu cavalo, como se soubesse para onde estava indo. Eu o segui em silêncio, ainda tentando processar tudo o que estava acontecendo. A estrada de terra era estreita e sinuosa, com muitas curvas e subidas íngremes. Era difícil manter o equilíbrio no cavalo, mas eu sabia que precisava acompanhar meu irmão.

Enquanto avançávamos pela estrada, comecei a perceber pequenos detalhes que antes haviam escapado da minha atenção. O ar parecia diferente, mais limpo e fresco do que antes. O som dos pássaros era mais alto e melodioso, e o sol parecia brilhar com mais intensidade..

Ei Tom, e se tudo for em vão? - perguntou Nublado, um pouco incerto.

Se na verdade Amorim não conseguir trazer ninguém de volta? - continuou, sua voz carregada de preocupação.

Tom parou seu cavalo e olhou para mim com seriedade. - A minha jornada não é a mesma que a sua, Nublado - respondeu ele. - Eu tinha uma família, uma casa. A Mari estava grávida mas não contamos a ninguém ainda, íamos fazer uma surpresa para vocês.

Fiquei chocado. - Por que não nos contou antes?

Porque não queríamos arruinar a surpresa - disse Tom com um suspiro. - Mas isso não importa agora. O que importa é que precisamos ter fé. Eu não aceito covardes na minha jornada. Então se você quiser voltar atrás e brincar no seu mundo de imaginação, vá em frente. Mas eu continuarei acreditando que Amorim pode trazer nossos entes queridos de volta.

- Poxa Tom, me desculpa, eu não sabia…

O clima ficou pesado, e por isso prometi a mim mesmo ficar calado o restante da viagem…

Desde meus primeiros anos de vida, sempre senti uma desconexão profunda entre eu e os outros habitantes da minha pacata vila - um sentimento que, por mais que eu tentasse, nunca pude compreender completamente.. Cresci cercado de mistérios, confinado em casa, enquanto meu pai se aventurava pelos territórios proibidos. Foi só quando completei 12 anos que descobri que fazia parte de uma casta de renegados em Mitrin, e que jamais teria a oportunidade de escolher meu próprio caminho.

"Porém, minha mãe sempre me dizia: "O que importa é quem o nosso coração diz que nós somos. Eu tentava entender o que ela queria dizer com isso, mas nunca conseguia. Sempre me perguntei se eu era realmente diferente, se havia algo errado comigo, ou se era apenas a vida que não havia me dado as mesmas oportunidades que aos outros.

Enquanto cavalgávamos, eu me distraí observando a paisagem ao redor. As árvores eram tão belas, cada uma com seu jeito único de crescer e florescer. Fiquei maravilhado com a natureza, e me dei conta de que, assim como cada árvore era única, eu também era. Mas como encontrar meu lugar no mundo? Como saber quem eu sou? As perguntas martelavam em minha mente enquanto seguia em silêncio, refletindo sobre o que minha mãe havia me ensinado.

Depois de andarmos por horas, a paisagem ainda parecia a mesma e a incerteza começou a pesar em nossos pensamentos. Não sabíamos se encontraríamos algo que pudesse nos levar ao nosso objetivo. Os cavalos estavam cansados e famintos, o sol já estava se pondo e era arriscado seguir em frente. Decidimos então acampar no primeiro lugar que encontrássemos. Felizmente, avistamos um pequeno lago e algumas árvores ao redor. A vista era reconfortante, mas ainda havia o medo de não sabermos o que poderia surgir naquela noite. Decidimos fazer uma fogueira perto do lago e nos acomodar entre as árvores para não chamarmos a atenção de possíveis perigos. Foi uma noite longa e cansativa, mas pelo menos estávamos seguros por enquanto

Após a decisão de acampar no local, Tom se aproximou do lago com sua faca na mão e começou a observar atentamente a água. Em poucos minutos, ele já estava dentro do lago, nadando com agilidade e destreza, como se estivesse em seu habitat natural. Ele mergulhou algumas vezes, procurando por peixes e, em um movimento rápido, conseguiu pegar um grande peixe com as mãos. Fiquei impressionado com a habilidade dele, nunca tinha visto alguém caçar assim antes.

Tom voltou triunfante para a beira do lago, segurando o peixe com firmeza. Ele o limpou com cuidado e, logo depois, armou uma fogueira com pedras e gravetos. Enquanto ele se ocupava da pesca, eu me responsabilizei por coletar lenha e galhos secos para alimentar o fogo. Em pouco tempo, o aroma do peixe assando invadiu o ar, e a nossa fome começou a se intensificar.

Quando a comida ficou pronta, Tom cortou o peixe em pedaços generosos e nos entregou um pouco para cada um.

À medida que o fogo foi se apagando, só se escutava o som de corujas na escuridão da noite. Decidimos dormir, mas antes Tom se levantou e teve uma ideia. Ele pegou vários galhos secos e jogou em volta do local que iríamos dormir, pois caso algum animal se aproximasse, poderíamos ouvir o som dos galhos quebrando.

Fui o primeiro a tentar dormir e Tom ficou de guarda, sentado perto da fogueira. Olhei para o céu e vi a combinação de estrelas que os antigos chamavam de cruzeiro do sul. Elas estavam bem presentes naquela noite, brilhando como diamantes. A noite passava, as estrelas dançavam e figuras aleatórias apareciam. Vi Amorim, vi meu pai, vi minha mãe, todos estavam ali, sorrindo para mim. E ao fechar meus olhos, escutei um barulho intenso. Era um rugido de leão que ecoou pela floresta.

Ouvi um barulho e abri meus olhos, piscando diversas vezes enquanto a luz suave do amanhecer invadia a floresta. O sol nascia por entre as copas das árvores, criando uma miríade de sombras dançantes no chão coberto de folhas. Meu irmão, Tom, havia adormecido com as costas apoiadas em um tronco robusto, a poucos metros da fogueira que agora jazia como um monte de cinzas frias, testemunha silenciosa da noite anterior.

Frustrado, tentei jogar uma pedra nele para acordá-lo, mas foi em vão. A pedra atingiu o tronco atrás dele com um baque surdo, sem perturbar seu sono profundo, enquanto ele roncava suavemente.

O som que me acordara, um estranho barulho crescente, ficava mais intenso a cada segundo. Conforme se aproximava, era possível ouvir o som de cascos de cavalos galopando a toda velocidade, fazendo com que o coração batesse cada vez mais rápido no peito. Segundos se passaram e, em breve, era possível ouvir o ecoar de várias montarias por perto. O chão tremia sob meus pés com a intensidade das batidas no solo

De repente, entre as árvores da floresta, avistei uma movimentação estranha e o som de cavalos galopando cada vez mais próximo. Rapidamente me escondi atrás de uma pedra grande, espiando cautelosamente para ver o que estava acontecendo. Foi então que avistei um grupo de cerca de 30 homens, todos montados em seus cavalos. Eles pareciam ser soldados de um exército, todos vestidos com uma armadura robusta de metal preta com detalhes em verde.

Meu coração disparou quando percebi que um dos homens se aproximou de Tom, que dormia profundamente perto da fogueira. Eu sabia que precisava agir rápido antes que algo pior acontecesse. Tentei me aproximar devagar, mas estava arriscado demais, já que eles eram muitos e poderiam me ver a qualquer momento.

O líder do grupo, que usava um sobretudo verde e um chapéu com uma pena branca, desceu de seu cavalo e se aproximou de Tom. Ele cutucou meu irmão com a ponta de sua espada, tentando acordá-lo.

Ele acordou assustado e confuso, e olhando em volta, percebeu a presença dos homens que estavam revistando nosso acampamento. Tom parecia estar procurando por mim e quando me viu espiando atrás da pedra, se acalmou um pouco.

- O que está acontecendo aqui? - , perguntou Tom em voz alta, visivelmente preocupado.

Os homens ignoraram sua pergunta e continuaram a vasculhar a área. Eu saí do meu esconderijo, e Tom olhou para mim, sem entender o que estava acontecendo. Eu tentei tranquilizá-lo e disse:

- Tom, vamos ficar calmos e tentar entender o que está acontecendo aqui. Esses homens não parecem estar aqui para brincadeiras.

Tom olhou para mim e parecia entender o perigo da situação. Ele olhou para os homens e, com coragem, perguntou novamente:

- Quem são vocês e o que querem?

O líder do grupo parecia irritado com a pergunta e, sem rodeios, respondeu:

- Não importa quem somos. O que importa é que vocês têm algo que pertence a nós e vamos levá-lo de volta. Onde está?

De repente, um dos guardas segurou meu braço com força e olhou surpreso para o meu dispositivo de pulso. Ele gritou:

- Ele tem o tempo!

O líder do grupo se aproximou de mim, apontando a espada em minha direção.

- Jovem! Não tenho tempo para você, mas eu preciso saber em qual tempo estamos e para onde o tempo aponta. Me dê essa informação ou eu cortarei o seu braço e irei retirar à força este dispositivo que você possui.

Eu estava assustado e sem entender o que estava acontecendo. Eu não sabia o que era o dispositivo que eles estavam falando e muito menos como eu poderia ajudá-los. Mas o líder parecia não acreditar em mim e ameaçou-me novamente com a espada.

Tom, sempre corajoso, se ergueu para me defender. Ele gritou para os homens:

- O que vocês querem afinal? Nós não temos nada que possa ser útil para vocês. Deixe-nos em paz!

O líder, enfurecido, se afastou de mim e se aproximou de Tom, apontando a espada em sua direção.

- Você está ficando louco?! Suponho que não, então volte ao seu lugar! As ordens que eu tenho são de não matar o portador do tempo, mas você... - o líder se aproximou de Tom e colocou a espada em seu pescoço - Você! Eu posso passar a minha espada na garganta a hora que eu quiser.

Eu sabia que não podíamos ficar ali por muito tempo, a situação estava ficando cada vez mais tensa e perigosa. Eu tentei pensar em alguma saída para aquela situação, mas não conseguia encontrar uma solução que pudesse nos salvar.

Assim que o líder ameaçou Tom com a espada, senti meu coração acelerar ainda mais. Olhei para o meu dispositivo de pulso, que estava quebrado e não indicava o tempo correto. Eu sabia que não seria útil para o grupo, mas precisava tentar encontrar uma saída para aquela situação desesperadora.

— O meu dispositivo não funciona, creio que não serei útil! — falei apreensivo, com medo do que poderia acontecer com Tom.

O líder do grupo pareceu frustrado com a minha resposta, mas insistiu em sua pergunta.

— A Sacerdotisa nunca errou, me diga onde está apontando a seta maior e em qual número está a seta menor, e deixaremos vocês em paz — disse ele.

Eu apontei para o sul, para o mesmo lugar que o cruzeiro apontava e a seta menor indicava o número 3.

Todos os guardas começaram a conversar entre si, parecendo surpresos com a minha resposta. O líder do grupo olhou para mim e perguntou novamente, em tom de desconfiança:

— Você tem certeza, jovem?

Eu sentia minha garganta seca e minha mão suando frio. Mas eu sabia que não podia mentir naquela situação. Eu respirei fundo e respondi com convicção:

— Sim, tenho certeza. É isso que o dispositivo indica.

O líder pareceu pensar por alguns instantes, analisando a minha resposta. Depois de um tempo, ele ordenou aos seus homens que se afastassem e montassem em seus cavalos.

— Vamos partir imediatamente para o sul, para o número 3 indicado pelo dispositivo. Mas se isso for uma armadilha, vocês pagarão caro — disse ele, olhando com desconfiança para mim e Tom.

Nós dois nos olhamos, aliviados por termos sido salvos daquela situação, mas ao mesmo tempo apreensivos sobre o que nos esperava no sul, no ponto indicado pelo dispositivo de pulso.

Assim que o líder decidiu partir em direção ao sul, aliviei-me e acenei com a cabeça para confirmar a minha resposta. Ele guardou a espada e montou em seu cavalo. No momento em que estavam saindo, Tom gritou:

— Nós te ajudamos e vocês não vão nos ajudar?!

O líder que estava se preparando para sair, voltou para nossa frente e falou:

— Desculpe, não é assim que as coisas funcionam! Se este jovem não nos ajudasse certamente você estaria morto.

Tom ficou ainda mais irritado com a resposta e gritou:

— Pois bem, tente me matar então!

Eu olhei para meu irmão com uma expressão pálida, sem saber o que ele estava fazendo. Ele era louco e iria acabar matando nós dois. Os homens pareciam estar incomodados com a atitude de Tom, mas eu sabia que ele só estava tentando se defender.

De repente, um dos homens de armadura desceu de seu cavalo e foi em nossa direção. Ele tirou a sua armadura do rosto e revelou que era um senhor. Ele olhou para o Pom e disse:

— Eu acredito que a profecia esta certa! Tome, leve uma lança para você. E uma espada para o menino, é o máximo que podemos dar a vocês, nossos recursos estão escassos e precisamos seguir viagem.

Eu agradeci ao homem e peguei a lança que ele me ofereceu, enquanto Tom pegou a espada. Nós dois nos olhamos, sem saber como utilizar as armas, mas eu sabia que, se precisássemos, teríamos que lutar para nos defender.

Assim que os homens de armadura partiram, deixando-nos com as armas que nos presentearam, eu e Tom ficamos perplexos com o que havia acabado de acontecer. Eu ainda estava tentando entender o porquê de meu irmão ter quase nos matado, mesmo sabendo que estar vivo era a única coisa que ele queria. Além disso, tinha dúvidas sobre o nosso papel como portador do tempo, e qual seria a relação do meu relógio quebrado com tudo isso.

Esses questionamentos embaralhavam minha mente. Eu olhava para as armas que recebemos e me sentia mais seguro, mas ao mesmo tempo, inseguro sobre como usá-las se fosse necessário.

Foi quando Tom me chamou e pediu para que eu desse o relógio para ele. Eu recusei, afirmando que o relógio era um presente para mim e não para ele. Mas Tom, impaciente, pediu para que eu apontasse o local onde o ponteiro indicava. Eu apontei e ele disse:

— É para lá que vamos.

Ao seguirmos as indicações do relógio, Tom e eu nos encontramos diante de uma casa solitária, situada em uma fazenda isolada no meio do nada. A propriedade parecia abandonada, cercada por campos vastos e silenciosos, que conferiam um ar misterioso ao local. Mesmo assim, decidimos prosseguir e explorar o lugar.

Ao nos aproximarmos da casa, notamos que a estrutura parecia antiga e desgastada pelo tempo. A porta de entrada estava entreaberta, convidando-nos a descobrir seus segredos. Com um olhar de cumplicidade, Tom e eu concordamos em prosseguir e adentrar a residência.

Uma vez dentro da casa, percebemos que o ambiente era tão silencioso quanto o exterior. O pó cobria os móveis e o chão, indicando que ninguém havia estado ali por um bom tempo. Apesar da ausência de pessoas, havia uma sensação de que algo importante estava escondido naquelas paredes, esperando para ser descoberto.

Tom e eu decidimos vasculhar a casa em busca de pistas ou informações que pudessem nos ajudar a entender por que o relógio nos trouxera até ali. Com cautela e curiosidade, avançamos pelos cômodos, atentos a qualquer detalhe que pudesse revelar o que estava oculto naquela propriedade aparentemente abandonada.

— Olá, alguém aí? — perguntei, mas ninguém respondeu.

— Não tem ninguém, Nublado. Podemos continuar! — disse Tom.

— Mas é um pouco estranho uma casa no meio do nada, não acha? Talvez seja uma armadilha?

— Duvido muito. Seria bem trabalhoso preparar uma armadilha dessa proporção. Seja o que for, vamos passar a noite aqui.

— Mas irmão, ainda acho que pode ser uma armadilha.

— Não importa! Passaremos a noite aqui. Tudo indica que existe uma vila por perto, já que encontramos uma casa. Bem, para ser claro, encontramos uma fazenda. Então, certamente o dono dela vai até alguma vila vender seus produtos, não acha?

— Pode ser, mas vamos ficar de olhos abertos.

Apesar da minha insegurança, concordei em ficar. A presença daquela fazenda sugeria a existência de uma vila próxima. Talvez o dono da propriedade fosse até lá para vender seus produtos.

A fazenda desabitada era de tamanho modesto e não abrigava animais. No entanto, ao explorarmos a cozinha, Tom e eu encontramos algumas hortaliças frescas, queijos saborosos e uma variedade de temperos. Parecia que, apesar do abandono, a fazenda ainda nos proporcionava recursos para uma refeição decente.

Naquela noite, Tom e eu preparamos um jantar saboroso com os ingredientes encontrados. Com os estômagos cheios de fome após um longo dia, a comida simples parecia um verdadeiro banquete aos nossos olhos. Sentamos à mesa da cozinha, apreciando cada garfada e agradecendo pela oportunidade de desfrutar de uma refeição quente.

Além da comida, a fazenda também nos oferecia abrigo. Após o jantar, Tom e eu decidimos passar a noite ali, aproveitando a segurança e o conforto que a casa proporcionava. Acomodamo-nos em quartos separados, cada um com uma cama modesta, mas acolhedora.

Enquanto nos preparávamos para dormir, não pudemos deixar de agradecer pela sorte que tivemos em encontrar a fazenda. Embora estivesse vazia e abandonada, a propriedade nos proporcionava tudo o que precisávamos naquele momento: comida, abrigo e um lugar para descansar antes de continuarmos nossa jornada no dia seguinte.

Dormimos de barriga cheia, prontos e esperançosos para a jornada do dia seguinte.

Dormi aquela noite maravilhosa em uma cama confortável, algo que eu não experimentava há muito tempo. Naquele momento, pude perceber o quanto um simples conforto pode ser importante, especialmente em situações de perigo e incerteza. Eu não queria mais sair daquela casa, pois ela parecia ser um lugar seguro.

A cama em que dormi era feita com tecidos de qualidade, e o travesseiro me fez sonhar com um cafuné que somente minha mãe sabia fazer. Foi uma noite de sono tranquila e reparadora.

No entanto, algo inesperado aconteceu no meio da noite que desafiou a minha capacidade de distinguir entre o que era real e o que era apenas um sonho. Acordei com sede, sentindo a boca seca e um leve desconforto na garganta. Decidi me levantar e ir até a cozinha pegar um copo de água para aliviar a sede.

Cheguei à cozinha e abri o galão de água, mas para minha surpresa, estava completamente vazio. Olhei pela janela e avistei um poço do lado de fora da casa, e decidi ir até lá para pegar água fresca e, quem sabe, aproveitar para admirar a lua e o céu estrelado.

A lua estava incrível naquela noite, tão brilhante e luminosa que eu pude caminhar pelo terreno da fazenda sem a necessidade de luzes ou lanternas. A luz prateada e avermelhada banhava a paisagem, criando sombras e contrastes que realçavam a beleza do lugar. Fui até o poço, peguei um balde e o inseri dentro dele, esperando ouvir o som da água enchendo o recipiente.

No entanto, ao puxar o balde de volta à superfície, percebi que a água estava tingida de um tom vermelho, possivelmente devido ao reflexo da lua vermelha, típica desta estação. O efeito era ao mesmo tempo belo e inquietante, e fiquei ali por um momento, observando a água antes de decidir levá-la de volta para a casa.

Caminhei de volta à casa, o balde de água vermelha nas mãos, e não pude deixar de sentir uma estranha sensação de desconexão. O mundo ao meu redor parecia ao mesmo tempo familiar e totalmente desconhecido, como se eu tivesse sido transportado para uma realidade alternativa ou um sonho vívido.

Ao retornar à cozinha, coloquei o balde na pia e peguei um copo, pronto para saciar minha sede. Ainda me perguntava se o que estava vivenciando era real ou apenas um sonho, mas de alguma forma, aquela experiência noturna parecia intensificar a beleza e o mistério da fazenda abandonada.

Ao chegar na cozinha, derrubei o copo no chão enquanto tentava colocar a água nele, e foi quando acordei. Achei tudo muito estranho e não conseguia discernir se aquilo tudo foi um sonho ou se realmente havia acontecido

A Lua havia finalizado a transição, retornando à sua tonalidade branca e brilhante no céu noturno. Seu brilho iluminava a escuridão, criando um cenário sereno e encantador. Porém, ao olhar para baixo, a visão era completamente diferente do que se esperava. Em vez do chão comum, havia uma superfície vermelha e molhada.

A substância vermelha era uma mistura assustadora de sangue e água, que escorria pelo chão de madeira e se infiltrava nas frestas. Cada gota que caía produzia um som metálico, um som sinistro que ecoava no silêncio da noite, criando uma atmosfera inquietante e ameaçadora.

Sem saber o que esperar, mas com o coração acelerado e as mãos trêmulas, segurei firmemente minha espada e decidi investigar a origem daquela estranha mistura. Com cautela, abri um buraco na madeira do chão para ver o que havia debaixo dela. O que encontrei me fez tremer de medo e espanto, fazendo meu sangue gelar nas veias.

Metade do porão estava coberto de corpos mortos, amontoados uns sobre os outros em uma macabra pilha de carne e ossos. A cena era grotesca e perturbadora, e eu me esforcei para manter a calma e não sucumbir ao pavor que tentava me dominar.

Era difícil saber quantos corpos havia ali, mas certamente eram muitos. O estado de decomposição variava, sugerindo que aquilo era resultado de um longo período de tempo. Aquele lugar, que outrora parecia um refúgio seguro, agora se revelava um verdadeiro pesadelo.

Senti um misto de náusea e indignação, e meu corpo parecia prestes a desabar sob o peso daquela descoberta macabra. No entanto, sabia que precisava manter a sanidade e buscar respostas. Quem, ou o quê, era responsável por aquele horror, e como eu poderia enfrentá-lo? A noite, que antes parecia tão calma e convidativa, agora era um cenário de terror e mistério.

Tom acordou com o barulho que eu havia feito com a espada e veio correndo para a cozinha pensando que estava acontecendo algo

- O que está acontecendo? Mal chegamos e já vamos destruir a casa do nosso hóspede?

Eu tirei os meus olhos dos corpos, olhei com bastante frio no olhar e uma vontade de vomitar pelo o que eu tinha visto e falei: - Acredito que nosso hóspede não vai se importar com o buraco que fizemos, porque pode ser que ele esteja aqui embaixo.

Mas a grande questão era: quem fez isso? Quem poderia ser tão cruel e sanguinário a ponto de deixar aquela cena macabra? A resposta me assustava mais do que qualquer outra coisa. Havia algo muito sombrio e aterrador acontecendo ali, algo que eu não estava preparado para enfrentar.

Tom olhou para mim com uma expressão de medo no rosto. Eu não podia culpá-lo, pois eu mesmo estava apavorado. Senti um nó em minha garganta e, com dificuldade, consegui falar:

Tom, nós precisamos sair daqui agora. Há algo muito estranho acontecendo nesta casa, algo que está além da nossa compreensão. Vamos embora antes que seja tarde demais.

Tom olhou com atenção para o balcão e seus olhos brilharam ao encontrar uma carta com um envelope amarelado com a escrita "Para Bill". Com cuidado, ele abriu a carta e começou a ler em voz alta. A mensagem era de um homem chamado Charlie, que havia encomendado produtos para a cidade de Matso. No entanto, Bill não havia aparecido há dois dias para entregar a encomenda. O mais curioso era que Charlie havia pago adiantado pelo serviço, o que deixou Tom ainda mais intrigado.

Depois de terminar a leitura, Tom se aproximou de mim e sugeriu que seguíssemos em direção a Matso. Segundo ele, poderíamos encontrar alguma informação útil na cidade, seja com um ancião, um soldado ou qualquer pessoa que pudesse nos ajudar a entender o que estava acontecendo.

Eu concordei com a ideia de Tom, de explorarmos a fazenda e desvendarmos o mistério que se escondia por ali. Nos preparamos, checamos nossos equipamentos e colocamos nossas coisas na mochila. Com tudo pronto, partimos animados e apreensivos, sem saber o que nos esperava.

Seguimos em direção a um caminho de pedras que havia no fundo da fazenda. As pedras eram irregulares e, em alguns pontos, difíceis de pisar. Sabíamos que o caminho deveria levar à cidade de Matso, mas nos perguntávamos o que encontraríamos pelo caminho.

Enquanto caminhávamos, o silêncio entre nós era palpável, quase ensurdecedor. Era como se todos os nossos pensamentos e preocupações se acumulassem, criando uma barreira invisível entre nós.

Eu podia sentir que Tom ainda estava preocupado com a carta e com os corpos no porão da fazenda. Ele olhava constantemente para trás, como se esperasse ser perseguido a qualquer momento. E eu não conseguia tirar da minha mente o fato de que estávamos caminhando em direção a um mistério desconhecido.

A viagem parecia interminável, nossos cavalos trotando por caminhos que pareciam nunca acabar. O sol já estava se pondo quando encontramos um poço de água cristalina, sem nenhum vestígio de sangue. Foi um alívio para nossos corpos cansados e sedentos.

Tomamos um pouco de água e aproveitamos para descansar sobre um tronco próximo dali. O ambiente era calmo e sereno, uma pausa bem-vinda após a tensão que havíamos vivido até então.

Foi quando avistei uma torre ao longe, erguendo-se solitária no horizonte. Imediatamente comuniquei a Tom, que olhou na direção indicada e se levantou apressado. Ele disse que precisávamos ir até lá o mais rápido possível.

Assim que chegamos à vila, percebemos que algo estava errado. Não havia ninguém nas ruas e todas as casas estavam fechadas e abandonadas. Era uma vila fantasma, como se todos os moradores tivessem desaparecido repentinamente, deixando tudo para trás.

A sensação de mistério e inquietude pairava no ar. Andamos pelas ruas, procurando alguma pista do que poderia ter acontecido. Não havia corpos, nem sangue, nem sinal de luta. Apenas silêncio e desolação.

Foi quando vimos uma placa pendurada em uma das casas que dizia "Villa de Matso". Ao menos tínhamos a confirmação de que estávamos no lugar certo. Mas o que havia acontecido ali, e como estava relacionado com a fazenda e os corpos no porão, permanecia um enigma.

Até que um som de gritos e gemidos quebraram o silêncio daquela vila, reverberando pelo ar e causando arrepios na espinha de ambos. Nós seguimos cautelosamente, tentando determinar a origem desses sons, nossas espadas em punho e nossos cavalos galopando no terreno irregular da vila abandonada. Quando finalmente encontramos a fonte, ficamos horrorizados com o que vimos.

Um homem barbudo estava caído no chão, sendo atacado por um lobo de pelagem preta com detalhes avermelhados. A carroça que pertencia ao homem estava quebrada ao seu lado, mas antes que pudéssemos processar a situação, corremos para salvá-lo. Eu, que sou mais rápido, agarrei uma pedra próxima e a arremessei contra o lobo, esperando que pudesse afastá-lo. A pedra atingiu a pele do lobo, causando um ferimento, mas não o suficiente para pará-lo, apenas para desviá-lo de sua presa e chamar sua atenção para mim.

O lobo rosnou e avançou em minha direção, mas eu estava pronto e ataquei com minha espada. O lobo pulou para esquivar-se do golpe, mas minha lâmina cortou uma das suas patas, fazendo-o uivar de dor. Tom aproveitou a chance para correr em direção ao homem caído e o ajudou a levantar-se, enquanto eu me preparava para o próximo ataque do lobo.

O lobo se recuperou rapidamente e voltou a atacar, mas desta vez, eu estava preparado. Nós nos enfrentamos, lutando em um duelo mortal

As patas do lobo avançavam rapidamente em minha direção e, em questão de segundos, eu senti suas garras rasgando meu rosto e o chão gelado sob minhas costas. O hálito do animal era forte, e eu podia sentir cada dente afiado penetrando a pele do meu rosto e arrancando toda a carne. Eu caí no chão, sem forças para reagir, e fechei meus olhos em um último suspiro de vida.

Um silêncio pairou no ar por alguns instantes, até que eu abri meus olhos novamente, tentando entender o que havia acontecido. Procurei por meu irmão e pelo lobo, mas tudo o que encontrei foi uma estranha paisagem que se desenrolava diante de mim. Era como se eu estivesse preso em um loop temporal, revivendo a mesma cena repetidamente.

Foi então que ouvi uma doce voz feminina, chamando pelo nome de Nublado. Olhei em volta, mas não vi ninguém. Fechei os olhos e quando abri novamente, consegue rever a mesma cena que eu havia passado a alguns segundos atrás, do lobo vindo em minha direção, como se o tempo estivesse me dando uma segunda chance de agir. Em um impulso, coloquei a mão na bainha e retirei a espada, pronta para lutar pela minha vida.

Quando as garras do lobo avançaram em minha direção novamente, não hesitei. Com um movimento rápido, enfiei a espada em sua garganta, sentindo-a atravessar seu crânio e sair pela outra extremidade. O lobo caiu morto ao meu lado, mas eu não consegui evitar a minha queda. Caí no chão, exausto e ferido, mas aliviado por ter sobrevivido a esse violento encontro.

Uma voz gritando veio correndo e tirou o lobo de cima e disse:

-Irmão – Falou ofegante- você está bem? – após uma pausa - Fale comigo Nublado!

Esperei voltar meu ar e respondi: - Sim, onde está o homem que o lobo atacava?

Ele apareceu na minha frente e disse:

- Você está bem menino? Senti algo estranho, o lobo não te machucou? Sinto que algo está me dizendo que alguma coisa não está certa, sinto minha mente um pouco bagunçada... Mas pode ser minha idade, sou totalmente grato a você! Você salvou minha vida.

Eu estava todo ensanguentado, minha mente estava confusa, pois senti que o tempo havia agido de uma maneira tão estranha que eu não conseguia compreender.

Tom por sua vez virou para o senhor e perguntou:

-Onde está todo mundo desta vila?

Então o homem falou:

-Eu ia te fazer a mesma pergunta, vim para essa vila a alguns meses atrás vender coisas e ela era muito maior e não só essa meia dúzia de casas, existiam várias pessoas correndo por todos os lados e hoje está tudo quieto, eu soube que o exército do rei anda por estes lados. Mas para onde vocês vão?

A pergunta ficou no ar, enquanto ninguém respondia, eu observei seu rosto com medo, mas agradecido, seus olhos me olhando esperando uma resposta, batendo a mão sobre sua roupa para tirar a terra que havia caído. Então decidi responder:

-Estamos indo na direção certa.

Com uma feição de felicidade ele disse: - Então encontrei as pessoas certas !

-Do que você está falando?

-Muito prazer me chamam de Charlie. Vindo de outros tempos, mas sempre no horário.

Eu confuso perguntei: -Mas você não era comerciante?

Então Charlie responde - Preciso expandir o meu comércio, na verdade voltei para cá, pois eu havia feito uma encomenda de queijos com um fazendeiro local, mas pelo visto não vou ver ele tão cedo.

Tom perguntou, olhando para mim: - Esse fazendeiro seria o Bill?

- Sim! - Gritou Charlie -Vocês conhecem o Bill? O melhor queijo dessa cidade é dele, sempre compro aqui e levo para outras cidades.

- Bill está morto - falei com um tom de tristeza.

-O quê? - exclamou Charlie, surpreso - Morto? O que aconteceu?

Eu expliquei a ele sobre a nossa jornada para encontrar Bill e como descobrimos sobre sua morte. Charlie parecia chocado e triste ao mesmo tempo.

-Eu não posso acreditar - disse ele - Bill era um homem bom e justo.

Enquanto isso, eu comecei a pensar em como Charlie apareceu tão de repente e o que ele queria dizer com "vindo de outros tempos". Eu decidi perguntar a ele:

-Charlie, o que você quis dizer com "vindo de outros tempos"?

Ele sorriu de forma enigmática e respondeu:

-Ah, eu sou apenas um simples comerciante, mas algumas pessoas dizem que eu sou mais do que isso - disse Charlie com um sorriso irônico nos lábios. - De qualquer forma, é melhor seguirmos em frente. Mas... de onde vocês vieram?

-Viemos de Troast - respondeu Tom, um pouco relutante em contar mais detalhes sobre nossa origem.

-Ah, Troast... Conheço bem essa terra. Lembro-me de uma pequena vila que visitei em uma das minhas viagens, mas ouvi rumores de que ela não existe mais. Os soldados vermelhos do Rei passaram por lá - continuou Charlie, com um tom de preocupação na voz. - É tudo muito estranho, essa repetição... E pelo visto, o mesmo aconteceu aqui em Mitrin. Tudo anda muito estranho ultimamente.

-Foi a nossa vila - respondi, sentindo o coração apertado só de lembrar. - Mataram todos, explodiram a vila... Foi algo terrível de ser visto, de ser presenciado. Mas semanas depois, não existia nada lá. Como se tudo tivesse desaparecido.

Nesse momento, ouvimos alguns barulhos estranhos e decidimos correr em busca de um lugar mais seguro. Corremos por um tempo até encontrarmos um jardim escondido entre algumas árvores. O lugar parecia seguro o suficiente, então nos sentamos em um banco de madeira e respiramos fundo. O silêncio era perturbador, mas a beleza das flores e árvores à nossa volta era reconfortante.

Olhei para Charlie e perguntei: -Você pretende nos acompanhar? O senhor nem nos conhece...

- Antes de mais nada, vocês conhecem a gigante terra de Mitrin?

Tomei cuidado com a resposta, respondi olhando para os lados: - Digamos que estamos atrás de um mapa, para se localizar.

Muito feliz ele respondeu: - Façamos assim, quero pagar pelo o que fizeram em me proteger, e me salvarem e eu levo vocês para o próximo destino.

Charlie parecia animado em se juntar a nós em nossa busca por Mitrin, e apesar de minha desconfiança inicial, comecei a sentir uma pontada de esperança em seu entusiasmo. Mas ainda assim, não podíamos nos arriscar a levar um estranho conosco, especialmente em uma jornada tão perigosa.

- Desculpe, Charlie, mas não podemos aceitar sua oferta", disse Tom, olhando para mim em busca de confirmação. - Nossa missão exige muito cuidado, e não podemos correr o risco de arrastar você para problemas que não são seus.

Charlie parecia desapontado, mas não desistiu. -Eu entendo -, disse ele. - Mas se mudarem de ideia, estarei aqui.

Eu não tenho nada a perder e não sou ninguém. Só quero ajudar.

Com isso, Charlie se levantou e saiu do jardim. Ficamos em silêncio por um tempo, pensando em nossa próxima jogada. Foi então que Tom sugeriu procurarmos por comida.

- Estamos famintos - disse ele - Talvez possamos encontrar algo para cozinhar aqui nas casas abandonadas".

Começamos a vasculhar as casas, procurando por qualquer coisa que pudéssemos usar para cozinhar. Encontramos alguns panelas e utensílios de cozinha em uma das casas, e Tom conseguiu acender uma pequena fogueira no meio do jardim.

Comemos o jantar sob as estrelas, iluminados pela luz da fogueira. Charlie se juntou a nós novamente, sentando-se em silêncio enquanto comíamos e então perguntei:

- Charlie, o que você acha que aconteceu com esta cidade? E com a nossa vila? Por que ambas estão abandonadas, mortas, mas não existem corpos ou sangue no chão? - perguntei a Charlie, que parecia um homem experiente.

Charlie baixou a voz, olhando em volta, como se tivesse medo de alguém ouvir: - Lembra que eu falei do exército vermelho? Parece que eles andam dizimando vilas por ordem do Rei. Mas esta é a primeira vez que uma cidade inteira foi destruída.

Tom aproveitou a oportunidade e perguntou: - No caminho para esta cidade, encontramos um exército verde que queria as coordenadas do relógio do Nublado. Você sabe algo sobre isso?

- Exército verde? Eu nunca ouvi falar. Mas se eles pediram as coordenadas do relógio do Nublado, devem estar atrás de algo importante

Perguntei com curiosidade: - Então, existe um Rei? Nunca saímos de Trost e nunca ouvimos falar sobre.

Charlie pareceu surpreso com minha ignorância e respondeu: - Meu caro, você esteve vivendo em que mundo? Dentro de uma caverna? Existe O Reino e a Metrópoles que são regiões muito importantes em Mitrin.

Eu olhei para Tom, um pouco envergonhado pela minha falta de conhecimento, e brinquei com Charlie: - Caverna? Não, eu sou apenas um pouco desinformado. Mas me fale mais sobre o Reino e a Metrópoles, como são esses lugares?

- Houve uma época em que existia uma grande civilização, cujo nome era "Pangea". Era uma vastidão de cidades imponentes, com prédios que se estendiam até o céu e ruas tão cheias de pessoas que pareciam rios de humanidade. O ar estava sempre pesado com o cheiro de fumaça e o som de martelos batendo em metal, um constante lembrete do poder industrial da Pangea. Esse reino era imenso e poderoso, governado por uma força chamada "Fring". No entanto, o preço dessa ordem era a falta de liberdade para o povo. Não havia escolha, todos viviam como escravos, e os mais pobres eram os que mais sofriam. Os ricos, por sua vez, lutavam para manter sua posição privilegiada, enquanto as coisas só poderiam ser feitas se Fring permitisse. Com o tempo, a liberdade foi sendo retirada pouco a pouco, até que não eram mais as pessoas que controlavam o estado, mas sim Fring controlando as pessoas.

Charlie, um homem alto e magro, com rugas profundas que marcavam seu rosto bronzeado pelo sol, fez uma pausa. Seus olhos castanhos, cheios de sabedoria e um toque de melancolia, olharam para o horizonte pintado pelas cores do pôr do sol. Ele respirou fundo, coçou a barba grisalha e continuou sua história:

- Foi então que aconteceu algo extraordinário. Três jovens destemidos, Sarantis, Solares e Kaos, se ergueram para liderar uma revolução fervorosa pela liberdade. Cada um deles tinha gostos e habilidades diferentes, mas juntos formavam uma equipe forte e unida. Sarantis era apaixonado pelo estilo medieval, enquanto Solares adorava a tecnologia cibernética. Kaos, por sua vez, era um grande entusiasta da tecnologia vitoriana. Eles juntaram centenas de milhares de pessoas e armaram um golpe contra o estado. O grupo enfrentou muitas dificuldades durante a rebelião, mas conseguiram escapar do reino de Fring com sucesso.

- E o que aconteceu com esses jovens? - Indaguei curioso.

- Eles se estabeleceram em um local remoto e prometeram unir forças para derrubar de uma vez por todas a Pangea e pôr fim à tirania de Fring, a força opressora que dominava tudo e todos. - Respondeu Charlie, com um ar de mistério.

- E conseguiram? - Indagou Tom, interessado na história.

- Sim, e foi graças a um descobrimento surpreendente que conseguiram. Eles encontraram um laboratório secreto, que conduzia experimentos em humanos. Segundo as lendas, cada laboratório tinha uma vida útil de apenas um ano, após o qual tudo era destruído e outro laboratório era estabelecido em outro lugar. - Continuou Charlie, pausando para dar mais ênfase ao relato.

- Então, eles resolveram resgatar aqueles que estavam sendo experimentados, e descobriram que todos eram jovens como eles. O laboratório estava prestes a ser destruído em dois dias, e os jovens decidiram agir rapidamente. Eles conseguiram salvar todos os jovens e, a partir daquele dia, começaram a organizar um plano para acabar com a Pangea e sua força opressora. - Finalizou Charlie, deixando um clima de suspense no ar..

Na medida em que ouvia a história, sentia como se estivesse vivendo ela junto com os personagens. A luz da lua cheia fazia com que os contornos do acampamento se destacassem na escuridão

- Esses jovens foram levados ao acampamento e foram treinados para uma grande missão, e foi quando...

- Quem são os jovens? - A história estava extremamente empolgante.

- As lendas contam que dos muitos jovens que foram resgatados do laboratório secreto, apenas cinco foram escolhidos para a missão - explicou Charlie, em meio a um clima de suspense. - Eles eram os melhores, os mais habilidosos e destemidos de todos. A primeira delas era Raiz, irmã de Sarantis, que havia sido levada como prisioneira quando criança para ser feito testes com ela. Raiz possuía a habilidade de controlar partículas de rocha e criar coisas incríveis, o que seria fundamental na missão.

-O segundo jovem era Amorim - continuou Charlie, ajeitando a postura. - Ele era fissurado pela energia da natureza e em inventar coisas. Seu talento para criar ferramentas e equipamentos seria uma grande ajuda para o sucesso da missão.

- A terceira jovem era Karma - disse Charlie, mudando o tom de voz. - Ela havia sido modificada para ter o controle dos animais venenosos, e sua querida amiga de estimação era uma cobra branca com uma grande faixa azul e outra vermelha. Com sua habilidade única, ela poderia ajudar o grupo a passar por diversos obstáculos.

- A quarta jovem se chama Kora - acrescentou Charlie, com um certo arrepio na espinha. - Ela era um tanto quanto instável, e qualquer coisa que estivesse em sua mão, ela conseguia matar uma pessoa. Mas ela era necessária na equipe, pois poderia lidar com situações extremas e perigosas.

- Por fim, temos Rastor - concluiu Charlie, visivelmente impressionado. - Sua habilidade de enxergar todas as coisas era a mais estranha e incomum de todas. Ele conseguia prever o movimento do inimigo antes do ataque, o que o tornava extremamente perigoso e temido. Sua habilidade de combate era superior a todos os outros jovens, e ele seria uma grande ajuda para a equipe durante a missão.

- AMORIM! - Tom Gritou! - Ele não é um Deus?

- A grande guerra que deu origem à sequência C deixou Pangea em ruínas. O todo-poderoso Fring foi morto e a população finalmente obteve sua liberdade. Mas essa conquista não foi fácil, pois Sarantis, Kaos e Solares tinham ideias diferentes sobre como governar o povo recém-liberto. As disputas resultaram na separação dos três e cada um ergueu muros ao redor de seus reinos, que hoje são conhecidos como "Reino" sob liderança de Sarantis e "Metrópoles" liderado por Solares. O que aconteceu com Kaos ainda é um mistério. Mas, sobre Amorim, tenho certeza de que vocês estão ansiosos para saber

-Sim! - Gritei

- Amorim, e os outros jovens que lutaram na grande guerra, ficaram responsáveis por guardar a paz entre os 2 reinos, e então eles foram considerados Deuses. Por isso Amorim era um Deus, mas hoje ele não é mais... - explicou o velho sábio enquanto olhava para a fogueira.

Eu fiquei intrigado com a história e perguntei:

- Como assim? Ele não é um Deus mais?

- Existem visões e visões sobre o acontecido - respondeu o sábio, puxando um fio de barba branca. - Conheci pessoas que se ajoelham perante a imagem de Amorim até hoje, e são extremistas ao defender a sua divindade, fariam qualquer coisa por ele. Mas a verdade é que conta a história que Amorim não era uma boa pessoa.

Como assim? - perguntou Tom, que estava sentado ao meu lado.

- Para ajudar na derrota de Fring, Amorim buscou juntar as 7 runas que foram responsáveis pela criação da terra, dos céus, dos oceanos, de tudo o que conhecemos - explicou o sábio, com um tom grave. - Essas runas são pedras que possuem poderes que podem dizimar a terra e começar uma nova.

- Runas? Essa é nova. - Comentei

- Amorim não conseguiu encontrar todas as Runas, ele usou as que tinha posse no conflito contra fring, e após a batalha ele continuou na busca para conseguir juntar as 7 runas, mas seus irmãos ficaram preocupados, pois mesmo após a guerra, ele continuou procurando, e todos sabiam que se ele conseguisse o controle delas, ele seria invencível, e foi quando Marc o Impediu e morreu fazendo justiça pelo reino.

Quem é Marc? - Interrompi Charlie, pois ele parecia estar avançado demais na história e colocando nomes novos.

- Esqueci de comentar, além dos 5, havia Marc, as histórias esquecem dele, pois ele foi um dos deuses por pouco tempo, ele era o deus da lei, era o mais inteligente entre os 6, e buscava trazer a ordem para os dois reinos - explicou Charlie, pausando por um momento antes de continuar - porém,

Amorim o matou quando Marc descobriu que Amorim havia dizimado um vilarejo em busca de uma das runas. Com a primeira morte entre os deuses acontecendo, os outros 4 deuses decidiram tirar sua divindade e aprisionar seu espírito. Dizem que desde então, ele vagava pelo mundo em busca de justiça.

Nossa! - Gritou Tom, claramente chocado com a história - E o que aconteceu com as runas? - perguntou, ansioso por mais informações.

- Isso está além do meu conhecimento, não sei para onde foram, se os outros deuses ficaram com elas, ou se Amorim as escondeu, não tenho a menor ideia. As histórias não avançam mais do que isso - respondeu Charlie, balançando a cabeça em sinal de incerteza.

- E quem somos nós, onde estamos e a que reino pertencemos? - perguntei, tentando entender melhor a situação.

- Nós somos os restos, por algum motivo não entramos nos reinos e então ficamos para fora - explicou Charlie com um tom de tristeza na voz.

- Estes Reinos são grandes? - Perguntei, curioso para saber mais sobre os dois reinos.

- Sim, eles são imensos, e você não pode sair deles e muito menos entrar. Mas as pessoas não se importam, para elas é melhor ficarem presas após a liberdade do que estar presas sem nunca ter sido livres. Elas escolheram isso e estão felizes com essas escolhas - completou Charlie, com um tom um tanto amargo.

Você já foi lá? - Tom questionou, ansioso.

- Já passei ao lado dos grandes muros medievais, são lindos. O reino é guardado por enormes colossos de pedra da

Raiz e não permitem a entrada de ninguém. É um caminho sombrio sem volta - Charlie respondeu, preocupado.

Tom retrucou, determinado, com um brilho de resolução em seus olhos e um punho cerrado. Sua voz, geralmente calma e tranquila, soava firme e cheia de determinação: - Nos guie até este reino medieval, vamos ter uma conversa com o rei

Charlie olhou para os dois irmãos, assustado, riu nervosamente e, por fim, disse: - Vocês estão brincando, não é mesmo? Desejam se suicidar?

Tom respondeu com firmeza: - Iremos lá, tenho uma dívida com este rei. Se foi ele mesmo que mandou atacar minha vila, eu vou encará-lo frente a frente.

Charlie mudou de assunto e perguntou: - Vocês ainda não disseram seus nomes, poderiam?

Eu comecei falando: - Meu nome é Nublado e este é meu irmão Tom.

- Bonito nome Nublado, um bom nome para quem nasceu na terra que não chove - comentou Charlie, com um sorriso. - Na região de Trost, que fica a 7 dias daqui, existe uma lenda que antigamente chovia todos os dias sem parar. Então, houve um dia em que toda a região ficou nublada, desde então nunca mais choveu em Trost. Garanto que sua mãe lhe deu este fabuloso nome por este motivo.

Não sabia dessa lenda, mas obrigado por compartilhar - agradeci a Charlie.

- Agora cavalheiros, se vamos entrar no Reino, precisaremos de uma equipe. No caminho passaremos por alguns amigos que podem nos ajudar. E até onde eu lembro, eles ficariam bem felizes em poder entrar lá novamente. Mas eu tenho um preço: eu ajudo vocês a entrar lá, e vocês vão me ajudar a pegar um objeto meu que está na casa de uma pessoa que não gosta muito de mim. Se vocês estão de acordo, então vamos. Não podemos perder tempo - concluiu Charlie, olhando para nós com seriedade.

Tom e eu nos olhamos, trocando um aceno de cabeça, concordando com as condições de Charlie. Estávamos dispostos a enfrentar o desconhecido e a descobrir a verdade sobre o ataque em nossa vila. A aventura estava apenas começando.

Lembro que foram 41 dias viajando, e a névoa cobria todas as ruas de pedras, as gramas estavam brancas como a neve, os lagos ferviam, e a neve caía incessantemente sobre nossas roupas. O frio cortante parecia invadir até os ossos. Eu estava exausto, precisava de descanso, um lugar quente e aconchegante para relaxar meu corpo cansado.

Mas não podíamos parar agora, o objetivo estava tão próximo, que podíamos quase sentir a presença do Reino. Finalmente, ao longe, emergiram as silhuetas das enormes torres e muros, seus contornos realçados pelos colossos de pedra que os guardavam. Eu tremia de medo, mas o Sr. Charlie parecia tranquilo e nos assegurava que estava tudo bem do lado de fora.

À medida que se aproximavam dos enormes muros, ficava cada vez mais evidente a dimensão daquele lugar. Os muros medievais eram tão altos que pareciam tocar o céu, enquanto os colossos de pedra, criados pela habilidade da Raiz, eram tão imensos que se destacavam mesmo à distância. Seus corpos de pedra escura pareciam ter sido esculpidos a partir das próprias montanhas que cercavam a cidade, enquanto seus olhos eram como grandes pedras brilhantes que pareciam estar nos olhando mesmo a quilômetros de distância.

Continuamos a andar em direção ao Reino, até que avistamos uma placa que dizia "A cidade da borda". Era a entrada de um vilarejo, mas não era um vilarejo comum, tinha ruínas espalhadas por toda parte e fazendas com trabalhadores cobertos por pesados casacos retirando a neve das plantações. Em meio às fazendas, isoladas do resto do vilarejo, havia uma casa solitária.

- Onde estamos Sr.Charlie? Que lugar é esse? - perguntou Tom, visivelmente ansioso.

- Eu disse que nos levaria até um amigo meu, por falar nisto é logo ali. - respondeu Charlie com um sorriso misterioso no rosto.

- Não o senhor disse que nos levaria "Aos seus amigos" lembro muito bem. - retrucou Nublado, franzindo a testa.

- Não se preocupe, este amigo vale por muitos. - afirmou Charlie, tentando tranquilizar os companheiros.

Após essa troca de palavras, eles chegaram até uma pequena casa, na qual Charlie bateu quatro vezes na porta. Após a quarta batida, alguém lá dentro revidou e deu um toque, e Charlie revidou e deu mais três. Parecia um código secreto, que só eles entendiam. A porta então abriu, e um senhorzinho de aparência curiosa, usando um tapa olho e uma bengala, falou sussurrando: "Entre!".

Os três entraram na casa, e o calor acolhedor tomou conta de seus corpos. O homem de tapa olho os convidou a se sentar, e começou a conversar com Charlie, relembrando velhos tempos. Nublado e Tom observavam a cena, ainda um pouco receosos.

Finalmente, o homem percebeu que havia esquecido de apresentá-los.

-Onde estão meus modos?, disse ele. -Senhores, este é o Senhor Kym, um velho sábio que sabe tudo sobre explosões. E Kym, esses são Nublado e Tom da região de Troast.

- Prazer em conhecê-los. - cumprimentou Kym, com um sorriso simpático no rosto. - E quanto ao suco, tenho comprado de um contrabandista. Ainda tenho meu sonho de ver a nova terra um dia, sem Deuses, sem muros. Por isso eu me forço a ficar vivo por tantos anos. Mas sei que você tem outra visão sobre. - dirigiu-se a Charlie.

- Eu ainda acredito que Deuses são importantes... - respondeu Charlie, com um ar sério.

- Se fossem importantes, estariam impedindo o massacre dos vilarejos que o Reino está fazendo. Os soldados estão invadindo vilarejos e matando todos. - retrucou Kym, com um tom amargo na voz. A sala silenciou por um momento, enquanto todos processavam aquelas palavras duras.

Tom parecia animado com a conversa e perguntou com entusiasmo:

- O que você sabe sobre os ataques, senhor Kym? Nós viemos de um vilarejo que passou por isso.

O velho sábio bateu a bengala no chão e respondeu:

- Depois que tomarmos um chá e eu cozinhar algo quente e saboroso para vocês, podemos conversar sobre isso.

Sentei à mesa, e peguei a colher para experimentar o ensopado preparado por Kym. O sabor era divino, parecia que cada ingrediente foi escolhido a dedo para aquele prato. A carne estava macia e suculenta, e os legumes estavam no ponto certo, nem muito duros, nem muito moles. O caldo estava encorpado e tinha um sabor de ervas que não consegui identificar. Era quente, a temperatura perfeita para acalentar minha alma fria.

O chá, por sua vez, tinha um sabor suave, e uma doçura que não era artificial, mas sim natural. Era quente e reconfortante, como um abraço em um dia de inverno. Beber aquele chá era como sentir o calor irradiando em meu corpo, e aos poucos, me fazendo esquecer do frio lá fora.

Enquanto desfrutamos da refeição, pude sentir a bondade e a sabedoria do velho sábio Kym. Sua casa, simples mas aconchegante, exalava uma aura de tranquilidade e paz que me fez sentir em casa.

A cozinha, a sala de estar e a entrada para um galpão estavam integrados no mesmo espaço, enquanto livros e papéis se espalhavam pela mesa e pelo chão. Um aquário verde, antes vivo e colorido, estava abandonado em um canto escuro da sala.

De repente, Kym olhou para mim e disse com uma expressão pensativa:

- Sua presença me é familiar, estranho...

Fiquei surpreso com a observação, mas não perdi a oportunidade de perguntar:

- Senhor Kym, por favor, conte-nos mais sobre os ataques do reino. Estamos desesperados para entender o que está acontecendo.

Kym pegou um graveto e o jogou na lareira acesa, criando uma pequena explosão. O silêncio se manteve na sala enquanto todos aguardavam ansiosamente por sua resposta. Charlie, com a cabeça baixa, parecia refletir profundamente sobre o assunto.

Estávamos sentados à mesa, desfrutando do chá quente e do ensopado delicioso preparado por Kym, quando de repente ouvimos um som estranho. Era como se alguém arrastasse algo extremamente pesado, cortando todo o silêncio que havia na casa.

Imediatamente, Charlie levantou-se e colocou a mão em sua espada, enquanto Tom fazia o mesmo com sua lança. Kym, por outro lado, permanecia tranquilo. Charlie perguntou a ele:

- Kym, que som é esse?

Não é nada de mais, provavelmente só ratos - respondeu Kym com sua voz tranquila.

Mas o som aumentou, e percebemos que não se tratava de ratos, e sim de correntes arrastando no chão. Charlie aproximou-se de Kym, enquanto o velho sábio continuava olhando calmamente para a fogueira.

- Kym, é melhor você falar o que é isso, senão vamos ter que descer no porão e ver o que ou quem você está prendendo - disse Charlie.

Kym continuou olhando para a fogueira, e respondeu:

- Como eu disse, são somente ratos.

Tom, que estava perto da porta do porão, começou a sentir que alguém tentava abri-la, mas um cadeado a impedia. Tom, então, disse:

- Ou você fala, ou eu vou abrir este cadeado.

Nesse momento, Kym olhou com chamas em seus olhos para Tom, e parecia como se as chamas da fogueira aumentassem à medida que os olhos e a voz daquele senhor aumentavam.

- Não, você não vai abrir! Eu dei comida e bebida, separei um lugar quente para vocês, e é assim que vocês me tratam? Quero todos fora de casa agora! Se não, vocês vão...

Antes que a ameaça pudesse ser concluída, um grito agoniado e profundo de "SOCORRO" ecoou pela casa, enquanto a porta do porão tentava se abrir. Tom com toda a força do mundo, bateu a ponta de sua lança a e partiu o cadeado, e para nossa surpresa, o som parou, e o grito acabou.

- Charlie apontou a espada para Kym, e falou com Tom:

- Abra, vamos ver o que este velho está escondendo em sua casa.

Então, Tom começou a abrir a porta do porão, e eu peguei minha espada e fiquei em alerta enquanto ele abria a porta, e assim que ela se abriu, um silêncio profundo tomou conta da sala. Não havia escada para descer.

De repente, a fogueira se apagou, deixando o cômodo completamente escuro por alguns instantes. Logo em seguida, a fogueira se acendeu novamente, mas as posições estavam invertidas, agora Kym estava com uma adaga próximo do pescoço de Charlie. Tentei acalmá-lo, dizendo para não fazer nada que pudesse se arrepender.

Kym então exclamou: - Ela não deveria ter acordado, mas, agora que despertou, deixem-na viver. Ela já sofreu demais com Sarantis, não merece a morte - Enquanto Kym falava, algo começou a sair do porão. Tom recuou enquanto a criatura bizarra emergia lentamente do buraco. Era uma figura que parecia uma mulher, mas que definitivamente não deveria estar viva. Era como se fosse um defunto vivo, uma visão horripilante, com roupas rasgadas e sujas, que pareciam ter sido arrancadas de um cadáver. Suas unhas estavam imensas e sujas, enquanto seus cabelos emaranhados não tinham mais cor, e sua pele parecia ter sido esticada e caída. Havia uma marca em sua testa que parecia ter sido causada por uma corda puxada até o limite. Seus olhos, sem brilho e sem vida, olhavam fixamente para Kym, enquanto ela implorava por ajuda.

Kym agiu rapidamente, tirando a espada do pescoço de Charlie e correndo em direção a um pote de cerâmica que estava próximo. Sua expressão era de preocupação, mas ao mesmo tempo de determinação em ajudar a criatura que acabara de surgir do porão. Ela gritava, clamando para que a tirassem dali e que acabassem com sua vida.

Kym abriu o vidro com cuidado e retirou o que parecia ser um remédio, enquanto a criatura continuava a gritar e tentar se mover. Ele se aproximou lentamente e falou em tom suave e reconfortante: - Calma, calma, tudo vai dar certo, meu amor.

A criatura tentou se afastar, mas já não tinha forças e Kym a alcançou com o remédio. Ele colocou o líquido em sua boca e a mulher criatura começou a se acalmar, até finalmente cair em sono profundo. Era evidente que ela havia sofrido muito, e Kym parecia saber como ajudá-la.

Eu não sabia o que tinha acontecido, todos estavam confusos. Então Kym olhou para nós e disse com um tom de tristeza:

- Isso acontece quando você mexe com Sarantis, ele destrói tudo o que você ama ou já amou. O nome dela é Raya, nos conhecemos na vila Krohn, que ficava próximo do laboratório de Fring a muitos anos atrás.

Eu olhava para a mulher jogada no chão, tentando imaginar tudo o que ela passou. Kym continuou:

- Fique tranquilo, ela só vai acordar daqui a um ano. Eu vivo assim desde a guerra dos muros, quando fui o responsável por explodir parte dos muros do reino. A linda Raya estava comigo, éramos jovens e imaginávamos um futuro imenso, um futuro que viveríamos juntos até o final de nossas vidas. Mas Sarantis decidiu que não teríamos um final feliz, e por conta dos muros, ele matou muitos soldados do projeto de Deus Necro. Mas nada se comparou com o que ele faz com Raya. Ele a raptou e utilizou em seus projetos pessoais.

- Então essa mulher que está no chão era sua esposa? - perguntou Tom.

Com a voz embargada, Kym se levantou e caminhou até a lareira. Sentado de frente para as chamas dançantes, continuou sua história:

- Nosso casamento estava marcado e nunca tivemos a oportunidade de celebrá-lo. Desde que a conheci, sabia que ela era a minha alma gêmea, mas Sarantis tirou tudo isso de mim. Eu não tive escolha, tive que mantê-la adormecida para não sofrer mais.

Charlie, aflito, perguntou:

- Amigo, eu não sabia disso, como eu nunca a vi?

Kym olhou para nós com lágrimas nos olhos e respondeu:

- Desde que eu te conheço, evitei que soubesse dela. Ela sempre esteve dormindo, mas desde então, o efeito do remédio tem diminuído. Antes, ela ficava dormindo por 10 a 15 anos, mas hoje em dia, o efeito tem durado apenas um ano. E dessa última vez, foi de apenas 10 meses.

Nós ficamos em silêncio, tentando processar tudo o que acabamos de ouvir. A história de Kym e Raya era triste e comovente.

- Mas se Sarantis havia capturado ela, como você conseguiu ela novamente? - Charlie perguntou, demonstrando curiosidade.

- Fiz uma missão de resgate - Kym começou a explicar - Entrei no reino anos depois que ela foi capturada. A segurança da Deusa Raiz não era tão boa naquela época. Eu me fingi de morador local e fiquei alguns meses lá até achar o local que eles guardavam os prisioneiros.

Kym respirou fundo e continuou:

- Descobri que havia um anexo perto do castelo principal do Rei Sarantis, onde ele fazia as experiências. Aos poucos, consegui chegar lá e, certo dia, entrei disfarçado. Vi Sarantis, o próprio Rei, retirar sua coroa e colocar sobre um jovem.

- Kym fechou os olhos por um momento, como se tentasse afastar as memórias dolorosas de sua mente. - Eu vi com meus próprios olhos -, disse ele, com a voz rouca: - A pessoa a quem ele encostava a sua coroa imediatamente morria, como se toda a energia vital fosse sugada de seu corpo. Mas o mais bizarro é que a coroa parecia dar uma nova vida para Sarantis. Eu podia ver a energia fluindo para ele, tornando-o mais forte e poderoso. Era assustador ver como ele usava a vida de outras pessoas para aumentar seu próprio poder. Eu nunca entendi como a coroa fazia isso, mas era óbvio que ela era uma fonte de poder extremamente perigosa nas mãos erradas.

Tom perguntou:

- Sarantis colocou a coroa em Raya?

Kym balançou a cabeça como um sinal de confirmação, com os olhos fixos na lareira que se apagava:

- Eu fiquei procurando Raya em cada canto, até que descobri que ela seria a próxima da fila de Sarantis. Ele fazia este processo de absorver vida todas as manhãs, e dependendo do humor, eram dois, três, chegando a ser até mesmo multidões. Mas lembro que descobri que Raya seria a próxima. Eu estava disfarçado de guarda e então vi uma fila de pessoas entrando, com vestes rasgadas, cabelos sujos. No final da fila, havia uma mulher que eu teria reconhecido mesmo se estivesse de máscara. Era a Raya, a minha Raya, que eu amei desde a adolescência.

- E o que você fez? - Perguntei, curioso com a história.

- Esperei para ver se chegaria até ela o processo de Sarantis. E, para a minha sorte, não chegou. Meu coração aliviou. Havia uma pilha de mortos em sua frente, e só faltava ela. Sarantis olhou e disse: "Doce Raya, quanto tempo. Pouparei você hoje. Já fizemos muito com você aqui dentro". Mas então, um outro guarda entrou correndo e falou para o Rei: "Mi Lorde, o Dragão acaba de matar centenas de nossos. Creio que vamos precisar de mais soldados".

Respirou fundo e continuou: - Eu me lembro bem daquela cena terrível. O Rei Sarantis, com uma onda de fúria por motivos externos, pegou a coroa e a enfiou na cabeça de Raya com uma força tremenda, fazendo com que a coroa rasgasse a pele dela, chegando a quebrar o seu nariz de tanto que afundava a coroa. Ela gritava de dor, e o Rei continuou a golpear e forçar a coroa na cabeça dela. Eu estava ali, impotente, sem saber o que fazer. Mas então eu vi o feno próximo, tochas na parede, e lembrei que eu tinha pólvora negra dentro do meu anel. Eu não podia deixar aquilo acontecer.

Fez uma pausa e continuou: - Eu saí da posição de guarda e corri em direção ao feno. Os outros guardas começaram a correr atrás de mim, mas Sarantis parou o que estava fazendo e deixou a coroa em Raya, sugando toda a sua energia. Eu empurrei as pilhas de feno sobre os guardas, peguei metade do que eu tinha de pólvora e deixei cair sobre eles. Em seguida, peguei uma tocha e encostei no feno com pólvora. O fogo se espalhou rapidamente, queimando os soldados em um instante. A cena era caótica e assustadora, mas eu sabia que tinha que fazer algo para salvar Raya.

- E como terminou tudo isso? - Tom questionou, curioso para saber o desfecho da história.

- Eu peguei o restante da pólvora, tirei um pedaço da minha roupa, e fiz como uma pequena bomba, amarrei bem o saco. Enquanto isso, o Rei olhava para mim e gritava: "Você está louco? Como ousa? Darei seu corpo aos ratos comerem! Ninguém no meu reino teria a capacidade de fazer isso, você não é daqui!". Ele chamava mais guardas, enquanto Raya estava prestes a morrer, sem mais vida em seu corpo. Foi então que eu encostei a ponta do pedaço de roupa que estava amarrado na bolsa de pólvora e joguei em Sarantis. Aquilo era uma bomba, ele morreria. Uma bomba de pólvora negra não deixa ninguém com vida. A explosão foi no rosto de Sarantis, mas não fez um arranhão, somente o deixou desnorteado. Então, corri, retirei a coroa de Raya e senti algo bem estranho dentro de mim. Era como se milhares de almas estivessem em minha mente, e uma força e energia vinha junto. Sarantis acordou, puxou minha mão e mais guardas chegavam. Eu peguei a coroa e a arremessei no feno que pegava fogo com os corpos mortos dos guardas. A coroa gritou, um som estridente e forte, como se o som partisse todos os outros barulhos ao meio, e nada mais pudesse ser ouvido. Era a união de gritos diferentes, de pessoas gemendo de dor. Era impossível sair daquele ambiente, mas Raya ainda tinha um pouco de energia, pois eu havia salvo ela antes de sua morte. Parecia que aqueles gritos não a afetavam. Ela levantou, me puxou pelo braço e fugimos do Reino.

E Sarantis? - Perguntei com uma pitada de curiosidade, mas sem muitas esperanças de obter uma resposta satisfatória.

Charlie se aproximou de mim, colocando as mãos em meu ombro em um gesto de solidariedade e disse: - Sinto muito amigo, por te fazer revisitar essa lembrança dolorosa.

Respirei fundo antes de responder: - Não se preocupe Charlie, eu tenho cuidado da Raya. O mesmo contrabandista que te falei, consegue me vender um remédio de criogenia interna que a mantém viva, mesmo que inconsciente, até que o novo mundo chegue e possamos resolver tudo isso. Mas infelizmente, minha idade não me permite muitas coisas, e eu já vivi tantos anos que logo partirei, mas não quero que Raya perca a chance de viver plenamente como eu tive, por isso acredito que podemos reverter o que aconteceu com ela, se apenas tivéssemos a coroa do Rei. Tenho certeza que a coroa poderia trazer a vida de volta para Raya.

Tom, que até então ouvia atentamente, olhou para mim e disse: - Kym, estamos indo para o Reino. Sarantis foi responsável pela morte de todo o meu vilarejo, matou todas as pessoas que amávamos. Por isso, vamos até o Reino caçá-lo e vamos encontrar uma forma de pegar essa coroa e reverter o que aconteceu com Raya. Te dou minha palavra que não descansaremos até conseguir o que é necessário para salvar a vida dela.

Kym suspirou, exausto. Eu pude sentir a preocupação em seu rosto quando ele disse: -Vamos descansar, mas não quero mais me aventurar. Vocês não vão sobreviver, e se eu estiver com vocês e morrer, Raya será esquecida. Não posso fazer isso com ela.

Foi nesse momento que Charlie apertou levemente o ombro de Kym e disse: -Não deixaremos que morra, e mesmo se porventura isso acontecer, eu me comprometo a voltar aqui e reverter o processo da Raya. Eu prometo isso a você, amigo. É o mínimo que posso fazer depois de você ter me salvado anos atrás quando mercenários me roubaram na estrada e iam me matar. Eu te devo uma e vou cumprir com isso.

Kym parecia mais pensativo do que antes, então ele virou para Tom e perguntou: -Mas vocês não são ninguém, não têm planos. O que vão fazer lá? Foi então que eu tomei a palavra e comecei a falar: -O Espírito de Amorim veio até nós, e ele vai nos ajudar no que for preciso nos momentos necessários.

Kym se levantou e falou: -Eu não confio em Deuses, mas Amorim foi injustiçado. Acredito que prenderam ele por inveja de sua superioridade. Se Amorim está junto, eu estou dentro! Amo a história de Amorim, e ela me inspirou a criar as bombas... Mas chega de aventuras por hoje. Vamos dormir e amanhã podemos criar um plano." Vi a determinação em seu rosto, e tive certeza de que ele iria nos ajudar, não importando o risco.

Todos concordaram em descansar depois de um dia cansativo e angustiante. A noite se mostrava estranha e pesada, mas nada comparado à dor palpável que emanava de Kym. Raya, uma vez tão cheia de vida, estava ali há anos, e o senhor de bengala já havia sofrido demais. Sua dor era tão real e tangível que podíamos senti-la no ar. Eu sabia que não podíamos desistir agora, não só por nós, mas também pelas vítimas de Sarantis, que haviam perdido guerras pessoais e físicas para aquele homem impiedoso. Naquele momento, senti uma determinação inabalável em minha alma. Eu iria até o fim do mundo para trazer paz às pessoas, custe o que custasse.

Enquanto cada um se deitava em uma cama improvisada, Charlie se acomodava no sofá, queixando-se de dores nas costas. A lareira ia se apagando gradualmente, deixando apenas brasas quentes e o aroma de fumaça no ar. O som tranquilizador de madeira queimando ajudava a todos a adormecerem, finalmente podendo descansar em uma casa novamente, ao invés do chão duro da terra.

No entanto, a noite não foi tão tranquila quanto gostaríamos. O clima mudava a todo momento, o frio intenso dava lugar a um calor repentino. De repente, algo chamou minha atenção: a luz que entrava pela janela desaparecia e reaparecia como se algo ou alguém estivesse se movendo do lado de fora. Meu coração disparou e eu gritei para Tom acordar, avisando que havia alguém nos espiando pela janela. A tensão tomou conta do ambiente enquanto aguardávamos em alerta, sem saber o que poderia acontecer a seguir.

Todos acordaram em sobressalto ao ouvir o som de alguém tentando entrar na casa. Tom não perdeu tempo e pegou sua lança, prontamente apontando para a janela onde um vulto havia sido avistado. Eu rapidamente me armei com minha espada, enquanto Charlie ficava apenas indicando a posição do vulto. Enquanto isso, Kym estava dormindo em seu quarto, completamente alheio ao que estava acontecendo.

Charlie então decidiu ir até o quarto de Kym para verificar se ele esperava alguma visita, mas a resposta foi negativa. Enquanto isso, a pessoa do lado de fora da casa começou a bater com força na porta principal, emitindo sons estranhos e animalescos. Tom se posicionou à frente da porta, gritando em busca de alguma explicação para aquela situação.

De repente, a porta foi empurrada com tanta força que o trinco estourou e o cadeado se desprendeu, jogando lascas de madeira para todos os lados. Kym saiu correndo do seu quarto, armado com uma adaga que estava ao seu alcance. A tensão no ar era palpável e todos se preparavam para o que quer que estivesse do outro lado da porta.

Eu e os outros ficamos chocados com a cena diante de nós. Havia um homem na armadura vermelha que estava com uma flecha na cabeça, e sangue escorria profusamente do ferimento. Ele parecia estar vestido com as mesmas cores dos soldados que invadiram nossa vila há alguns meses. Mas o que mais me impressionou foram as palavras que ele disse enquanto morria.

"Grungrth throut frioossh, heed, mash mash mash, a grkref gritg hes", foram as palavras que saíram de sua boca enquanto caía ao chão. Pareciam uma língua estranha, antiga e difícil de compreender. Foi então que Kym entrou em ação, sugerindo que deveríamos puxar o corpo para dentro e que ele tinha um livro que poderia ajudar a decifrar aquela língua.

Após alguns instantes de hesitação, Tom e eu fomos em direção ao corpo e o arrastamos para dentro da casa. Foi um trabalho difícil, já que o homem estava vestindo uma armadura pesada, mas conseguimos. Uma vez dentro, Kym pegou seu livro e começou a pesquisar sobre a língua que o homem falou.

Charlie viu que tinha um arco e algumas flechas em suas costas, ele retirou e pegou para ele, já Tom viu que havia uma carta em seu bolso, então me aproximei para ler junto com ele, e a carta dizia:

Sub-General Marston

O Rei precisa do sangue dos restos que estão nas cidades:

- Vila Nobre
- Toda a região de Troast
- Krint

- Grenth

- Cidade da Borda

Favor trazer o mais rápido possível. Mate todos, não deixe testemunhas.

Enviarei o grupo de limpeza dias depois, precisamos retirar do mapa estes lugares.

General Keaton

Meus olhos foram diretamente para o nome da minha vila, escrita naquela carta. Senti um arrepio percorrer minha espinha. Claramente aquela carta era uma prova incontestável de que o responsável pelo ataque à nossa vila e a morte de nossos entes queridos estava ali diante de nós. Uma onda de emoção percorreu todo o meu corpo, era difícil conter a raiva que crescia em meu interior.

Tom olhou para mim com determinação em seus olhos e eu soube que estava pensando o mesmo que eu, que a vingança que Amorim havia prometido, estava começando a ser cumprida.

Charlie suspirou, sua expressão preocupada: - Para ele estar aqui, provavelmente soldados estão próximos, Kym, acho que a cidade da Borda está sendo atacada!

Falei enquanto sentia um arrepio percorrer meu corpo: - Sim, é a última cidade escrita aqui.

Charlie olhou para fora da casa de Kym, para o centro da cidade, e seu rosto se fechou ainda mais: - Não, olhe lá fora.

Da porta, podíamos ver a fumaça subindo e as chamas lambendo o céu, os sons de gritos e metal se chocando chegando até nossos ouvidos.

Tom pegou sua lança, sua expressão decidida: - Precisamos agir agora! Não podemos deixar que aconteça o mesmo que aconteceu conosco.

Kym nos chamou: - Esperem! Não é normal as palavras que esse guarda falou, e olhem, a flecha que está enfiada em sua cabeça, é exatamente igual as que ele tem guardada com ele, alguma coisa está errada.

Mas Tom decidiu não esperar a conversa terminar, e saiu correndo com sua lança em mãos, seguido por mim e por Charlie. Kym ficou para trás, terminando de pesquisar sobre o que havia sido dito.

Chegando à cidade, a visão que tivemos foi de caos e destruição. Homens com armaduras vermelhas entravam nas casas, matando qualquer pessoa que encontravam pela frente. Os civis tentavam lutar com o que tinham, mas era uma luta desigual. Foi então que avistamos um pequeno exército de mulheres usando armaduras amarelas, prontas para enfrentar os invasores. Eram quinze delas, lutando bravamente contra um exército vermelho que parecia contar com mais de duzentos soldados.

Uma das mulheres, usando um capacete da cor amarela, se destacava no meio da batalha e parecia liderar o pequeno grupo. Ela havia sido cercada por alguns soldados e foi então que Tom e eu corremos para atacar por trás. Charlie, por sua vez, disparava flechas certeiras nos inimigos. Conseguimos eliminar alguns dos homens que cercavam a líder, e as outras mulheres se juntaram a nós para ajudar a salvar sua companheira de batalha.

A luta continuou intensa, mas as mulheres pareciam imbatíveis. A cada morte de uma delas, levavam junto pelo menos dez inimigos. Eu nunca havia entrado em uma guerra, e Tom também não, mas sentíamos como se estivéssemos preparados desde crianças para aquele momento. Tom lutava como um soldado experiente, e eu tentava seguir seus passos da melhor forma possível.

Mesmo com as mulheres lutando com bravura, a força do exército inimigo era avassaladora. Os civis tentavam ajudar como podiam, mas a luta parecia cada vez mais desigual. A cidade que outrora poderia ter sido um sonho se transformou em um pesadelo de fogo e sangue. Foi então que os soldados vermelhos nos encurralaram, e não havia mais para onde fugir. Alguns deles perseguiram Charlie, que tentou atacá-los com a espada, mas estava claramente em desvantagem. Tentei ajudá-lo, mas a situação parecia cada vez mais desesperadora.

Charlie lutava bravamente contra um dos soldados, mostrando determinação e coragem em cada golpe. No entanto, sua força começava a falhar, e a espada do inimigo se aproximava cada vez mais de seu rosto. Mesmo assim, ele resistia, segurando a lâmina com as duas mãos, tentando evitar o pior.

Infelizmente, um golpe certeiro atingiu seu dedo, fazendo-o perder três pedaços. A dor lancinante o fez largar a espada, e sua defesa ficou comprometida. O soldado inimigo, percebendo a vantagem, se preparou para desferir o golpe final, que seria fatal para Charlie.

Foi quando, subitamente, flechas atravessaram o ar, zunindo em alta velocidade e derrubando muitos soldados vermelhos de uma só vez. A cena era impressionante, e a maré da batalha começava a mudar.

Eram os soldados verdes, que haviam chegado para ajudar. Com sua chegada oportuna e a força renovada, eles conseguiram virar o jogo e salvar Charlie de um destino terrível. A batalha ainda estava longe de acabar, mas agora havia esperança para o grupo de Charlie e seus aliados.

Enquanto isso, Kym apareceu com suas bombas, explodindo os inimigos e dando o sinal da vitória. Um por um, os soldados vermelhos iam caindo, seja pelas espadas dos combatentes, seja pelas bombas de Kym. Tom, eu e as mulheres da cidade lutamos até o fim, determinados a acabar com a invasão de uma vez por todas.

Charlie estava sofrendo muito, com o rosto sujo de sangue, suor e lágrimas. Me aproximei dele, segurei sua mão direita, e tentei ajudá-lo a se levantar. Ele gemeu de dor, mas conseguiu ficar de pé com a minha ajuda. A cena ao nosso redor era um verdadeiro campo de batalha, com corpos espalhados por todo o lado e o cheiro de sangue e morte pairando no ar.

As mulheres que lutaram bravamente ao nosso lado estavam exaustas, mas ainda assim se mantinham firmes, protegendo a cidade e os civis que sobreviveram. Cada uma delas parecia ser uma guerreira experiente, com habilidades incríveis na batalha, e estavam todas cobertas de sangue e suor.

Os combates foram intensos, as mulheres lutavam com grande destreza e coragem, derrubando os soldados vermelhos um a um. Vi uma delas atacando com uma espada dupla, desviando dos golpes do inimigo e retalhando-o com grande habilidade. Outra usava um machado gigante, cortando os soldados como se fossem pedaços de madeira.

Eu e Tom também estávamos lutando com todas as nossas forças, empunhando nossas armas com destreza e precisão. Eu usava minha espada com rapidez, desviando dos golpes do inimigo e retalhando-os com grande força. Tom, por sua vez, usava sua lança como se fosse uma extensão de seu braço, derrubando os soldados com precisão e rapidez.

No final, a vitória foi nossa, com a chegada dos soldados verdes e a ajuda de Kym, conseguimos derrotar os inimigos e trazer a paz para a cidade. Mas o preço foi alto, além das mortes e feridos, Charlie estava gravemente ferido e precisava de cuidados médicos urgentes.

Um dos soldados vestindo armadura verde, diferente daquele que havia conversado comigo há meses atrás, desceu do cavalo e se aproximou de nós. Ele disse: -Eu lembro de você, você é o menino do relógio. Fui eu que dei a vocês a lança e a espada. Eu falei da profecia e vocês nos ajudaram a salvar Grenth. Chegamos tarde na cidade da borda, mas conseguimos salvar parte da cidade. Somos gratos a vocês por isso.

Curioso, perguntei ao soldado: - Onde está o líder?

Ele respondeu: -Necro sumiu. Não sabemos onde ele está, mas estamos seguindo nosso objetivo de expulsar os guardas de Sarantis de nossa terra. A profecia dizia que dois jovens perdidos mostrariam o tempo para salvar os minutos de vida de cidades esquecidas, por isso conseguimos guerrear em Grenth, mas descobrimos que somente metade do exército vermelho estava lá, a outra parte havia marchado para cá.

A mulher de capacete amarelo se aproximou de nós e retirou o capacete. Seu cabelo era repartido no meio e de um lado era raspado, enquanto do outro a cor parecia um misto de loiro com azul. Ela parecia ser mais velha que Tom e virou para o soldado, dizendo: -Necro não pode ter sumido. Minhas meninas viram ele passando por esta cidade há pouco tempo. Não consegui encontrá-lo, mas ele passou por aqui.

O soldado então explicou: -Descobrimos a rota do exército vermelho há meses graças a esse rapaz aqui. Ele nos guiou e por isso achamos que poderíamos encontrar Necro aqui. Mas estamos achando que ele pode ter entrado no Reino.

A cidade da borda era cercada por montanhas, que se erguiam majestosas na paisagem. As árvores cresciam nas encostas e o ar era fresco, com um cheiro de folhas e terra molhada. No horizonte, era possível avistar os muros do Reino, um vislumbre de esperança para aqueles que procuravam uma nova vida. A notícia de mais uma pessoa querendo atravessar as fronteiras me encheu de alegria.

Ir para o Reino? Necro enlouqueceu? - perguntou Agaha, surpresa.

Tom se aproximou e nos cumprimentou:

- Quem são vocês dois?

Eu sou Agaha, projeto de Deus, e este é Fallon, braço direito de Necro, que é meu irmão, e que aparentemente ficou maluco.

Kym ao terminar de fazer um curativo em Charlie, chegou próximo da roda de conversa e falou:

Olá, Agaha. Vejo que decidiu aparecer dessa vez? Você e as meninas esperam a nossa cidade ser atacada, para saírem da toca? E quanto a Necro, estamos indo para o Reino também, quem sabe a gente se encontra no caminho.

Agaha riu de forma irônica:

- Se eu estava na toca foi para treinar e ficar mais forte, diferente de você que entrou na sua, se drogou para viver mais, e não está aguentando andar direito, além disso, isso é loucura! Sarantis quer matar todos nós, e vocês ainda querem atravessar a fronteira? Não me diga que é para encontrar Raka, aquela menina que se foi há anos.

O tom de Agaha era de descrença, mas havia algo em sua voz que indicava que ela sabia mais do que estava falando.

- Não fale da Raya! Ela está viva! - Kym pegou sua adaga e posicionou-a perto do pescoço de Agaha, enquanto esta colocou sua espada próxima do peito de Kym.

Fallon tentou acalmar a situação: - Por favor, parem com isso! Nós estamos do mesmo lado e precisamos nos unir para derrotar Sarantis. Não precisamos de mais violência.

- Não sei se podemos confiar em vocês, Agaha. Se você tivesse lutado conosco na guerra dos muros, teríamos tido mais chances. Você abandonou seu irmão e agora quer parecer que se importa. Protegeu bem essa cidade hoje só para se sentir menos culpada pelas mortes que poderia ter evitado se tivesse lutado ao nosso lado - disse Kym, mantendo a adaga próxima do pescoço de Agaha.

Agaha retirou a espada de perto de Kym, pegou seu capacete, colocou-o na cabeça e falou: - Vamos, meninas. Já chega por hoje. Vamos recolher os corpos, queimá-los e ajudar a cidade a se recuperar. Pelo menos estaremos fazendo algo de útil, diferente do velho Kym que se mantém preso em sua casa há séculos, e acreditando em contos de fadas.

Fallon então se dirigiu a Agaha e disse: - Milady, por favor, aceite o meu exército para servir a senhora até a volta de Necro.

Me sigam! - Gritou Agaha para o exército verde, liderando-os em direção à cidade.

Enquanto as pessoas iam saindo, olhei para Kym e falei com uma pitada de reprovação em minha voz:

Precisava falar assim com ela?

Kym então olhou para mim, para Tom e para Charlie, que ainda se recuperava, e soltou um suspiro antes de responder:

Eu não podia simplesmente deixá-la falar daquela forma sobre Raya. Ela não sabe de nada.

Tom interveio, tentando mudar de assunto:

Mas e a mensagem que o guarda falou? Foi Amorim que mandou?

Kym pegou um pedaço de papel e leu a mensagem em voz alta:

"Como prova, eu o convenci a se matar, o Reino está próximo. Sei onde ela está, mas não sei onde ela fica."

CAPÍTULO 3 - DEUSES, PROJETOS E UMA DANÇARINA.

PARTE I: A DEUSA DAS PEDRAS

Ao entrar na sala do rei Sarantis, pude sentir a tensão no ar. Ele estava sentado em seu trono, parecendo perturbado com algo. Eu me aproximei, mantendo a postura respeitosa.

Olá Rei, me chamou? - Falei.

Sim Raiz - Disse o Rei Sarantis com a voz grave e preocupada.

O que precisa irmão? - Perguntei, notando que algo parecia estar incomodando o rei.

- Vozes na minha cabeça, me dizem que algo está estranho, o Reino não está protegido, alguém, alguma pessoa, criaturas, algo está entrando no Reino - respondeu o rei, visivelmente aflito.

Eu não pude deixar de ficar surpreso com a declaração. Era impossível para qualquer coisa ou pessoa entrar no Reino, pois os muros eram protegidos pelos colossos, seres gigantescos que mantinham a ordem.

- Impossível jamais alguém pode passar por estes muros, nem mesmo o nosso próprio exército poderia invadir, os meus colossos estão protegendo os muros - argumentei, tentando acalmar o rei.

No entanto, Sarantis não parecia convencido. Ele falou sobre sentir uma energia estranha e ouvir uma alma gritando, e insistiu que eu fosse investigar.

- Não estou ligando para isto Raiz, e se for o exército verde, eles são guiados pelo projeto de deus Necro, e se ele estiver novamente tentando entrar no reino com o exército, eu mesmo sairei da minha cadeira, e mandarei moer a cabeça dele e servirem no seu jantar - ameaçou o rei.

Eu sabia que Necro e Sarantis tinham uma longa história de conflitos, e que o rei estava disposto a tudo para proteger o Reino, mesmo que isso significasse sacrificar os outros. Eu concordei em investigar, embora achasse que seria uma perda de tempo.

- Como quiser irmão - respondi.

Com isso, saí da sala do trono, com a sensação de que algo estava prestes a acontecer, e de que eu seria o responsável por descobrir o que era.

Após a conversa, lembrei de Necro e como sua presença sempre me deixava apreensiva. Mas eu não tinha o que fazer, como deusa, era meu papel proteger a paz, custe o que custar. Se parte desses muros caíssem novamente, teríamos o fim da paz e os outros deuses poderiam me julgar e até mesmo me tirar minha divindade, como fizeram com Amorim.

Após me afastar do Rei, deixei o castelo e me dirigi ao exuberante jardim real. Alguns guardas patrulhavam a área, enquanto crianças da família real, incluindo a adorável neta do Rei, se divertiam ao redor. A menina balançava-se alegremente no balanço, fazendo-me recordar dos tempos em que não havia muros nos separando do mundo exterior, quando podíamos ir aonde quiséssemos. No entanto, essa é a penitência que pagamos pela paz. Às vezes, para silenciar nossos demônios, é preciso aprisioná-los e cercá-los com muros.

Enquanto me sentava, aproveitando o sol cada vez mais quente, percebi uma serpente deslizando sobre meus pés. Instintivamente, invoquei Karma:

- Karma, remova isso de mim agora! - implorei com urgência em minha voz.

A deusa Karma surgiu atrás de mim, uma mulher mais velha, mas com um ar adolescente e irritante.

-Olá, irmã - ela saudou.

- Não sou sua irmã -, respondi, irritada.

- Não fale assim da sua família, hihi, não esqueça de quem te salvou no laboratório, não foi Necro, não foi Sarantis, não foi Solares, fui eu, então me trate bem.

- O que você quer Karma? - Perguntei impaciente.

- Estava dando uma volta pelo Reino hoje, e como você é a favorita do Rei, por ele ser seu irmão, achei que fosse precisar de ajuda com os invasores, a Mili me contou.

Senti uma raiva crescer dentro de mim: - Você estava me espionando Karma! Você não presta!

- Eu que não presto? Ou será que fui eu que não fechei a rachadura nos muros? Hihi, acha que eu não vi? A Mili encontrou há uns 2 anos, mas não posso atrapalhar o seu romance né. Mas sabe o que seria mais engraçado? Imagina se o Necro entrasse pela entrada que você esqueceu de fechar? Ahhhh Raiz, eu ia adorar ouvir a sua conversa com o Rei. Ia ser tão legal, ele ia te ameaçar tanto, ia fazer tanta coisa com você, talvez até te dar para o exército dele por uma noite, quem sabe?

Ao ouvir sobre a entrada, percebi que ela estava brincando comigo, e isso me deixou preocupada. O Rei nunca poderia saber disso. - O que você quer, Karma?

Ela se ergueu no banco e pulou de um para o outro: - Ah, você sabe né. Faz tempo que cansei de dividir os cuidados do Reino com você, enquanto Rastor e Kora estão com Solares. Acho que não precisamos mais dividir né? Eu dou conta de ser a única Deusa aqui, inclusive já sou próxima do Rei, hihi. Já faz um tempo que estamos juntos, mas você não deve saber disso né? Ele não te contou né?

- Não, eu não sabia Karma, e o que faz você pensar que eu não sairia daqui e contaria para toda a família do Rei, para sua esposa, seus filhos, netos, que você tem um caso com o Rei? - Respondi irritada.

Karma, a deusa irritante, parou de pular nos bancos e sentou na minha frente com aquele sorriso malicioso que sempre me incomodava.

- Ahhh Raiz, sempre tão ingênua, agora entendo como foi se apaixonar pelo Necro. Veja Raiz, poucas pessoas neste mundo possuem uma vida tão longa como a nossa, mas olhe ali na frente, veja aquela criança se aproximando do arbusto. Advinha o que tem lá?

Minha raiva cresceu em um instante e eu gritei com Karma:

- Sua doente! Você mataria uma criança para executar o seu plano doentio?

Karma respondeu com um sorriso irônico:

- Raiz, Raiz, tão cega, tão vulnerável, parecendo aquela criança. Imagine a dor que seria para os pais dela? Ah, lembrei, ela é sua sobrinha né? Por isso que você está preocupada. É melhor ir tirá-la de lá, vai saber o que pode ter dentro do arbusto.

Sai correndo em direção à Sophi, minha sobrinha, puxando-a para longe do arbusto e entregando-a para minha cunhada. Expliquei a situação para ela e pedi para que tomasse cuidado com a criança. Então, balancei o arbusto e um escorpião verde saiu. Coloquei energia no meu pé direito e as pedras do chão subiram para pisotear o escorpião.

Algumas pessoas pararam o que estavam fazendo e me olharam, mas Karma havia desaparecido. De repente, ela saltitou na minha frente e falou:

- É bom você tomar cuidado Raiz. Imagine o tanto de arbustos que existem neste Reino? E imagine a dor do Rei ao descobrir que a família inteira brincou perto de arbustos e alguém entrou pelos muros? É muita informação ao mesmo tempo, não tem irmão que aguente né?

Karma saiu correndo pela porta do jardim, deixando-me preocupada e ameaçada. Decidi então ir até a entrada dos muros para reparar o que eu havia feito.

Enquanto eu trabalhava no bar, vestida com minha roupa preta ajustada e um avental branco impecável, me movimentava de um lado para o outro, equilibrando bandejas e servindo as garrafas com destreza. O clima estava ameno, com uma brisa suave entrando pelas janelas abertas, trazendo consigo o aroma das flores do jardim lá fora. Eu não conseguia evitar imaginar como seria sair daquele bar e viver somente dançando, um sonho antigo meu que ainda pulsava em meu coração. Mas, por enquanto, eu precisava me contentar em servir bebidas para os clientes do bar, que estava cheio, com o burburinho das conversas em voz alta e risos estridentes ecoando pelo ambiente.

Eu estava ansiosa para sair dali e praticar meus passos de dança em casa, onde eu tinha um pequeno estúdio improvisado. Foi então que notei um homem solitário em um canto escuro do bar, vestido em um uniforme militar imponente com insígnias brilhantes, que o distinguia claramente dos outros clientes. Ele parecia deslocado, como se estivesse em um ambiente estranho e desconfortável para ele.

Enquanto eu servia os outros clientes, trocando sorrisos amigáveis e risadas leves, percebi que o soldado continuava a me observar com um olhar curioso e inquisitivo. Quando finalmente ele se aproximou do balcão, pediu uma cerveja com voz firme e um toque de hesitação. Seus olhos penetrantes caíram sobre a marca em meu pulso, uma cicatriz em forma de estrela que carregava desde criança. Eu rapidamente puxei a manga da minha blusa para cobri-la, sentindo um calafrio na espinha. Ele pagou a bebida com notas amassadas de dinheiro e saiu sem dizer mais nada, deixando um rastro de mistério e inquietação no ar.

No fim da noite, o dono do bar, um homem de meia-idade com cabelos grisalhos e um bigode bem aparado, já tinha ido embora, deixando o estabelecimento sob minha responsabilidade.

Ele tinha depositado o meu pagamento em um pote de cerâmica decorado, que ficava em um canto da cozinha. Passei por lá, peguei o valor, agradecendo mentalmente pela oportunidade de trabalho, e, faminta, peguei uma maçã vermelha e suculenta que estava sobre a bancada.

Tranquei o bar cuidadosamente, verificando duas vezes se todas as portas e janelas estavam bem fechadas. Já estava tarde e o ar frio da noite me fazia sentir, fazendo-me arrepiar. Coloquei meu casaco de lã grosso, aconchegante e quente, e saí pela porta dos fundos que dava em um beco estreito e mal iluminado.

Enquanto caminhava, ouvi um barulho estranho, um som metálico seguido por um estilhaçar de vidro. Uma garrafa caiu ao chão, fazendo-me parar e prender a respiração. Foi então que o homem do bar, o oficial que me observara durante a noite, apareceu na minha frente, com um olhar sério e impenetrável. Ao seu lado, três guardas corpulentos e fardados ficaram de costas, formando um bloqueio intimidante no beco.

O homem, provavelmente um oficial de alta patente, encarou-me diretamente nos olhos e, com uma voz grave e autoritária, disse:

Eu quero você – afirmou ele, com um olhar intenso e uma expressão de desejo mal disfarçado.

Suspirei, incrédula, e respondi: - Mas querer como? Sou apenas uma atendente de bar, fazendo meu trabalho e tentando viver minha vida.

Fique quieta, menina! – ele rosnou, impaciente – Venha cá, senão serei obrigado a te forçar.

Recuei um passo e disse, com firmeza: - Saia de perto de mim, você é um louco. Ou você se afasta, ou terei que tomar alguma providência.

Embora estivesse sozinha naquele beco escuro, não sentia medo. Eu sabia que poderia facilmente me defender, mas uma parte de mim queria continuar brincando só para ver até onde essa situação bizarra iria.

- Venha cá – ele insistiu, o rosto se contorcendo em raiva – você não passa de uma bastarda.

Indignada, exclamei: - Como você ousa? Bastarda? De onde você tirou essa ideia ridícula? Está louco? – E comecei a gargalhar.

- Pare de rir, sua cadela – ameaçou ele, o rosto vermelho de raiva – vou fazer você perder todos os seus dentes, vou esfregar eles no chão, você não sabe com quem está mexendo, sua meretriz bastarda. Acha que eu não te conheço? Que eu não sei onde você mora? Você é adotada, ninguém te ama.

Enquanto ele vociferava, o ambiente tornava-se cada vez mais tenso e sombrio. Eu sabia que a situação havia passado dos limites e que era hora de pôr um fim naquela conversa insana.

Fiquei furiosa e angustiada com as palavras venenosas que saíam de sua boca, ferindo minha alma: - Não ouse falar dos meus pais! Eles não estão aqui para se defender.

- Será que não? - ele zombou cruelmente - Eles conspiraram contra o Rei. Você seria morta enquanto bebê, o Rei ordenou que uma de suas criadas a matassem, pois isso era algo de costume, e essa mesma criada, raptou você para que não fosse morta, e essa criada é essa mulher que você chama de Mãe. Depois de anos, descobrimos que você não havia sido morta, aquela verme escondeu você com ela e ainda por cima tentou colocar a culpa em outra mulher. Sua mãe não presta. Eu tive que ir atrás e matar essa mulher, a família dela,e também a sua, começando pela sua mãe, seu pai, seus irmãos, e até mesmo a doce Marie que é sua sobrinha...

Lágrimas escorriam pelo meu rosto, enquanto minha voz tremia: - O que você fez com meus pais? O que fez com minha irmã?

- Eles estão aqui! - exclamou com um sorriso diabólico. Então, cada um dos guardas se virou e arremessou em minha direção as cabeças decepadas da minha família.

Desesperada e chocada, comecei a vomitar, mas eu não tinha comido muito, então logo comecei a sentir uma dor lancinante, como se minha vida estivesse se esvaindo. O oficial então se aproximou, segurou meu cabelo com força e, com sua adaga afiada, começou a pressionar e rasgar minha barriga, subindo até o peito, não tão forte a ponto de afundar a adaga, mas cortando a minha roupa preta e cortando parte do meu corpo. Eu sentia o sangue escorrer, enquanto sofria a dor mais intensa e agonizante que já experimentara.

- Levarei sua cabeça junto com os vermes da sua família ao Rei - ele disse, com um sorriso sádico - Ele ficará contente. Mas, como só preciso da cabeça, posso estragar o resto do corpo. Ninguém mexe com o Rei Sarantis!

Naquele momento, eu estava mais assustada e desesperada do que jamais estivera em toda a minha vida.

Antes que ele pudesse terminar a frase, agarrei seu pulso direito, que segurava a adaga, e cravei minhas unhas com tanta força e raiva que ele perdeu a firmeza na mão. Com a minha outra mão, arranquei a adaga dele e cravei-a em sua garganta. Enquanto isso acontecia, ele soltava aos poucos o meu cabelo, que doía terrivelmente. Encarei-o nos olhos e disse: - Achou que eu fosse uma atendente inofensiva, né?

Empurrei a adaga ainda mais fundo em seu pescoço e comecei a puxar a lâmina para cima, cortando até perto do seu queixo. Sua mão ficara agarrada ao meu cabelo, então deixei a adaga em seu pescoço, peguei a espada que estava em sua bainha e cortei metade do meu cabelo.

Enquanto fazia isso, os três guardas avançaram em minha direção. Um deles exclamou: - O que você fez?! Este era Rij, o comandante oficial do Rei! Ele tem sangue real! Quando o Rei souber...

Não permiti que ele terminasse. Corri em direção a ele, segurando a espada. Como tenho uma altura menor, segurei-a de cima para baixo, mirando em sua boca. A espada atravessou sua boca e crânio, enquanto o guarda à direita tentava me segurar pelo braço. O outro guarda retirou a espada do colega caído e começou a tentar me atingir. Então, o guarda que segurava um dos meus braços agarrou o outro braço, deixando-me vulnerável, como se eu fosse um alvo pronto para ser perfurado pela espada.

Nesse instante, eu sabia que precisava agir rapidamente. Em um movimento ágil, ergui meu joelho, acertando o guarda à direita no estômago e soltando-me de seu aperto. Enquanto ele cambaleava para trás, virei-me para o guarda com a espada e, num golpe veloz, desarmei-o, fazendo a espada voar longe.

A adrenalina corria em minhas veias, enquanto eu me preparava para enfrentar qualquer outra ameaça que pudesse surgir. Eu estava sozinha e ferida, mas determinada a lutar até o fim. O cenário sombrio do beco e os corpos caídos a meus pés apenas intensificavam minha determinação em sobreviver e vingar minha família.

Aproveitando o ritmo, transformei a batalha em uma dança. Quando o outro guarda avançou com a espada, eu estava imobilizada, então usei meus pés e desferi um chute com a sola do meu pé na mão do guarda que segurava a espada. Isso o desequilibrou e ele caiu no chão. O guarda que me segurava soltou uma das mãos para pegar uma adaga, mas não teve tempo. Arranquei a espada da bainha dele e cravei na sua perna. Ele caiu, gemendo de dor e soltando a adaga recém-empunhada.

Enquanto isso, o outro guarda que havia caído se levantou, mas não permiti que ele avançasse. Era tudo uma melodia, uma dança. Peguei a adaga do guarda que eu havia ferido na perna e arremessei-a diretamente na testa do outro. Ele caiu morto no chão.

O guarda próximo a mim, com a perna ferida, retirou a espada e veio me atacar. Ele desferiu um golpe de cima para baixo, com raiva, mas eu esquivei, peguei uma garrafa próxima e acertei em sua perna machucada. Ele gritou e tentou me atacar com a espada, mirando na minha cabeça. Eu me abaixei, levantei e o empurrei, aproveitando a força e a dor que o desequilibraram. Corri até o outro guarda morto, puxei sua espada e avancei contra o da perna machucada.

O primeiro ataque o guarda conseguiu conter, o segundo também. No terceiro, ele tirou mais um pedaço do meu cabelo, mas no quarto golpe, ele já estava praticamente morto, pois minha espada já havia atravessado seu estômago.

Ele olhou para mim, com os olhos arregalados, e murmurou: - Socorro...

Fiquei confusa com seu pedido de socorro. Será que ele estava implorando por minha ajuda? Olhei para trás e vi que o dono do bar havia retornado, provavelmente esquecera algo. Ao testemunhar a cena, ele correu, pedindo ajuda. Guardas do reino responderam ao seu chamado e vieram em seu socorro. Tentei impedi-lo, mas já era tarde demais. Em um piscar de olhos, estava cercada por guardas por todos os lados.

Quando pensei que encontraria meu fim ali, eles optaram por me prender em vez de me matar. Com socos e chutes, fui brutalmente agredida. A dor era quase insuportável, mas me mantive firme, suportando cada golpe. Eles não sabiam o motivo pelo qual eu havia matado aqueles guardas e o oficial. Por isso, não me executaram, mas me fizeram sofrer. Minha última visão antes de desmaiar foi do chão molhado sob meus pés.

Havia dias que cavalgávamos incansavelmente em busca do cumprimento da profecia: "Dois jovens perdidos mostrariam o tempo para salvar os minutos de vida de cidades esquecidas". Fallon, sempre cético, duvidava da veracidade da profecia, já que muitas das cidades por onde passávamos estavam mortas, e seus minutos de vida tinham se esgotado.

Depois de meses percorrendo cidades fantasma e outras com moradores dispostos a se unir ao nosso exército, decidimos que talvez fosse melhor permanecer nas cidades do que continuar a busca pela profecia.

A caminho de Troast, nos deparamos com a ponte principal destruída, o que nos obrigou a seguir pela floresta, apesar dos temores de alguns membros do grupo de que ela fosse amaldiçoada. Decidimos prosseguir, mesmo assim.

A vastidão da floresta nos engolia enquanto a noite caía. No meio dela, escutamos um som peculiar: alguém roncando. À medida que nos aproximávamos, o som cessou. Contudo, Fallon fez um sinal indicando a presença de duas pessoas ali.

Avançamos cautelosamente e encontramos dois jovens escondidos. Eram os garotos da profecia, claramente perdidos. Foi então que notei algo extraordinário no pulso do mais novo: um relógio de pulso, objeto raríssimo que só havia visto no laboratório de Fring. Naquele instante, percebi que o relógio era a chave para desvendar a profecia; ele deveria nos apontar as horas marcadas, indicando a direção a seguir.

O menino apontou em direção a Grenth, o que só poderia significar uma coisa: precisávamos correr, pois alguém estava prestes a atacar aquela aldeia.

Cavalgamos com urgência até chegar ao vilarejo, que ficava próximo à cidade da borda, onde minha irmã residia. A iminência de um ataque ali indicava que a próxima cidade a ser atacada seria justamente a da borda.

Ao chegarmos lá, percebemos que a vila estava em paz. Não havia sinais de guerra, ataques ou sangue derramado. As pessoas estavam tranquilas e desfrutando de suas vidas. Até mesmo Fallon, que sempre fora cético em relação às profecias, virou-se para mim e disse: — Pode ser que a profecia esteja errada.

Era difícil acreditar, pois todas as outras profecias haviam se cumprido conforme previsto.

— Meu lorde, já que chegamos à vila e não há guerra ou perigo iminente, o que faremos agora? Nossa tropa está exausta — perguntou Fallon.

Suspirei e respondi: — Deixe-os descansar, aproveitar a comida, as bebidas e as mulheres daqui. Tome este saco de ouro e cuide deles. Amanhã, ao meio-dia, partiremos para a cidade onde minha irmã reside. Talvez o perigo esteja lá.

— Como quiser, meu lorde. Precisa que eu encontre um lugar para você ficar?

— Não, obrigado.

Ao chegarmos à pitoresca vila de Grench, senti um pressentimento de que ali encontraríamos a resposta que tanto buscávamos. As casas de madeira, com suas janelas floridas e telhados de palha, transmitiam uma sensação de calma e tranquilidade. Pedi a Fallon, um dos meus soldados mais fiéis, que levasse meu cavalo para descansar em um estábulo próximo enquanto eu explorava a vila a pé.

Comecei a caminhar pelas ruas estreitas e sinuosas de Grench, observando os aldeões em suas atividades cotidianas. O som de risadas e conversas animadas preenchiam o ar, misturando-se com o aroma de pão fresco e ervas sendo vendidos nas barracas do mercado. Enquanto caminhava, vi meus soldados entrarem em um bar movimentado, onde grupos de pessoas se reuniam em torno de mesas, compartilhando histórias e bebidas.

No entanto, decidi continuar andando, curioso para descobrir o que mais a vila tinha a oferecer. Ao seguir por uma rua estreita, ladeada por casas antigas e um pequeno jardim com flores silvestres, deparei-me com uma taverna quase escondida. A construção rústica, com paredes de pedra cobertas de hera e uma porta de madeira desgastada, despertou meu interesse.

A atmosfera dentro da pequena taverna era íntima e acolhedora. A luz das velas iluminava suavemente o espaço, revelando vigas de madeira expostas no teto e uma lareira acesa que aquecia o ambiente. Sentei-me em um canto discreto, esperando que talvez ali, naquele local pouco conhecido, eu pudesse encontrar a pista que me levaria à resposta que tanto ansiávamos descobrir. Entrei e notei um senhor lendo, um homem deitado ao fundo e o bartender desenhando algo em um pedaço de papel. Sentei-me no balcão e pedi uma cerveja.

O senhor, absorto em seu livro, começou a ler em voz alta:
— E então, o cavaleiro verde da profetiza Suzan adentra a taverna, enquanto seus soldados aproveitam seus últimos minutos de vida, a menos que ele os abandone.

Olhei para ele surpreso, enquanto ele me dizia: — Está aqui, está escrito. Não tem mais nada depois, está em branco, mas está aqui.

Levantei-me, intrigado. Quem era aquele senhor e como ele sabia tanto sobre minha vida? Seria ele um espião do Reino?

— Quem é você? Um espião? Como sabe da Suzan? Você está me seguindo?

O senhor então se levantou, revelando que era cego. Ele virou seu rosto em minha direção, sorrindo, com sua barba branca e um longo manto, que parecia fora de contexto naquela situação.

— Eu sei porque você veio aqui, Necro. Vamos a um lugar mais reservado, o que acha? Me leve à sala atrás do bar.

Nada fazia sentido. O livro continha apenas quatro linhas, e nada mais, nem antes nem depois. O senhor era cego; o que ele estava lendo? Ele se levantou, segurou meu braço, e o dono do bar abriu uma porta para que fôssemos a uma sala reservada.

A sala, na verdade, era um depósito de bebidas, com prateleiras abarrotadas de garrafas e barris empoeirados. O senhor então disse: — Me deixe de frente para a cadeira alta.

Acomodei-o conforme solicitado, ainda tentando entender o que estava acontecendo. O ambiente sombrio e abafado do depósito de bebidas apenas acentuava o mistério daquele encontro.

No centro da sala, havia uma mesa de madeira robusta com seis cadeiras e uma mais alta na ponta. Eu estava prestes a me sentar na cadeira ao lado, quando ele falou: — Não sente aí, o Coronel está aí. Sirva-nos hidromel. Está naquele barril mais alto, que está gotejando.

Olhei para a cadeira indicada, que estava vazia e suja, coberta de teias de aranha. Realmente, havia um barril mal fechado, fazendo com que o chão ao redor ficasse grudento.

Peguei dois copos, abri a torneira do barril e comecei a encher com hidromel. Exalava um aroma agradável e adocicado. Enchi os dois copos e o senhor falou: — Não vai servir nossos convidados? Traga seis copos, são seis cadeiras. Não me faça passar vergonha!

— Senhor, só há duas pessoas aqui: eu e você. Não há mais ninguém — respondi, confuso.

O senhor ficou irritado, bateu na mesa com força, fazendo até baratas saírem, e disse: — Me respeite, Necro! Você quer saber ou não qual sua próxima missão? O que você tem que fazer?

Fiquei em silêncio e respondi: — Sim, me desculpe. Poderia me dizer seu nome?

— Sou o presidente desta cidade, senhor presidente. Ao meu lado temos o Coronel, à minha frente o Vice-presidente, ao lado dele o Miguel, nosso segurança, e de frente para ele, é onde você senta — afirmou, com uma certa aura de loucura.

Ele parecia louco, mas, de alguma forma, me conhecia. Então, deixei-o continuar.

— Irmão de Agaha, tome sua dose de hidromel e me traga aquela caixa grande ali.

Segurei a caixa, que continha uma coleção vasta e diversificada de chás, uma seleção meticulosamente cultivada ao longo dos anos. Enquanto eu a examinava, me perguntava como aquele homem peculiar se encaixava na minha jornada e o que ele poderia revelar sobre o meu destino.

— Sim, Necro, essa coleção é resultado de anos de dedicação. Venha, vamos ferver a água e tomar um chá juntos — disse ele, como se lesse meus pensamentos.

Intrigado, perguntei:

— Mas senhor, nós acabamos de tomar hidromel. Por que tomar chá agora?

— Necro, essa é a minha paixão. Fui coletando cada um desses chás ao longo dos anos. É um hobby, uma obsessão.

— Mas se o senhor pretende fazer uma coleção, por qual motivo os consome?

Ele olhou para mim com seriedade e respondeu:

— Nós precisamos apreciar tudo o que nos é dado, antes que outros o façam em nosso lugar. Não sei quantos anos ainda me restam; já vivi tanto tempo que não consigo mais contar. Todos os anciãos têm vidas extremamente longas, é uma maldição. Meu sonho é morrer como todos os outros, mas... sempre viverei neste pesadelo. Bem, deixe-me escolher um chá e faça-o para nós dois.

Diante de sua revelação, compartilhei:

— Todos nós sofremos com isso. Só vou parar de envelhecer quando uma espada atravessar meu peito; até lá, o tempo não conseguirá me vencer.

Preparei o chá escolhido, servi-o e sentei-me na cadeira disponível. Ele bebericou a bebida quente e então falou:

— O tempo é o mal de todas as causas, meu filho, o tempo é aquele que controla tudo. Porém, quando controlamos ele, como nós dois, nossas vidas perdem o propósito... Mas você está em busca de respostas, não é mesmo? — O Ancião tomou um gole de chá, e seus olhos adquiriram um tom esverdeado. Então, ele começou a murmurar palavras confusas. A luz do ambiente começou a diminuir, e vozes de mulheres, homens, crianças e idosos ecoaram por todo o espaço. Cada voz proferia uma frase que parecia se completar:

"Sei onde ela está, mas não sei onde fica."

"Sinto que o poder emana dela, e as almas são retiradas de seus corpos."

"A vitalidade é sugada, e um velho homem se torna jovem em segundos."

"Do lado de dentro das pedras, ela é controlada como um fantoche."

"Ela pagou o preço pela vida e agora vive para ele."

"O poder emana de almas, as almas perdidas foram embora."

"Ele queria controlar seus amigos, e por isso ele quer o SOL!"

"Almas e mais almas foram tomadas."

"A vitalidade foi retirada de muitos."

"Povos dizimados pelo poder."

"A Runa quer almas, e Ele quer a Runa."

"Não leve seu exército ou ele se tornará combustível."

"Eles serão como nós! Almas tomadas pela Runa."

"ELES VÃO MORRER!"

Luzes piscavam rapidamente pela janela, e barulhos de animais e insetos surgiam, todos ao mesmo tempo. O tempo pareceu parar e, então, continuar:

"ELES VÃO MORRER!"

"Não! Não podem morrer, ela vive, ela está lá, ela pode."

"Necro! Ele está mentindo!"

"Ele não é quem diz ser, Necro!"

"SOCORRO! QUERO MINHA VIDA DE VOLTA!"

"Abandone o seu exército, Necro, é a única forma de salvar esta cidade. Fuja!"

"TEM UMA FALHA NOS MUROS!"

"SOCORRO!"

"Tá escuro aqui."

"Segure a Coroa, você precisa me libertar."

"Não consigo respirar, Necro, me salva!"

"Não deixe a escolhida MORRER!"

Então, as vozes cessaram, e os olhos do Ancião voltaram ao normal. A loucura que havia tomado o lugar desapareceu, e o ancião me encarou e disse:

— Necro, existe uma falha nos muros, uma falha que alguém deixou esperando por você. Você precisa agir rápido; essa falha vai ser fechada. Você não pode ficar aqui; se ficar, seus homens vão morrer.

Eu fiquei profundamente assustado com tudo o que aconteceu. Respirei fundo e disse: — Mas, senhor presidente, não posso abandonar as pessoas que amo. Esses soldados são tudo para mim; eu nem mesmo queria ir para o Reino.

O presidente olhou para mim, esboçou um sorriso melancólico e falou: — Esse chá é maravilhoso, mas é o último que tomarei em minha vida. Daqui a dez minutos, aqueles homens de vermelho que você vê pela janela entrarão aqui e matarão todos que estão no bar. Se você não fugir agora, será morto; se lutar, também morrerá. E, se morrer, seu exército perderá a batalha. Pior ainda, seu objetivo de encontrar a ungida se perderá. Você precisa salvá-la! Vá, Necro! Seu cavalo já está à porta, esperando por você.

O som aterrorizante de pessoas correndo em pânico ecoava pelas ruas, enquanto o caos tomava conta da cidade. Casas, fazendas e pequenos comércios eram rapidamente consumidos pelas chamas vorazes, lançadas pelos impiedosos homens do Reino. As pessoas gritavam e choravam, tentando desesperadamente salvar suas vidas e pertences. No meio da confusão, o céu se tornava cada vez mais escuro, preenchido por uma espessa cortina de fumaça que se alastrava por todo o lugar.

Os invasores, vestindo armaduras vermelhas e empunhando espadas afiadas, se moviam em grupos, buscando as vítimas que ousassem cruzar seus caminhos. Eles não mostravam misericórdia, cortando e matando qualquer um que encontrassem pela frente, sem distinção de idade ou gênero. A brutalidade dos homens do Reino era inimaginável, aterrorizando ainda mais os habitantes da cidade que, até então, viviam em paz e harmonia.

Em meio ao caos, meu exército emergiu das hospedarias, com determinação e coragem estampadas em seus rostos. Armados e prontos para enfrentar os invasores, eles se posicionaram em formação e avançaram, dispostos a defender a cidade e seus habitantes. O som do aço se chocando e os gritos de batalha se misturavam ao clamor da população, enquanto os soldados lutavam bravamente para conter a ameaça e proteger tudo aquilo que amavam.

Senti meu coração apertar enquanto me preparava para tomar a decisão mais difícil da minha vida. A cidade que eu acabei de conhecer estava em chamas, e os gritos de desespero dos habitantes ecoavam em meus ouvidos e percebi que tinha duas opções: ficar e lutar ao lado do povo ou seguir em direção ao Reino em busca de uma solução definitiva.

Por um momento, a ideia de lutar e proteger minha cidade me consumiu. Eu era um guerreiro, afinal, e haviam pessoas em perigo. Mas então, meus olhos se voltaram para o livro do senhor presidente, e uma passagem específica saltou à minha vista: "Ele decidiu ficar e morreu, pondo fim ao destino predestinado para que o Reino acabasse um dia."

Aquele trecho me fez estremecer. Eu não podia permitir que isso acontecesse, que meu sacrifício resultasse na ruína do Reino e na perda de tudo pelo qual lutávamos. A decisão foi tomada: eu precisava ir ao Reino.

Com determinação, vesti meu sobretudo favorito, uma peça que me acompanhava desde minhas primeiras batalhas e me trazia sorte. O tecido grosso e resistente se aconchegou ao meu corpo, me protegendo do vento frio que soprava lá fora.

Abri a porta e me deparei com o caos que tomava conta das ruas. O fogo crepitava, e as pessoas corriam em desespero, tentando salvar suas vidas e pertences. Era uma cena de horror, mas eu não podia me demorar ali.

Montei no meu cavalo, sentindo a tensão em seus músculos enquanto se preparava para partir. Sabia que teria de ser discreto em minha fuga, para não atrair a atenção dos invasores e colocar em risco minha missão.

Dirigi-me aos fundos da cidade, onde as sombras das construções me ofereciam alguma cobertura. Com cautela, avancei pelas vielas estreitas e escuras, evitando a todo custo cruzar com os inimigos.

Finalmente, consegui escapar da cidade sem ser detectado. Ao me afastar, uma mistura de alívio e tristeza inundou meu coração. Eu sabia que estava fazendo o que era necessário para salvar o Reino, mas a dor de deixar aquelas pessoas para trás era insuportável. Entretanto, eu estava determinado a cumprir minha missão e, com sorte, retornar um dia para reconstruir o que havia sido perdido.

Cavalguei incansavelmente por dias a fio, atravessando campos verdes, florestas densas e rios caudalosos. O vento soprava em meu rosto, enquanto meu fiel cavalo avançava com determinação e vigor, levando-me cada vez mais perto do meu destino: a cidade da borda, famosa por ser o lar de minha irmã. .

Ao adentrar a cidade, fui recebido pelos olhares curiosos de seus habitantes. Era possível sentir o respeito e admiração que nutriam por minha irmã e, por consequência, por mim. As ruas eram limpas e bem cuidadas, com casas coloridas e jardins floridos, dando um toque aconchegante e convidativo à cidade. Os comerciantes anunciavam suas mercadorias em voz alta, enquanto crianças brincavam alegremente pelas praças e vielas.

Ao me aproximar do centro da cidade, pude perceber a verdadeira razão pela qual ela era tão famosa: a impressionante torre principal. Erguendo-se acima de todos os outros edifícios, ela servia como um símbolo de força e proteção para os habitantes. Era lá que minha irmã, a guerreira protetora da cidade, residia. A imagem daquela torre e a lembrança do que minha irmã representava para aquelas pessoas me trouxeram um sentimento de orgulho e determinação, renovando minha energia para enfrentar os desafios que ainda estavam por vir.

Cheguei exausto a um hotel charmoso e bem localizado na cidade. O estabelecimento tinha um aspecto convidativo, com paredes de pedra e janelas de madeira cuidadosamente pintadas. Dirigi-me ao meu quarto, um espaço aconchegante com uma cama macia e lençóis limpos, onde descansei por algumas horas, recarregando minhas energias após a longa jornada.

Na manhã seguinte, o sol se infiltrava pelas frestas da janela, aquecendo meu rosto e me despertando suavemente. Levantei-me, vesti minhas roupas e desci até a recepção, onde uma mulher gentil e sorridente me aguardava. Fui até ela para pagar pela estadia e seguir viagem. Para minha surpresa, ela me reconheceu e disse com entusiasmo: — Milorde, espero que sua noite tenha sido excelente. Seu nome está por toda a cidade. Agaha partiu ontem e deve retornar hoje. Deseja que eu leve suas coisas para a torre principal, onde ficam as guerreiras?

A expressão no rosto da mulher revelava admiração e respeito, e percebi que minha fama havia se espalhado pela cidade. A torre principal, lar das guerreiras, era um lugar emblemático e de grande importância para os moradores locais. A oferta dela me fez perceber o quanto minha irmã e sua posição de protetora eram valorizadas ali, e como o reconhecimento de nosso parentesco também me proporcionava um tratamento diferenciado.

Percebendo que eu deveria deixar a cidade imediatamente, respondi: — Não será necessário. Aqui está o pagamento pela noite e um pouco mais para você comprar algo.

— Não posso aceitar, Milorde. Se Agaha souber disso, ela fechará este lugar. Não posso cobrar do senhor, irmão de nossa protetora. Receba minha hospitalidade como um gesto de gratidão.

Agradeci a gentileza e, ao sair do hotel, me deparei com uma multidão de pessoas que me esperavam, ansiosas para me ver e agradecer por algo que desconhecia.

Montei em meu cavalo, determinado a prosseguir com meu objetivo. Não tinha tempo para parar, nem para desfrutar do momento. Eu tinha uma missão a cumprir e não podia me desviar dela.

Cavalguei incansavelmente por horas a fio, o cansaço se acumulando em meus ombros e nas patas do meu fiel cavalo. Finalmente, avistei ao longe os imponentes muros do Reino, um símbolo de força e proteção que agora se erguia diante de mim como um desafio a ser superado.

Aproximei-me cautelosamente, buscando um local onde pudesse passar despercebido pelos colossos que guardavam o perímetro. Essas criaturas imensas, esculpidas em pedra, eram verdadeiros titãs que se moviam lentamente, mas com um poder destrutivo que não poderia ser subestimado.

Encontrei um ponto em que os colossos estavam mais distantes um do outro, criando uma oportunidade para atravessar a área sem ser detectado. Apesar da lentidão com que se moviam, eu sabia que não poderia subestimá-los. Se um deles me visse e alertasse os outros, eu estaria diante de um problema colossal – literalmente.

Reuni toda a coragem que havia dentro de mim e inspirei profundamente, sentindo o ar fresco e úmido preencher meus pulmões. Decidi que era o momento de agir. Com um leve toque nas rédeas, conduzi meu cavalo na direção dos muros, avançando com cuidado e em silêncio.

A cada passo que dávamos, a tensão em meu corpo aumentava. Eu observava atentamente os colossos, tentando prever seus movimentos e me manter fora de sua linha de visão. Eles pareciam inabaláveis, como estátuas gigantes que só ganhavam vida quando necessário.

Quando nos aproximamos ainda mais, pude ver a complexidade das esculturas dos colossos – os detalhes nas feições, a textura das pedras que os compunham e a imponência de suas formas. Era como se uma força misteriosa os animasse, dotando-os de vida e poder.

Por um instante, senti como se estivesse diante de um milagre da engenharia e da magia que a Raiz havia feito, mas logo me lembrei da missão que me trouxera até ali. Eu tinha que manter o foco e continuar em frente, evitando chamar a atenção das formidáveis criaturas.

Finalmente, consegui passar pelos colossos sem ser notado e me aproximei do muro do Reino. A sensação de alívio me invadiu, mas sabia que ainda havia muito a fazer. Eu tinha uma missão a cumprir, e não descansaria até que ela estivesse completa.

Iniciei minha busca pelo local da antiga guerra dos muros, pois intuía que era lá onde encontraria a falha que me permitiria adentrar o Reino. Percorrendo a extensão do muro, deparei-me com um enorme buraco inundado por água. Decidi que era hora de me despedir do meu cavalo, confiando que ele encontraria seu caminho de volta para casa. Então, respirei fundo e me lancei corajosamente no buraco.

À medida que descia, percebi que o buraco era mais profundo do que eu imaginava. Após um trecho vertical, a passagem se tornou horizontal, e continuei nadando com determinação. A água estava fria e escura, e por um momento temi que fosse me afogar antes de encontrar a saída.

No entanto, a esperança se acendeu quando avistei um brilho tênue à distância. Nadei com ainda mais vigor e alcancei uma abertura vertical, que parecia ser a saída para a superfície. Com um esforço final, impulsionei meu corpo para cima, ansiando pelo ar fresco que me aguardava.

Ao emergir, respirei aliviado e me dei conta de que estava em uma vasta gruta subterrânea. A luz natural entrava por pequenas frestas no teto, iluminando parcialmente a caverna. Uma sensação de calor intenso preenchia o ambiente, fazendo minha roupa secar rapidamente em meu corpo.

Olhei ao redor, tentando compreender a magnitude do lugar. A gruta parecia ser um segredo guardado pelas entranhas da terra, um refúgio escondido sob o Reino. O ar úmido e quente contrastava com a frieza da água que eu havia acabado de deixar para trás.

As paredes da caverna eram cobertas por uma infinidade de estalactites e estalagmites. O som de gotas d'água ecoava pelo espaço, acrescentando uma atmosfera misteriosa ao local.

Caminhei cautelosamente, explorando a gruta em busca de pistas que me levassem ao meu destino. O calor se intensificava à medida que avançava, fazendo com que suor escorresse pela minha testa.

Enquanto adentrava a caverna, deparei-me com uma cena inesperada: uma mesa solitária estava ali, iluminada pela chama vacilante de uma tocha. Sobre a mesa, havia diversos livros empilhados, como se alguém os tivesse lido recentemente. Mas o que realmente me chamou a atenção foi uma placa com um nome gravado: "Rafa".

A incredulidade tomou conta de mim. Será que era possível? A Rafa que eu conheci na infância, que fora minha amiga e fora capturada por Fring junto comigo, poderia ainda estar viva? Eu havia testemunhado o momento em que ela fora arrancada de nosso convívio e nunca mais retornara. Sempre acreditei que Rafa estivesse morta. A ideia de que ela pudesse estar viva era inacreditável.

Deixando de lado meus pensamentos conflituosos, voltei minha atenção para os livros. Entre eles, um se destacava. A capa era confeccionada com um couro diferente e as páginas pareciam ter sido reaproveitadas de outros livros. Alguém havia escrito à caneta sobre as folhas, como se quisesse criar uma nova história a partir de fragmentos do passado.

O título do livro era intrigante: "O Versículo dos Dragões". Decidi que precisava investigar mais. Puxei a cadeira que estava próxima à mesa e me sentei, abrindo o livro com cuidado. A tocha iluminava as palavras escritas à mão, revelando um texto que parecia ter sido redigido com urgência e emoção.

A medida que lia, sentia a tensão no ar. A caverna parecia estar viva, pulsando com energia e segredos ocultos. Eu sabia que estava diante de algo extraordinário, algo que talvez pudesse me ajudar a entender o que havia acontecido com Rafa e por que seu nome estava gravado naquela placa e como tudo isso se conectava comigo.

Perdi a noção do tempo enquanto lia, absorvendo cada palavra e tentando desvendar o mistério que me fora apresentado. A chama da tocha vacilava, como se também estivesse ansiosa para saber o desfecho da história.

PARTE IV: LIVRO: O VERSÍCULO DOS DRAGÕES

Há muitos anos, em uma época distante e repleta de mistérios, existiram algumas criaturas tão temíveis e imponentes que viraram lendas. Essas lendas, às vezes distorcidas pelos cantores em rodas e bares, envolviam seres fantásticos e assombrosos, que povoavam o imaginário popular. Entre todas essas criaturas lendárias, uma se destacava: os Dragões.

Ninguém sabe ao certo se os Dragões realmente existiram, pois todas as provas documentais que poderiam comprovar sua existência foram queimadas na grande biblioteca central do reino. Tal perda imensurável de conhecimento deixou um vazio na história e uma eterna dúvida no coração dos homens.

No entanto, nem todas as testemunhas que teriam visto ou convivido com essas criaturas tiveram o mesmo destino fatídico dos registros. Ainda existiam histórias transmitidas oralmente, passadas de geração em geração, como tesouros preciosos guardados na memória de cada contador de histórias.

Nas próximas linhas, irei contar uma breve história sobre Neonr, o Dragão a qual eu amei. Neonr era uma criatura majestosa e poderosa, cujas escamas reluziam como esmeraldas sob a luz do sol. Seu olhar penetrante e sábio denunciava uma inteligência e sabedoria antigas, tão antigas quanto o próprio tempo.

Tudo começa com um dia que era para ser tudo normal, como qualquer outro em minha vida. O sol brilhava no céu, as pessoas seguiam suas rotinas e nada parecia fora do comum. No entanto, o destino tinha outros planos para mim e para o reino.

De repente, o rei convoca 400 soldados para uma missão especial, algo raro e extraordinário. Eu era jovem e sempre fui apaixonada por lendas, histórias de criaturas fantásticas e aventuras épicas. Quando descobri que o rei pretendia ir atrás de uma lenda viva, meu coração se encheu de desejo e coragem para ir e conhecê-la.

Antes de tudo, você precisa saber quem eu sou. Meu nome é Rafa. Minha história começa quando fui raptada e levada para um laboratório misterioso, do qual todos diziam ser impossível escapar. Desafiando as probabilidades, consegui fugir e me esconder em uma cidade próxima chamada Krohn.

Em Krohn, fui adotada por um casal amoroso chamado Su e Mac. Eles me acolheram em sua casa e me proporcionaram um lar seguro e cheio de amor. No entanto, meu passado continuava a me assombrar.

Eu passei por uma lavagem cerebral dentro do laboratório que não me permite lembrar de nada e de ninguém. Não sei o que fizeram comigo, não sei pelo o que eu passei, só sei que fui amaldiçoada a conviver com a vida de certa forma prolongada.

Vi meus pais morrendo, meus filhos morrendo, meus netos, e eu continuava intacta, sem envelhecer. Inclusive precisei fugir de algumas famílias e fingir que havia morrido, para que não estranhassem minha eterna juventude.

Mas não apenas eu continuei viva todo esse tempo, os Deuses também, o Rei também. Quando os muros foram erguidos por Sarantis, eu fiquei para dentro do Reino. Eu sempre amei essas pessoas, são pessoas de bem. Já passei por tantas famílias, tantas que perdi a conta.

O assunto principal do livro são os dragões, e desde sempre senti que havia algo dentro de mim que pulsava fogo, que queimava com uma intensidade inexplicável. Nunca havia entendido o que era aquela chama ardente, mas fiquei extremamente animada quando descobri que a lenda viva que buscávamos era um Dragão.

Sarantis acreditava que se Solaris, o Rei do Sol, conseguisse ter o dragão ao seu lado, ele se tornaria invencível. Imagine só, o poderoso Rei do Sol cavalgando em um dragão majestoso, dominando os céus e inspirando temor e admiração em seus súditos e inimigos.

Existe, inclusive, um livro que li na minha infância chamado "O Guardião das Nuvens". A obra contava a história real de um dragão feito de tempestade que assolou a humanidade em algum momento da história. Esse livro marcou minha vida e despertou ainda mais meu fascínio por essas criaturas lendárias.

Então vocês podem ver o quanto eu amo dragões e o quanto essa busca significava para mim. Por isso, decidi me candidatar para participar da viagem, mesmo sabendo que as chances seriam pequenas.

Infelizmente, como eu temia, minha candidatura foi rejeitada. Sarantis sempre disse que seu exército era somente para homens, e eu, sendo uma mulher, não tinha lugar entre os guerreiros que partiriam em busca do dragão.

Apesar da decepção, não desisti. Eu sabia que minha paixão pelos dragões e a conexão inexplicável que sentia com eles eram fortes o suficiente para superar qualquer obstáculo.

Só tinha uma opção: ir escondida. Surpreendentemente, não foi difícil. Parte dos soldados era extremamente ingênua, então bastou colocar as roupas certas, uma barba falsa, engrossar a voz e aproveitar para partir no lugar de algum atrasado. Meu plano deu certo e me infiltrei entre os guerreiros.

O Dragão, segundo as informações que tínhamos, ficava em uma região de Spasmos, no sul de Mitrin. Essa área era pouco habitada devido ao frio intenso e extremo que a caracterizava. Até mesmo o caminho até lá era rigoroso, e muitos soldados morreram durante a viagem, pois não suportavam as baixas temperaturas.

No entanto, como eu havia contado a vocês, o fogo que pulsava dentro de mim me mantinha viva no meio de tudo isso. Aquele calor inexplicável serviu como um escudo protetor, permitindo que eu enfrentasse o frio implacável sem sucumbir a ele.

Spasmos era conhecida como uma cidade do gelo, mas, recentemente, haviam descoberto uma região de lava bem no meio dela. Era uma paisagem incrível, onde o gelo e o fogo coexistiam em harmonia, criando um equilíbrio perfeito entre os dois elementos – o famoso yin e yang.

O gelo não derretia, e o calor não esfriava. Essa região, era baseada em mistério e fascínio, era conhecida como o mito de Neonr. Acredita-se que era lá que o lendário dragão habitava, aguardando por aqueles corajosos o suficiente para desvendar seus segredos.

A expedição enfrentou inúmeros desafios e perigos para chegar até o mito de Neonr. Os soldados, apesar de suas limitações e medos, lutaram bravamente e seguiram em frente, impulsionados pela promessa de glória e poder que o dragão traria ao reino.

Diz os cânticos:

Em Spasmos, Spasmos o Amor Existiu
Um casal de dragões viveu e dormiu
Neorn de Gelo um dragão comportado
Sarea de Fogo um dragão encantado

Fring mandou matar com seus soldados
Os últimos dragões que não foram explorados
Viram de longe o fogo gelado
Queimava, acendia, derretia e apagava
Viram de longe o fogo gelado
Queimava, acendia, derretia e apagava

Os Soldados cercaram
E prenderam Neonr
Com grades de fogo
Calor aumentou
O Dragão sofria
E o mundo parou
Sarea chegou
Salvou seu amor
Mas fring mandou
Matar sem pudor
E viram de longe o fogo gelado
Queimava, acendia, derretia e apagava
E viram de longe o fogo gelado
Queimava, acendia, derretia e apagava
Sarea não fugiu
Lutou ao seu lado
Neorn se ergueu

Mas seu coração foi levado
Neorn se ergueu
Mas seu coração foi levado

Não havia esperanças
Para o casal de dragões
Os últimos do mundo
Morriam por amor
Mas Sarea não desistiu
Com a força do mundo
Ela explodiu e não voltou
O mundo ouviu
E Fring sentiu
Os soldados morreram
E um mundo criou
O fogo no gelo
Assim se formou
O fogo no gelo
Assim se formou
E viram de longe o fogo gelado
Queimava, acendia, derretia e apagava
E viram de longe o fogo gelado
Queimava, acendia, derretia e apagava

Spasmos viveu, e Neorn voou
Dormiu nas montanhas
Sofrendo de Amor
Dormiu nas montanhas
Sofrendo de Amor
E viram de longe o fogo gelado
Queimava, acendia, derretia e apagava
E viram de longe o fogo gelado
Queimava, acendia, derretia e apagava

Esta história de Neor e Sarea foi contada por várias gerações, algumas um tanto equivocadas, muitas com informações desnecessárias, algumas até dizem que Neorn e Sarea eram humanos e não dragões.

A viagem foi exaustiva, mas, após enfrentar inúmeros desafios, finalmente chegamos à famosa e lendária região de Spasmos. Era um lugar mágico, exatamente como descrito nos livros: coberto de neve, com rios de lava fervente serpenteando por entre as paisagens geladas. Era possível sentir a energia daquele lugar, como se as lendas realmente ganhassem vida ali. Queríamos acreditar, pois aquela paisagem parecia impossível de ser verdadeira.

Olhando ao redor, víamos montanhas cobertas de gelo, mas, caminhando pela região, sentíamos o calor emanando do solo. Era como estar envolto por um cobertor quentinho em meio a um frio extremo, uma sensação única e inexplicável.

Ficamos acampados durante dias, procurando incessantemente por qualquer vestígio do dragão. No entanto, a região era vasta, e as buscas se arrastavam por semanas a fio. Nesse período, eu não conseguia manter meu disfarce o tempo todo, então comi, bebi e compartilhei momentos com meus amigos soldados, todos companheiros e amigos leais.

Estabelecemos uma única regra: se o general se aproximasse, eu deveria retomar meu disfarce para evitar problemas. A solidão ao lado de tantas pessoas interessantes, aliada ao consumo de bebida, pode levar a decisões não tão sábias, e é por isso que prefiro não detalhar mais sobre minha relação com meus queridos amigos durante aqueles dias.

Dois meses se passaram, e a decepção já começava a tomar conta de nós. A tristeza se instalava em nossos corações, à medida que percebíamos que nossa busca parecia ter sido em vão. Não encontrávamos nada, e nossos recursos já estavam se esgotando.

O grupo de soldados, antes tão determinado e cheio de esperança, agora parecia desanimado e desesperançoso. A ideia de que talvez nunca encontrássemos o dragão assombrava nossos pensamentos e nos fazia questionar se a viagem tinha valido a pena.

A decisão de partir no dia seguinte foi tomada, e, com isso, comecei a arrumar minhas coisas. Sabendo que seria minha última chance de aproveitar a beleza natural de Spasmos, decidi tomar um banho em um lago quente situado dentro de uma caverna afastada do acampamento.

Cheguei ao lago, despi-me e comecei a me banhar, tentando relaxar e aproveitar aquele momento de tranquilidade. No entanto, logo comecei a ouvir barulhos estranhos ecoando pela caverna. A princípio, pensei que fossem apenas animais locais, mas, depois que o som cessou e outro diferente surgiu, senti que algo estava errado.

Decidi sair do lago, mas, para minha surpresa e consternação, alguns soldados que eu considerava amigos haviam me seguido e entrado na caverna. Eles começaram a gritar e a zombar de mim, revelando que tinham armado uma emboscada. A confiança que eu depositava neles se esvaiu, e senti uma profunda tristeza por ter sido traída por aqueles em quem acreditava.

Um deles, com um sorriso maldoso no rosto, falou: — Rafa, você realmente achou que iria voltar para o Reino?

Outro emendou, demonstrando crueldade em suas palavras: — Primeiro vamos brincar com você e depois deixaremos você morta neste lago. E como já perdemos alguns soldados na viagem, não vão sentir falta de você.

Desesperada, tentei fugir por uma borda, mas eles me cercaram. Tentei escapar por outra direção, mas novamente me cercaram. Enquanto isso, alguns começaram a tirar suas roupas e pular no lago. Sabia que mergulhar não era uma opção, pois o lago era muito fundo.

De repente, senti um deles puxando minha perna. Comecei a chutar enquanto nadava, tentando me soltar, mas outro segurou minha mão, tentando me puxar de volta para a superfície.

Com os olhos fechados e o coração acelerado, percebi uma energia diferente pulsando dentro de mim. Senti-me mais forte, e o calor que sempre habitara em meu peito parecia estar mais intenso, como se estivesse conectado àquele lugar mágico.

Enquanto lutava na superfície da água, cercada por soldados que tentavam me capturar, percebi que a energia da caverna estava mudando. Senti como se ela estivesse tentando me enviar uma mensagem, mas era difícil compreender o que poderia ser diante do terror que eu estava vivendo.

De repente, algo que inicialmente pensei ser um soldado agarrou meus pés e me levou para o fundo do lago. Desci cada vez mais, sentindo o calor aumentar conforme me afundava. Para minha surpresa, minha respiração se adaptou àquelas condições extremas, como se fosse natural estar ali, sem necessitar de ar.

Cheguei ao ponto mais profundo do lago, onde a escuridão era total, e percebi que não havia sido um homem a me arrastar para lá. Alguma energia misteriosa me levara até aquele lugar. E, no meio daquela escuridão, comecei a brilhar e a pegar fogo. Sentia minha pele arder em chamas, uma sensação terrível e ao mesmo tempo prazerosa, como se estivesse me libertando de algo. O fogo queimava tão intensamente que parecia alcançar minha alma.

A escuridão começou a ceder à luz que emanava de mim, e pude ver que estava a muitos metros abaixo da superfície do lago. Foi então que me deparei com uma criatura imensa, cujos dedos eram do tamanho de meu corpo. Eu estava cara a cara com um dragão que, até então, acreditava estar morto!

O encontro com aquele ser majestoso e temido por todos fez meu coração disparar. Percebi que, de alguma forma, aquele dragão estava ligado à energia que sentia dentro de mim e à mensagem que a caverna tentava me transmitir.

Enquanto encarava o dragão, uma conexão profunda e inexplicável se estabelecia entre nós. Era como se nossas almas estivessem unidas, e eu sentia que tinha um propósito maior naquele momento.

Eu não podia acreditar no que estava vivenciando. Em meio ao caos, aos problemas e ao desespero, eu havia encontrado um dragão. Ele estava ali, com sua mão estendida, seu rosto repousando no fundo do lago, suas asas presas por pedras e seu corpo coberto de algas. Parecia que ele havia permanecido ali por muitos anos.

Aproximei-me de sua cabeça e toquei sua testa, que estava fria como gelo. Era um gelo diferente, como se estivesse vivo. Foi então que seus olhos se abriram e me encararam. Tentei fugir, assustada com seu movimento, mas uma voz invadiu minha mente: "Não vá, Sarea."

Arrepios percorreram todo o meu corpo, pois eu estava diante de Neorn, e ele se comunicava comigo diretamente em minha mente. Era como se tivéssemos uma conexão única, um canal mental exclusivo para nossas conversas.

O dragão começou a se mexer, agitando as águas ao redor. Senti novamente sua voz em minha mente: "Não vá, Sarea." Então, respondi: "Não sou Sarea, sou Rafa. Você é Neorn!"

Ele então me disse: — Você é Rafa, mas também é Sarea. Seu espírito e o dela são um só.

Aquela revelação me deixou ainda mais perplexa e maravilhada. Será que eu tinha uma conexão com Sarea, a mulher da lenda, e com Neorn, o dragão que todos acreditavam estar morto?

Compreendi, então, que aquela conexão profunda e misteriosa com Neorn e Sarea explicava minha capacidade de permanecer debaixo d'água por tanto tempo, o calor intenso que sentia e o fogo que ardia dentro de minha alma.

Neorn me tranquilizou, dizendo: — Não fique com medo, Rafa. Eles não vão fazer mal a você. Nesse momento, escamas começaram a cobrir meu corpo, formando uma espécie de vestido. Era perfeito, e mesmo abaixo da água, eu conseguia nadar com facilidade usando-o.

Subi nas costas de Neorn, e juntos começamos a ascender, cada vez mais rápido. Finalmente, emergimos à superfície, onde os soldados estavam correndo para sair do lago. Aparentemente, a caverna estava desmoronando, e os movimentos do dragão eram como um terremoto.

A força e o poder de Neorn eram impressionantes, e eu me sentia protegida e fortalecida ao seu lado. Juntos, sabíamos que éramos capazes de enfrentar qualquer desafio e superar as adversidades que se apresentassem em nosso caminho.

Neorn mostrou-se implacável diante dos soldados traidores. Ao emergir do lago, ele se posicionou entre a água e o topo da caverna, bloqueando a saída dos homens aterrorizados. Sentada em suas costas, pude sentir seu corpo inteiro congelar antes de liberar um sopro gélido que congelou instantaneamente o lago, matando todos os soldados que tentavam escapar.

Aqueles que já haviam saído do lago, no entanto, ainda precisavam ser enfrentados. Neorn me instruiu: — Termine o trabalho, Rafa Sarea. Queime-os, derreta seus corpos e nos encontraremos do lado de fora.

Com determinação, desci das costas de Neorn e caminhei sobre o lago congelado. Enquanto isso, Neorn voou horizontalmente em direção à entrada da caverna, alargando ainda mais o caminho por onde eu havia entrado.

Reunindo a força e o poder que vinham da minha conexão com Sarea e Neorn, concentrei-me em liberar o fogo que ardia dentro de mim. O calor se intensificou, e em um momento de fúria e determinação, soltei uma rajada de chamas que consumiu os soldados traidores, derretendo seus corpos em um instante.

A caverna tremia e ruía ao nosso redor, mas com Neorn ao meu lado, eu não sentia medo. A força e o poder que emanavam de nossa conexão me davam a coragem necessária para enfrentar qualquer desafio.

Os soldados restantes corriam em desespero, tentando se vestir e fugir daquela situação aterrorizante. Me aproximei de um deles, que, ao perceber minha presença, apontou uma lança em minha direção.

A energia de Sarea em mim era intensa, como se eu carregasse o poder de um dragão dentro de mim. Toquei a ponta da lança, sentindo o fogo que ardia dentro de mim consumir e derreter a arma, transformando-a em um belo bastão de metal. Com traços vermelhos vivos e brilhantes, o bastão era pesado e perigoso, capaz de ferir gravemente qualquer pessoa que ousasse tocá-lo.

O homem que apontara a lança para mim acabou sofrendo as consequências. Com o rosto derretido, olhos saltando para fora e dedos transformados em pedaços de pele, ele caiu sem vida ao chão.

Corri atrás dos outros soldados, arremessando o bastão neles. Um por um, seus corpos eram deformados, perfurados, e destruídos pelo poder da arma. Surpreendentemente, senti uma enorme satisfação em vê-los morrer, sem dó nem piedade. Era como se uma música tocasse ao fundo enquanto eu dançava e me deleitava com a cena.

Sobrou apenas um homem que, na tentativa de me atacar, brandiu uma espada. Ao defender seu golpe com meu bastão, a arma derreteu em sua mão, fazendo-o gritar de dor. Decidi que aquela agonia seria um castigo pior do que a morte.

Com todos os soldados traidores mortos ou incapacitados, concluí minha vingança. Me reencontrei com Neorn fora da caverna em ruínas,

Enquanto Neorn voava acima da área, ele exterminava os soldados que não haviam entrado na caverna com seu bafo congelante. Ele era um dragão deslumbrante, com escamas da cor de um azul gélido, olhos cinzentos e azuis, e asas imponentes. Eu sentia uma conexão profunda e um amor inexplicável por ele.

Juntos, Neorn e eu aniquilamos todos os soldados traidores. Foi um momento de intensa satisfação, enquanto ele congelava os inimigos e eu os queimava. Era como a canção descrevia: o fogo gelado, que queima, acende, derrete e apaga.

O general era o último que restava. Neorn estava prestes a matá-lo, mas a Sarea dentro de mim interveio, dizendo: — Não, Ncorn, deixe-o ir. Diga a ele para que deixem nosso amor em paz e nunca mais voltem aqui.

Atendendo ao pedido de Sarea, Neorn poupou a vida do general, que se afastou rapidamente, prometendo nunca mais interferir em nossas vidas.

Neorn desceu dos ares e veio até mim, aproximando sua testa da minha. Senti sua energia, a conexão e o amor entre duas almas que há muito tempo estavam perdidas - uma congelada durante anos e outra que, como uma fênix, renascera.

Aquele toque entre minha mão e sua testa parecia eterno. Comecei a chorar, incapaz de conter a emoção, pois a transcendência daquele momento era avassaladora.

Então, algo inesperado aconteceu. O enorme dragão começou a diminuir, diminuir e diminuir até se transformar em um homem alto e moreno, vestido com roupas feitas de escamas de dragão azul. Pegando uma espada do chão, ele a tocou em mim, fazendo-a derreter e congelar novamente no formato de um martelo.

Ele olhou para mim e disse: — Há quanto tempo não voltamos a esse estado, não é mesmo, Rafa Sarea?

— Sim, Neorn — respondi. — Sinto que já vivemos isso em algum momento, sem saber quando ou como, mas sei que sim, vivemos algo maior do que minha existência.

Vê-lo em forma humana me trouxe uma felicidade imensa. Eu sabia que ele era o amor da minha vida, mesmo tendo conhecido ele apenas naquele dia, há poucas horas.

Juntos, como seres humanos, começamos uma nova jornada. Apesar de nossas formas terrestres, ainda mantínhamos a conexão com nossas almas de dragão e o poder que nelas residia.

Neorn e eu vivemos juntos por meses, nos entendendo e comunicando perfeitamente. Ríamos, nos divertíamos e prometemos viver juntos para sempre.

Um ano depois, avistamos fumaça vindo em direção a Spasmos. Eram soldados do Rei, liderados por uma mulher que, de alguma forma, parecia familiar.

À medida que os soldados se aproximavam, sentíamos o chão tremer, como se um terremoto os acompanhasse.

Eles chegaram ao centro de Spasmos, onde tínhamos travado nossa batalha anterior. Neorn e eu nos escondemos em uma montanha próxima, observando-os chegar. Mas nosso plano deu errado quando a montanha começou a se mover em direção à área principal, como se estivesse viva e sendo puxada por alguma força sobrenatural.

A montanha se abriu e o pedaço de terra onde estávamos flutuou, levando-nos para o meio dos soldados. Estávamos cercados, mas não nos importávamos, pois confiávamos em nossas habilidades.

Neorn e eu nos preparamos para lutar, sabendo que não poderíamos deixar que aqueles soldados tomassem conta de Spasmos.

Peguei o bastão vermelho e arremessei na líder, mas ela habilmente levantou os pés e moveu as mãos de cima para baixo, criando uma barreira de pedra que fez o bastão cair no chão.

Rafa, Rafa - disse ela - Lembro de você no laboratório. A gente nunca se deu bem e, até agora, achava que você estava morta. Então, não terei problemas em te levar para casa, seja presa ou morta.

Neorn arremessou seu martelo na líder, que começou a congelar. No entanto, pedras vulcânicas apareceram perto de seus pés e o calor foi descongelando-a.

A batalha começou. Os soldados decidiram não interferir, enquanto a líder criava armas e barreiras com pedras, destruindo Spasmos. Eu atacava com o poder do fogo e Neorn com o poder do gelo, mas não éramos fortes o suficiente. A força dela era impressionante.

Neorn e eu nos olhamos, sabendo que precisávamos encontrar uma maneira de derrotá-la. Decidimos combinar nossos poderes em um único ataque devastador. Enquanto eu concentrava o fogo e Neorn canalizava o gelo, nossas energias se entrelaçavam, criando uma força nunca antes vista.

Lançamos nosso ataque combinado na líder, que tentou criar outra barreira de pedra para se proteger. Porém, desta vez, nossos poderes combinados eram demais para ela resistir.

A barreira de pedra se desintegrou sob a força do nosso ataque, e a líder foi atingida em cheio. Seu corpo foi envolto em chamas e gelo, e ela caiu no chão.

Achamos que havíamos vencido, mas o chão começou a tremer e Spasmos se dividiu. Subidas e descidas abruptas nos desequilibravam, e Neorn caiu no chão, seu martelo ao lado.

A líder, fez movimentos com a perna e a mão, imobilizando os braços de Neorn. Depois, colocou a mão no chão e retirou uma pedra enorme. Levantou a pedra sem esforço e a arremessou sobre Neorn, mas eu me atirei na frente, fazendo a pedra me acertar e ser arremessada para longe. Meu bastão caiu próximo ao martelo de Neorn.

Neorn ainda estava imobilizado, e Raiz começou a atirar pedras vulcânicas nele. Ele não aguentava mais, sua energia estava se esvaindo e ele estava fraco. Corri em direção a Raiz, mas ela me afastou novamente.

Então, os soldados se voltaram para Raiz e disseram: — Mas precisamos dele vivo, Raiz!

— Não posso deixá-lo vivo. Se eu fizer isso, o Rei será incontrolável — respondeu Raiz.

— Então você está traindo o Rei? — perguntou um dos soldados, colocando a mão na espada.

Raiz parou de atacar Neorn e, pegando uma das pedras vulcânicas, arremessou-a com tanta força que fez um furo na cabeça do soldado, atravessando-o completamente.

O ato brutal de Raiz deixou os outros soldados em choque, mas também fez com que eles percebessem que ela não estava mais do lado do Rei. Aproveitando a distração, recuperei meu bastão e corri até Neorn,

Os outros soldados começaram a correr, mas ela não poupou nenhum, ela fez um movimento com seus pés, fazendo com que eles ficassem presos na terra, então começou a arremessar pedras em suas cabeças, como se fosse tiro ao alvo.

Enquanto Raiz matava seus soldados, corri para pegar meu bastão e senti uma energia intensa vindo do martelo de Neorn, como se me chamasse. Peguei o martelo e os dois se fundiram, criando um machado perfeito, unindo fogo e gelo. Corri em direção a Raiz e a ataquei pelas costas, fazendo-a gritar de dor e cair no chão.

Raiz, percebendo que não estava conseguindo lidar comigo, disse: — Rafa, parece que você não se lembra de mim? Sou eu, Raiz. Estivemos juntas, passamos por experimentos juntos. Nossa história vai terminar assim?

De repente, uma chuva forte começou, e um raio extremamente poderoso atingiu o chão. Quando me preparava para desferir o golpe final em Raiz, senti uma mão no meu ombro e uma lâmina gelada encostar em meus braços.

Virei-me e vi um homem estranho que não estava ali antes, nem em lugar algum. Ele me olhou e disse: — Solte o machado, Rafa.

Quando ele falou isso, eu perdi o controle das minhas habilidades, do meu corpo, como se eu estivesse possuída por uma força maior, então Raiz tentou se levantar, ele foi em sua direção, deu a mão a ela, e quando ela deu a dela para que fosse levantada, ele falou:

- Volte ao chão!

A Raiz voltou ao chão, e Neorn estava voltando a si. Ele viu o martelo no chão e tentou pegá-lo, mas o homem, disse:

— Raiz, segure-o.

Raiz se levantou, puxou Neorn para cima e segurou seus braços, que já estavam fracos e não conseguiam se manter em pé.

O Homem olhou para mim e disse:

— Rafa, mate o dragão. Você o prendeu na forma humana quando trouxe Sarea de volta,e agora ele pode ser morto.

Eu nunca faria isso, mas algo maior do que eu, algo que tinha a capacidade de me controlar, assim o fez, e com isso comecei a me aproximar do único amor que tive em minha vida. Eu não queria fazer aquilo, mas fui obrigada.

Neorn percebeu que somente um de nós poderia ficar vivo, e como da última vez ele havia ficado vivo pelo sacrifício de Sarea, ele se ajoelhou no chão.

— Raiz, solte-o. Ele não vai fugir mais — disse o homem — e Rafa, utilize o martelo. Essa é a única forma de matar o dragão.

Então peguei o martelo, e do lado oposto à cabeça do martelo havia uma espécie de lâmina afiada, como um machado. Com lágrimas nos olhos e o coração partido, enfiei a lâmina no crânio de Neorn, que estava com os olhos fechados, esperando pelo momento da sua morte.

Vi a energia de Neorn, daquele ser mítico que estava encarnado em humano, se dissipar, e sua alma se fundir com a minha. Era como se Sarea e Neorn vivessem dentro de mim, como se um gelo penetrasse o calor da minha alma e houvesse uma guerra interna tão intensa que eu não podia controlar. Comecei a gritar, gritar e gritar tão alto que o gelo começou a derreter, a lava começou a petrificar, e a linda e bela terra de Spasmos começou a chegar ao fim.

O que era belo, o que um dia havia sido um paraíso na terra, agora era apenas um terreno feito de pedras comuns, terra e montanhas que se encontravam em qualquer outro lugar.

O Homem ainda controlava Raiz, virou-se para ela e disse:

— Raiz, tão tola, você não quer ver o Rei forte, mas é fraca e permite que o Rei controle você. Você é tola e vai pagar o preço por isso. Matar você seria deixar metade do espetáculo para trás, então você vai voltar para o Reino, levar Rafa e prendê-la nos calabouços. Deixe comida, água, uma mesa e livros para ela. Ela precisa ficar lá para que o plano seja finalizado da forma correta.

Raiz não conseguia falar, parecia estar sob algum tipo de controle. O homem misterioso, com um sorriso no rosto, olhou para mim e disse:

— Doce Rafa, imagino o luto que está sentindo; já senti isso muitas vezes. Por isso, te darei uma caverna e você ficará presa lá até que o grande dia chegue. Você não poderá, e não conseguirá, sair da caverna até que aquele que porte o anel diga o contrário.

A expressão em seu rosto era séria e determinada. Ele então virou para Raiz e continuou:

— Mais uma coisa, não poderei voltar para o Reino. Tenho uma missão fora dos muros, por isso preciso que você leve esse anel à prisão de pedra. Ela fica escondida abaixo do rio.

Em silêncio, Raiz ouviu atentamente as instruções do homem. Ele prosseguiu:

— Você vai deixar esse anel com um homem raquítico. Ele fica na cela 12. Ele pode parecer familiar a você, mas você não vai poder falar com ele, deixe com ele e nunca mais volte até lá. Você não vai poder contar a ninguém sobre isso. Se não, será morta.

Raiz, finalmente conseguindo falar, perguntou, hesitante:

— Mas e o Rei? Quando ele me perguntar do dragão, o que eu falarei?

Eu interrompi a Raiz e argumentei:

— Se você der o anel a ela, ela vai ter o mesmo poder que você, e vai poder me controlar, ou controlar você.

O homem olhou para mim e, com um tom frio, respondeu:

— Apenas depois que a tarefa que eu falei for finalizada, Raiz vai ter controle sobre o seu próprio corpo.

Então, ele enfiou a espada na pele de Neorn, retirou um pedaço da sua pele que virou escamas ao sair do corpo. Ele deu na mão de Raiz e a instruiu:

— Diga ao Rei que precisou lutar com o dragão, e foi isso que sobrou.

Com um olhar sombrio e determinado, Raiz acatou as instruções do homem misterioso. Eu observava, impotente e aflita, enquanto minha vida e destino eram decididos por outros.

Quem era esse homem? O que ele queria? Perguntas complexas, mas nada fazia sentido. Fui levada como uma prisioneira de Raiz até o Reino, contra a minha vontade, mas eu mesmo não tinha vontade, até que fosse feito o que foi solicitado pelo homem, eu não tinha mais vontade própria.

Chegamos ao Reino mais rápido desta vez. Raiz usou suas habilidades para mover a terra debaixo dos nossos pés, fazendo-nos avançar a uma velocidade impressionante. Por isso, conseguimos chegar lá no mesmo dia.

Ao chegarmos, Raiz me levou até as catacumbas. Era um lugar escuro e sombrio, me abandonou lá dentro. Ela levou consigo o meu martelo supremo, deixando-me sem armas. Somente dias depois, ela retornou, trazendo água, comida, livros e uma fonte de luz. Após isso, ela nunca mais voltou.

Essa é a minha história: uma menina que possui a alma de dois dragões vivos e uma energia imensa. No entanto, estou presa contra a minha vontade dentro desta caverna. Mesmo que quisesse sair, não poderia, até que o feitiço fosse desfeito.

Durante meu tempo na caverna, tentei manter minha sanidade lendo os livros e me alimentando com o que Raiz havia deixado. No entanto, a solidão e o isolamento eram difíceis de suportar. A cada dia, a esperança de ser libertada diminuía.

Hoje cedo, senti uma energia diferente, algo que nunca havia experimentado antes. Algo está acontecendo, algo está se aproximando. Não sei bem o que é, mas posso sentir que as coisas estão mudando.

Talvez seja a chegada de um aliado, alguém que possa me ajudar a escapar desta prisão e enfrentar aqueles que me prenderam aqui. Ou talvez seja algo mais sombrio, um sinal de que o grande dia está se aproximando.

Era um pequeno vilarejo, tão pequeno que só tinha duas famílias. Uma delas controlava a energia mecânica e transformava o trigo em farinha, enquanto a outra plantava o trigo. As duas famílias sempre foram bem-sucedidas, pois vendiam seus produtos para todas as grandes cidades da época.

A primeira família era liderada pelo Sr. Stuart, responsável pelo moinho de água que gerava a energia para moer o trigo. Ele tinha um filho jovem chamado Amorim e era viúvo. O Sr. Stuart morava ali desde que era uma criança e aprendera o ofício com seu pai.

Do outro lado do vilarejo estava a segunda família, liderada pelo Sr. Phil, responsável pela fazenda onde o trigo era cultivado. Ele era casado e tinha dois filhos: um adolescente e outro que ainda era criança. Os filhos ajudavam nos trabalhos da fazenda, aprendendo desde cedo a arte do plantio.

Por mais que as famílias se dessem bem, em alguns momentos do ano, problemas aconteciam. A seca na fazenda impactava diretamente na não utilização do moinho, enquanto que, às vezes, o moinho apresentava problemas, impactando diretamente na superprodução de trigo que acabava estragando sem ser processado.

Durante essas épocas difíceis, as duas famílias se reuniam para discutir soluções e compartilhar recursos. Eles sabiam que a cooperação era fundamental para o sucesso e a sobrevivência do vilarejo. Juntos, enfrentavam as adversidades e continuavam a prosperar.

Com o tempo, os filhos das duas famílias foram crescendo e assumindo mais responsabilidades nos negócios. Amorim, o filho do Sr. Stuart, tornou-se um especialista na manutenção do moinho, enquanto os filhos do Sr. Phil aprimoravam suas habilidades no cultivo do trigo.

Eventualmente, os moradores das cidades vizinhas começaram a ouvir falar do pequeno vilarejo e de seus produtos de alta qualidade. Comerciantes e viajantes visitavam o local para comprar trigo e farinha, e as duas famílias prosperavam ainda mais.

Certo dia, chegaram soldados portando uma bandeira com a letra F estampada. Eles mataram a família do Sr. Phil e fizeram um acordo com o Sr. Stuart para que ele assumisse as duas fazendas, com a condição de fornecer trigo somente para Pangea, que era o Reino de Fring.

Sr. Stuart então deixou o seu filho Amorim cuidando das máquinas e do moinho, enquanto ele foi para a fazenda cuidar da plantação. Amorim não era um jovem qualquer; ele tinha talento e criatividade para inovar na forma como o moinho funcionava.

Com a responsabilidade pelas máquinas sem o seu pai, Amorim criou um moinho de águas passadas, uma invenção tão incrível que o moinho não precisava mais de controle humano. Sr. Stuart colocava o trigo no moinho, e a energia transformava o mesmo em farinha, sem ter a necessidade de se preocupar com o maquinário.

Mas Amorim não parou por aí. Ele criou um sistema que fazia o trigo sair da fazenda e chegar no moinho por meio de canais de água. Depois disso, ele aprimorou ainda mais a fazenda, de forma que não fosse nem mesmo preciso do trabalho humano para a colheita e a plantação. Tudo era feito de forma automática.

Graças às invenções de Amorim, a produtividade do trigo aumentou quase dez vezes. Vendo que o trigo começou a sobrar, ele decidiu, por conta própria, vender para outras pessoas e estabelecimentos além do governo, assim como era antes.

A decisão de vender o trigo a outros compradores não agradou Fring, que pensava ser uma decisão do Sr. Stuart. Fring queria mostrar o seu poder e reafirmar sua posição, deixando claro que estava falando sério sobre a exclusividade no fornecimento de trigo para Pangea. Assim, mandou seus soldados portando a letra F capturar o Sr. Stuart e levá-lo para servi-lo como um escravo.

CAPÍTULO 4 - PEDRA SOBRE PEDRA

PARTE I: AS CORDAS DO TEMPO

Antes de irmos para os muros da cidade, decidimos fazer uma refeição em um bar chamado "O Bar da Borda", que ficava na saída da cidade. A cidade estava se recuperando do ataque sofrido recentemente, e segundo o ritual local, a melhor forma de fazer isso era bebendo e aproveitando a companhia uns dos outros. Por isso, fomos até o bar.

Ao chegarmos lá, pedimos uma mesa próxima da porta. O clima estava agradável, e parecia que as pessoas realmente precisavam daquele momento de descontração. Havia soldados da Agaha, civis descansando, e até mesmo Kym, que tinha sofrido bastante com a perda dos seus dedos, parecia estar melhor.

Pedimos uma cerveja da borda, e uma porção do famoso prato que também levava o nome da cidade, e era feito com cordeiro desfiado dentro de cebola empanada. O dono do bar nos contou que essa iguaria era uma especialidade local e, por isso, precisávamos experimentá-la. Estávamos ansiosos para provar essa delícia.

O ambiente no bar estava cada vez mais animado. As pessoas entravam e se abraçavam, compartilhando histórias e risadas. Foi quando uma moça com um capuz se aproximou, retirou um violão antigo da sua bolsa, sentou-se no meio do bar e começou a tocar.

As pessoas no bar continuavam a conversar em voz alta, parecendo não dar muita atenção à música. No entanto, os acordes suaves e doces do violão começaram a penetrar em meus ouvidos, trazendo uma sensação de paz interior imensa. Era como se a música criasse uma bolha de tranquilidade em meio ao caos.

Enquanto isso, a porção chegou à mesa, o cheiro estava maravilhoso e o sabor intenso do cordeiro combinava perfeitamente com o ambiente e a bebida.

Tom não hesitou em elogiar o prato, enquanto Kym e Charlie discutiam o plano de Amorim e como tudo aquilo que havia acontecido era uma loucura. Foi então que a moça do violão começou a cantar. Ela não levantou a voz ou gritou; seu tom de voz permaneceu suave e sereno. Mesmo assim, no meio da agitação e das vozes altas, era como se eu tivesse sintonizado meus ouvidos exclusivamente à sua voz, e só existíssemos nós dois no bar.

A canção da moça parecia ter um efeito hipnótico, transportando-me para um lugar onde eu poderia encontrar serenidade e conforto. As vozes ao meu redor pareciam desaparecer, e a única coisa que importava era a conexão entre a música e minha alma.

Da sua doce boca, começou a sair a seguinte música:

Quando as Pedras se encontrarem
A Roda enfim cessará
Dor ecoará por todos os lados
Do cetro até a coroa
As estrelas vão brilhar
Até onde as mãos tocam
O Mar retornará impetuoso
E tudo, ele irá purificar

Esperança parece inexistente
Nem mesmo nas nuvens
Nem mesmo no sol
Nem mesmo no ar
Existirá um ser
E consigo, toda dor dissipará

Tudo retornará ao princípio
O controle, em suas mãos repousará
O mundo será sua dança
E com coroa, ele governará
Tudo parecerá perdido
Mas o que é perdido se o foco nunca foi achar?
Sentidos se perdem em abismos
No início ou no fim do mar
Mas o sol vai embora
E a chuva vai secar
A escuridão será clara
E a flor vai murchar

Com uma palavra, o silêncio reinará
E o tempo, imóvel, ficará
A vida estará à beira do fim
A menos que o prometido venha nos salvar
Se ainda houver alguém a resgatar.

Ela interrompeu a música e me encarou, seus olhos brancos mesclados a um castanho claro me hipnotizaram. Com uma franja curta e um colar adornado por um corvo branco, ela me presenteou com um sorriso. Levantei minha mão, cumprimentando-a à distância.

Tom, percebendo minha distração, questionou:

— Ei, Nublado, tá tudo bem? Há alguns minutos você está aí, olhando para o nada. O que aconteceu?

Desviei o olhar para os amigos à mesa, todos me encaravam curiosos.

— Eu estava ouvindo a doce moça cantar — respondi.

Charlie interveio:

— Não tinha ninguém cantando, Nublado.

— Claro que tinha! Vocês só não prestaram atenção. Ela estava ali, perto do banco, ao lado daquela mesa com os dois caras — apontei.

Quando olhei novamente para onde a moça estivera, ela havia desaparecido. Levantei-me, buscando-a pelo bar. Kym tentou me tranquilizar:

— Nublado, isso é normal. Acontece quando passamos por situações traumáticas, como uma guerra. Tá tudo bem.

— Não, eu não estou inventando — insisti — Ela estava ali! Ela sorriu para mim!

Tom colocou a mão em meu braço e tentou me acalmar:

— Senta, Nublado. Pare com isso.

Afastando as mãos de Tom, aproximei-me do dono do bar e indaguei:

— Qual o nome da cantora? Onde ela mora? Ela é daqui da cidade?

O homem, visivelmente confuso, respondeu:

— A banda só vem aos finais de semana. Se precisar do local onde eles moram, posso te passar.

— Não, estou falando da moça que estava aqui hoje, a moça do violão!

Ele me encarou e aconselhou:

— Filho, imagino que o dia não tenha sido fácil para você, mas evite tomar tanta bebida. Você é novo, isso pode te fazer mal.

Frustrado, voltei para a mesa e anunciei:

— Vamos embora. Precisamos continuar a missão. Já ficamos tempo demais nesta cidade.

Todos concordaram, então saímos do bar e seguimos viagem em direção aos muros, que já eram possíveis de serem enxergados de onde estávamos.

Seguimos viagem e, à medida que nos aproximávamos, os grandes colossos de pedra começaram a surgir no horizonte. Eram imensos, e eram tão altos quanto os muros que protegiam a cidade, mas ainda assim gigantescos. Permaneciam imóveis, como sentinelas silenciosas protegendo o caminho que levava ao nosso destino.

Olhem para aquelas criaturas! - exclamou Kym, maravilhado com a visão dos colossos. - Como a Deusa Raiz pode ter construído algo assim? Eles são quase tão impressionantes quanto os muros da cidade!

Os colossos, esculpidos a partir de enormes blocos de pedra, possuíam um aspecto intimidador, como se guardassem segredos antigos e estivessem prontos para enfrentar qualquer invasor. Seus corpos de pedra pareciam ter sido moldados a partir das próprias montanhas que cercavam a cidade, e seus olhos eram como abismos escuros, capazes de enxergar tudo ao redor.

Tom, sempre cauteloso, sugeriu: - Devemos nos aproximar com cuidado. Não sabemos quais poderes esses colossos podem ter, ou se são capazes de nos detectar. Mantenham-se alertas e sigam em frente.

Charlie olhou para cima, impressionado com os colossos, e comentou: - Parece que essas criaturas são extremamente poderosas. Contam os boatos que muitos já morreram se aproximando delas.

Mas elas não existiam na guerra que vocês participaram e tentaram derrubar parte dos muros? - indaguei, curioso.

Kym respondeu com convicção: - Elas passaram a existir depois, devido ao ataque aos muros. Foi a própria deusa Raiz que os criou.

E como vamos passar por eles? - perguntei, preocupado com a nossa situação.

Charlie sugeriu: - Podemos cavar aqui e ir por baixo.

Kym, no entanto, discordou: - Não dá, deve haver catacumbas por aqui.

Tom, tentando pensar em outra solução, propôs: - E se a gente fosse voando, com um balão, algo assim?

Kym refutou novamente: - Impossível. Existem guardas a postos para atirar no balão e nos derrubar.

Foi então que tive uma ideia: - E se a gente chamasse a atenção de um deles e o levasse para longe, enquanto a gente escalava o muro?

Charlie ponderou: - Se um deles for ativado, pode ser que todos acordem e o Reino fique em alerta. Precisamos encontrar outra maneira.

Diante da falta de soluções, propus: - Como sou menor, vou na frente para ver se eles enxergam bem. Se houver problemas, eu volto correndo.

Todos começaram a rir como se o plano fosse ridículo, mas eu saí correndo mesmo assim.

As criaturas eram imensas, ainda maiores do que os muros. Provavelmente isso trazia segurança aos moradores da cidade. À medida que me aproximava, elas pareciam crescer ainda mais, e eu sabia que se uma delas me pisasse, seria o meu fim.

Cautelosamente, passei ao lado de um dos colossos. Ele estava imóvel, então fiz um sinal para que o grupo se aproximasse. Eles começaram a se mover em minha direção, tomando cuidado para não fazer barulho e não atrair a atenção das gigantescas criaturas de pedra.

Enquanto todos se aproximavam, observei os colossos com mais atenção, procurando por algum ponto fraco ou alguma forma de contorná-los. A tensão era palpável, mas estávamos determinados a atravessar aquele obstáculo.

Tom, sem querer, tropeçou e fez barulho. No entanto, para nossa surpresa, nada aconteceu – as criaturas permaneceram imóveis. Virei-me para os dois senhores e provoquei: - Suas lendas não estão com nada, pessoal. Essas criaturas são apenas estátuas e nada mais.

Kym insistiu: - Não pode ser! Pessoas morreram aqui. Não são mitos, não são histórias. Essa área é proibida.

Charlie acrescentou, preocupado: - Alguma coisa está estranha... Eu concordo com o Kym.

Lá estávamos nós, ao lado de uma imensa estátua de pedra, com um gigantesco muro diante de nós. Era tão alto que até mesmo o sol tinha dificuldade em iluminar o local. O chão era de terra batida, e não havia nada além disso. Os muros, feitos de pedra sobre pedra, não ofereciam pontos de apoio para escalar.

Então, começamos a pensar em outras possibilidades. Talvez pudéssemos encontrar uma passagem secreta ou um túnel que nos levasse para o outro lado do muro.

Então falei: - É isso, pessoal! Precisamos pensar em algo para passar ao outro lado. E se a gente escalasse uma dessas estátuas? A distância do muro até a estátua me parece ser o tamanho do braço dela, olhando daqui. Podemos subir lá e pensar em algo. Pelo menos vamos conseguir enxergar o reino.

O pessoal achou que fosse uma boa ideia, então começamos a escalar a estátua. Foi trabalhoso subir, mas depois de um bom tempo e quase quedas, chegamos ao ombro da grande estátua. De lá, era possível ver o famoso reino.

Era um lugar imenso, com muitas casas pequenas, um castelo ao fundo rodeado por um rio, fazendas, soldados andando de um lado para o outro, moradores vendendo frutas nas feiras e muros que se estendiam até o horizonte. Era tão grande que não dava para enxergar seu final.

Enquanto observávamos o reino, Kym interrompeu minha contemplação: - Pessoal, não lembro dessa rachadura aqui. - E ele apontou para o pescoço do gigante que estava ao nosso lado.

Todos nós olhamos atentamente para a rachadura. Será que aquilo poderia ser um ponto fraco na estátua? Ou seria apenas um detalhe insignificante?

Com o chão tremendo e as outras estátuas desmoronando, percebemos que algo estava terrivelmente errado. A estátua à nossa direita se partiu ao meio, enquanto a do lado esquerdo tombou para trás.

Tom gritou: - Se segurem!

Nos agarramos às bordas da estátua em que estávamos, mas ela começou a tremer violentamente, e tivemos a sensação de que iria cair a qualquer momento.

As pessoas no Reino corriam em pânico, claramente assustadas com o que estava acontecendo com as estátuas. Estávamos todos em perigo e precisávamos agir rápido.

Com a estátua balançando de um lado para o outro, provavelmente devido à ruptura de uma de suas pernas, Charlie sugeriu: - Vamos segurar no pescoço e fazer força para frente. Assim, podemos fazer com que ela caia sobre os muros.

Sem hesitar, nos posicionamos em torno do pescoço da estátua e começamos a empurrar com toda a nossa força. A estátua balançou precariamente, e por um momento, não tínhamos certeza se nosso plano funcionaria.

No entanto, com um último esforço conjunto, conseguimos inclinar a estátua o suficiente para que ela começasse a tombar na direção dos muros. Todos nós saltamos para o chão, afastando-nos o máximo possível da estátua em queda.

Com um estrondo ensurdecedor, a estátua colidiu com os muros porém no meio de todo caos, Tom foi acertado por uma flecha de um arqueiro que estava em uma torre dentro dos muros, e havia notado a nossa presença, a flecha fez com que Tom caisse da estátua, gritei: -TOM!!

Mas não adiantou, não consegui ajudar o meu irmão, a estátua quebrou de vez, ela partiu para cima dos muros, caindo para dentro dos muros e fomos lançados por metros para dentro do Reino.

PARTE II: O RAPAZ E O VELHO

Quando eu despertei, a primeira sensação que tive foi a de água entrando em meus pulmões. Abri os olhos e percebi que estava dentro de um lago, me afogando. Desesperado, reuni todas as minhas forças e comecei a lutar contra a corrente para subir à superfície.

No entanto, minha tentativa de escapar foi dificultada por uma imensa pedra que começou a me empurrar para baixo. Rapidamente percebi que essa pedra era, na verdade, a cabeça da estátua que havíamos derrubado.

Joguei meu corpo para trás e nadei para o lado, desviando por pouco da pesada cabeça de pedra. Com um último impulso, consegui finalmente alcançar a superfície e respirei profundamente, recuperando o fôlego.

Olhei ao redor e fiquei impressionado com o tamanho do lago. Era imenso e parecia ainda mais vasto visto de dentro. De onde eu estava, era possível ver uma parte do corpo da estátua sobre o muro do Reino, como um lembrete sombrio do que acabara de acontecer.

Nadei até a margem e, ao chegar, avistei minha espada caída na beira do lago. Rapidamente a peguei, sentindo-me mais seguro com ela em mãos.

Olhei em volta, procurando pelos meus companheiros, mas não vi ninguém. Charlie e Kym não estavam no lago, e Tom... O pensamento de que ele provavelmente havia morrido me atingiu como um soco no estômago.

Sabia que não havia tempo para lamentar as perdas, então me concentrei em sair daquele lugar. Comecei a nadar em direção à margem do lago, agradecendo por estar em uma área isolada, com várias pedras ao redor, o que mantinha as pessoas afastadas.

No entanto, percebi que soldados se aproximavam da área, provavelmente atraídos pelo barulho e destruição causados pela queda da estátua. Precisava me apressar.

Ao sair do lago, peguei minha espada e olhei para cima, avistando um homem preso no topo do muro. Alguns soldados seguravam escadas na tentativa de resgatá-lo. Não conseguia distinguir se era Kym ou Charlie, mas sabia que precisava ajudar.

Corri com toda a energia que me restava, apesar da dor no corpo e da exaustão. Contornei o lago, passando por fazendas e áreas de plantação até chegar próximo ao muro.

Os destroços da estátua estavam espalhados por toda parte, e entrei em uma das fazendas, onde a casa do agricultor havia sido esmagada por um pedaço da estátua. Gritos de desespero ecoavam pelo local: - Socorro! Alguém me ajude!

Sem hesitar, corri em direção aos gritos, determinado a ajudar quem estivesse em perigo. A cada passo, sentia o peso da responsabilidade por ter causado essa destruição, mas sabia que não podia deixar isso me impedir de agir. Agora, mais do que nunca, era necessário ser forte e corajoso, tanto pelos meus amigos quanto pelas pessoas do Reino.

Sabendo que meu tempo era curto, decidi ajudar os feridos. Encontrei um casal de idosos, com a mulher já sem vida, esmagada pela pedra, e o homem com a perna presa sob o peso da estátua. Ele agonizava, e eu tentei mover a pedra, mas era pesada demais. Eventualmente, ele parou de gritar e fechou os olhos, sucumbindo aos ferimentos.

Não podia me permitir parar para lamentar mais essa perda. Eu tinha que ajudar meu amigo. Corri pelos campos da fazenda e vi que era Charlie quem estava preso no topo do muro. A escada havia alcançado e ele começava a descer.

Observei enquanto quatro soldados esperavam por Charlie na base da escada. Decidi me manter escondido para não chamar a atenção. Charlie alcançou o chão e os guardas de casacos vermelhos apontaram suas lanças para ele, questionando:

- Quem é você? O que está fazendo aqui? Você está junto com o outro velho que levamos preso?

Charlie, tentando se manter calmo, respondeu:

- Meu nome é Charlie. Eu estava com um grupo de pessoas quando nos deparamos com as estátuas e o muro. Eu não sei quem é esse outro velho que você mencionou.

Os soldados olharam desconfiados, e um deles perguntou:

- E o que aconteceu com as estátuas? Como elas caíram?

Charlie hesitou por um momento antes de responder:

- Eu não sei exatamente o que aconteceu. Tudo aconteceu tão rápido.

Os soldados trocaram olhares e então um deles decidiu:

Você virá conosco. Temos muitas perguntas, e alguém precisa ser responsabilizado por toda essa destruição.

Enquanto Charlie era levado pelos soldados, sabia que precisava agir para ajudá-lo e encontrar Kym. Porém, primeiro teria que descobrir uma maneira de me aproximar sem ser percebido.

Eles estavam falando de Kym, então provavelmente ele estava vivo! Charlie então parecia muito perdido e confuso e ele falou:

- Eu não sei, não sei como fui parar aqui, eu estava caminhando em volta dos muros e estou preso aqui, não sei o que aconteceu.

Então um dos soldados falou: - Pare de mentiras! Você foi o responsável pelas estátuas terem caído! Levaremos você preso, e com toda certeza vai para a forca por ataque ao Reino.

Então um dos guardas se abaixou para puxar Charlie. Ele olhou para mim e, com um sorriso astuto no rosto, deu uma piscada. Rapidamente, ele retirou uma adaga que carregava escondida e enfiou na garganta do guarda. Enquanto o sangue jorrava, ele retirou a adaga do pescoço do guarda, que caiu no chão sem vida.

Os outros três guardas, percebendo a ameaça, partiram para cima de Charlie com suas lanças. Foi quando eu entrei em ação. Corri em direção a um dos guardas e o ataquei pelas costas, matando-o instantaneamente. O guarda ao lado, notando minha presença, deixou de atacar Charlie e focou em mim.

Defendi-me com a espada, bloqueando seus ataques de um lado. Ele tentou um movimento de fincar a lança reta em mim, mas me joguei para o outro lado, rolando no chão para escapar. Enquanto isso, Charlie enfrentava o terceiro guarda, esgrimindo com agilidade e graça, segurando sua adaga.

Charlie, percebendo que estávamos em desvantagem, gritou:

- Nublado, é melhor a gente correr, pois mais soldados estão vindo, e a gente não vai dar conta!

Dito isso, saí da defensiva e ataquei o guarda que me enfrentava. Com um golpe rápido, bati com a espada na vara de madeira da lança, fazendo com que ela se partisse ao meio. Aproveitei a distração do inimigo e enfiei a espada em seu peito, matando-o.

Enquanto isso, Charlie quase teve seu braço arrancado por uma lança. Com agilidade, ele segurou na parte de madeira da arma com sua mão esquerda, impedindo o ataque. O soldado, tentando retomar o controle da lança, puxou-a para si.

Ao fazer isso, Charlie aproveitou o impulso e se jogou para cima dele, empunhando a adaga em sua mão direita. Com um movimento rápido e preciso, enfiou a lâmina no peito do soldado. O homem caiu no chão, e Charlie, para garantir que ele estava morto, enfiou e tirou a adaga algumas vezes de seu corpo.

Percebendo que não havia mais tempo a perder, avisei a Charlie:

- Vamos, precisamos correr!

Juntos, partimos em disparada, tentando escapar antes que mais soldados chegassem ao local.

O sol ardente do meio-dia brilhava sobre nós enquanto corríamos pelas fazendas, desesperados por um lugar para nos esconder. Eventualmente, chegamos à cidade, onde nossa aparência em farrapos certamente nos denunciava como estranhos.

Corremos pelo centro da cidade, passando por mercadores, casas de barro e tijolo. Os soldados começaram a nos cercar, e embora a multidão impedisse que nos vissem diretamente, eles se aproximavam cada vez mais. Foi então que um comerciante de licor nos avistou e nos chamou.

- Entre nos tambores agora! - ele sussurrou apressadamente.

Sem hesitar, seguimos suas instruções e nos escondemos em dois tambores vazios. O comerciante colocou as tampas sobre eles, deixando um pequeno buraco por onde podíamos ver a agitação do mercado.

Os soldados começaram a gritar:

- Atenção! Atenção!

Todos pararam o que estavam fazendo e olharam para os soldados, tensos e assustados.

- Estamos procurando dois sujeitos, um rapaz e um velho - continuou o soldado. - Eles estão provavelmente nesta rua. Eu vou dar duas opções para vocês: ou vocês me ajudam a encontrar eles e eu prometo dar uma boa quantia em ouro, ou se eu encontrar eles próximo de algum dos estabelecimentos de vocês, não só eles, mas vocês vão para a forca com eles.

A ameaça pairava no ar, sufocando o ambiente. Os comerciantes trocavam olhares preocupados, temendo tanto pela nossa captura quanto por sua própria segurança. Dentro dos tambores, Charlie e eu nos entreolhamos, sabendo que nossa situação era precária e que dependíamos da lealdade do comerciante de licor e do silêncio daqueles ao nosso redor.

A tensão no ar era quase palpável enquanto os soldados começavam a inspecionar os estabelecimentos e as pessoas abriam espaço para eles trabalharem. O silêncio era ensurdecedor. A situação nos obrigava a confiar em estranhos que não tinham razão para nos ajudar.

Os soldados vasculhavam cada local meticulosamente, até chegarem ao comerciante de licor. Ele abriu espaço para que eles inspecionassem, tentando parecer confiante. Um dos soldados se aproximou dos tambores, dos quais havia cerca de dez no local. Sem hesitar, ele derrubou um dos tambores no chão, espalhando o licor pelo chão.

O segundo soldado seguiu o exemplo, derrubando outro barril, este vazio. O terceiro na fila era o tambor em que Charlie estava escondido. O guarda o sacudiu e percebeu que estava cheio. Ele tentou tirar a tampa, mas teve dificuldade em removê-la. Eventualmente, desistiu e seguiu para outro estabelecimento.

A inspeção durou cerca de uma hora até que os soldados finalmente partiram. O comércio começou a retomar suas atividades lentamente, com todos ainda temendo o possível retorno dos soldados. Os comerciantes e transeuntes trocavam olhares aliviados, mas cautelosos, enquanto voltavam às suas tarefas diárias. E, dentro dos tambores, Charlie e eu esperávamos em silêncio, com nossos corações ainda batendo forte por termos escapado por pouco.

Esperamos um tempo, uma carroça chegou, e dois meninos da minha idade foram pegando barril por barril e colocando na carroça que era levada por dois cavalos.

Esperamos pacientemente enquanto a carroça se movia, os cavalos trotando lentamente pelas ruas da cidade. Eventualmente, chegamos a um bar movimentado, onde os meninos levaram primeiro o barril de Charlie e depois o meu. Fomos conduzidos através do salão principal, cheio de pessoas conversando e rindo, até chegarmos aos fundos do estabelecimento. Lá, descemos uma escada e fomos levados a uma sala que parecia ser o depósito do bar.

Permanecemos dentro dos tambores por mais algumas horas até que Ron, o homem que nos havia ajudado, desceu as escadas e nos informou que era seguro sair. Charlie e eu saímos de nossos esconderijos improvisados, ambos encharcados e um pouco desorientados.

Depois de horas escondidos nos barris, ouvimos o homem descer as escadas e dizer:

— Vocês podem sair agora.

Saímos de dentro dos barris, ambos encharcados. Charlie parecia um pouco embriagado, provavelmente devido ao licor no qual havia estado submerso. O homem se apresentou com um sorriso amigável:

— Prazer, meu nome é Ron, sou dono deste bar, o Bar de Madeira. Servimos a melhor cerveja do reino e temos uma receita original de licor que agrada a todos. Inclusive, o senhor deve ter provado.

Charlie acenou com a cabeça e, com uma expressão séria, questionou:

— Agradecemos a ajuda, mas o que você quer conosco?

Ron respondeu, explicando seus motivos:

— Vocês estão seguros aqui. Quando vi dois "restos" andando pela cidade, meu coração se aqueceu. Eu faço parte de uma seita que aguarda pelo Prometido, e tudo indica que ele está chegando e não está dentre os nossos.

Essa conversa parecia deixar Charlie incomodado. Ele franziu a testa e perguntou:

— Prometido? O que você está falando?

- Existe a promessa de um prometido que vai chegar para salvar a todos, é como cantam as canções, "A vida será extinta, A não ser que o prometido venha nos resgatar…"

Então eu terminei: "Se houver alguém para ele resgatar."

Charlie olhou para mim e disse: - Então você também conhece a profecia?

Respondi, hesitante:

— Não, uma menina cantou, pelo menos eu ouvi, mas ninguém mais ouviu. Ela cantou naquela taverna após a batalha. Até então, achei que fosse alguma miragem. Agora não sei mais o que acreditar.

Ao ouvir isso, Ron arregalou os olhos e disse, arrepiado:

- Com toda certeza você é o Prometido! A minha estalagem é sua, fiquem aqui, durmam. Vou trazer comida para vocês, devem estar famintos! É uma honra servir os senhores!

O homem saiu correndo todo feliz, como se aquele tivesse sido o melhor dia de sua vida.

Enquanto observamos a animação de Ron, Charlie virou-se para mim e, com um sorriso irônico, comentou:

— Imagine Tom ouvindo isso? Provavelmente, ou ele teria atacado o homem antes dele falar, ou estaria rindo de você.

Neste momento lembrei de Tom, não acreditava que mais uma pessoa da minha família havia morrido, não podia acreditar nisso, mas existia uma missão e se Amorim iria trazer de volta a vida a minha família, pedir Tom era somente mais uma cláusula no contrato.

Aquela noite, após tudo o que aconteceu, foi uma noite muito gostosa. Recebemos uma refeição maravilhosa: um pato assado com folha de bananeira, e é claro, a melhor cerveja que existia no reino, seja o que isso significava. Ainda estava pensativo sobre o assunto do Prometido, mas também lembrei que precisávamos correr atrás de Kym, pois ele estava em apuros.

Enquanto nos deliciávamos com o banquete, Charlie me perguntou:

— Ei, Nublado, onde você foi parar com a queda da estátua?

Respondi, recordando a experiência:

— Fui arremessado para dentro do lago, junto com a cabeça do gigante. E você, como ficou preso na muralha?

Charlie coçou a cabeça e explicou:

— Essa é uma boa pergunta. Quando tudo desmoronou, o pescoço da estátua bateu no topo do muro e eu me joguei nele. Mas por conta da força da estátua, o muro fez uma leve abertura, uma rachadura, e eu fiquei no meio dela. O mais estranho foi que eu não vi o Kym, embora os soldados falaram que viram ele e o prenderam.

Diante daquela informação, concluí:

— E pelo visto, ele será enforcado. Só precisamos saber quando.

Ron então entrou e trouxe algumas mantas e travesseiros para que pudéssemos dormir.

— Senhores, trouxe esses travesseiros para que possam dormir em paz. Vocês precisam de algo? — perguntou Ron.

Charlie, aproveitando a oportunidade, questionou:

— Quando é o dia oficial de enforcar as pessoas aqui no reino?

Ron deu uma risada e respondeu:

— Daqui a dois dias, eles fazem uma limpa na prisão. Provavelmente, o dia oficial é em dois dias. Por qual motivo?

Expliquei nossa situação:

— Temos um amigo que foi preso e provavelmente ele será enforcado. Por isso essa informação é importante.

Ron, com um sorriso, disse:

— Vou dormir. Amanhã, alguns membros da seita que faço parte vão vir aqui para ver vocês. Eles ficaram animados em saber que o Prometido chegou e vocês podem ficar tranquilos, eles são de confiança.

Detestei aquele assunto de exposição. A gente precisava se manter nas sombras e não podíamos chamar a atenção de ninguém. Ron, então, subiu as escadas e trancou a porta que dava acesso a elas. Achei estranho, mas pelo menos poderíamos descansar em paz aquela noite.

Foi uma noite estranha. Não consegui dormir tranquilo, pois parecia que algo estava falando comigo. Então, mergulhei em um sonho: vi-me em um bosque repleto de esqueletos, remanescentes de uma guerra que havia acabado há pouco tempo. Caminhava pelo local sombrio, e à distância, avistei Tom.

Desesperado, comecei a gritar por ele, mas ele não me ouvia. Corri para alcançá-lo, mas parecia que nunca me aproximava. De repente, um buraco imenso e profundo surgiu no meu caminho. Havia uma escada que descia para as profundezas, mas decidi não me aventurar por ali.

Optei por voltar e, ao fazê-lo, encontrei um lago tranquilo. Na frente dele, estava a menina da taverna, sentada em um banco de madeira. Ela começou a cantar:

Tudo parecerá perdido

Mas o que é perdido se o foco nunca foi achar?

Sentidos se perdem em abismos

No início ou no fim do mar

Ela, então, entrou no lago, e assim que seus pés tocaram a água, o lago se transformou em um mar gigantesco. A imensidão de água se estendia além do horizonte, e não havia nada mais a se ver.

Foi nesse momento que acordei, sobressaltado, e percebi Charlie andando de um lado para o outro no quarto. Ele parecia preocupado, e eu não pude deixar de me perguntar se o sonho que tive estava de alguma forma conectado à nossa situação atual.

Isso não faz sentido, não faz sentido...

Olhei para o Charlie e falei: - O que aconteceu? Você está bem?

- Eu nunca ouvi nada sobre essas promessas, sobre o prometido, e eu conheço muitas histórias, mas essa é nova, me parece estranho, acho que precisamos ficar espertos com esse Ron.

Acenei com a cabeça concordando e falei:

— Precisamos salvar o Kym daqui 2 dias. Não sabemos onde ele será enforcado ou se ele estará lá, mas sabemos que precisamos dele para terminar a nossa missão de chegar até o Rei. Ele foi o único que entrou nesses muros.

Charlie pareceu preocupado e questionou:

— Mas Nublado, o que estamos procurando exatamente?

Pensei por um momento e respondi:

— Tudo parecerá perdido, mas o que é perdido se o foco nunca foi achar...

Charlie franziu a testa e perguntou:

— Não entendi, o que isso significa?

Eu hesitei antes de responder:

— Eu não sei Charlie, talvez a gente não esteja aqui para procurar algo, talvez a gente esteja aqui para estar aqui no momento correto e na hora certa. Talvez esse seja o nosso papel na história. De alguma forma, as coisas vão se conectar. Pode parecer confuso, mas é isso, é como um mar, você não sabe onde ele começa e onde termina, e ele pode ser muito mais profundo do que achamos que ele é.

Respirei fundo e continuei:

— Até ontem, eu era somente o Nublado. Agora, sou o Nublado Prometido, parte de uma promessa que eu não sei nem o que significa. Mas é isso: nós vamos salvar Kym, iremos até o Rei e entenderemos o que tudo isso significa.

Charlie pareceu ter ficado mais tranquilo com tudo e falou:

— Ainda estou perdido, mas vamos. Essa é a nossa missão. Na verdade, nunca foi a minha, mas fazer parte de algo grande como isso me dá motivação para viver.

Ron então desceu usando um traje da cor cinza, e ele não usava nada mais embaixo daquilo. Era somente o traje, ou seja, era totalmente transparente, o que deixou o clima bem estranho, pois era possível vê-lo nu. Tentando disfarçar o constrangimento, ele falou:

— Bom dia, Nublado e Charlie. Não vim sozinho hoje, trouxe meus amigos para ver vocês.

Então, ele fez um gesto com a mão e disse:

— Podem descer.

Começou a descer mais pessoas: homens, mulheres, senhores, todos usando a mesma roupa. Eram um total de 20, e eles lotaram aquele depósito. Eles me cercaram e começaram a falar:

— Prove que você é o prometido, aquele que nasceu para salvar o nosso povo.

Então, uma moça começou a me puxar, e outro homem me segurou. Ron pegou uma espécie de coroa de espinhos, mas não parecia ser feita de algo natural. Os espinhos mudavam de cor e pareciam algo metálico, igual ao dispositivo relógio que ficava em meu pulso. Era algo diferente, não fazia sentido estar naquele mundo, não combinava com ele e destoava nas cores e na presença.

Achei que aquilo fosse penetrar na minha cabeça, mas a coroa se acomodou, como se fizesse parte de mim. Então, uma moça falou:

— Se a probabilidade for alta de ser ele, a coroa vai o deixar vivo. Se não for, ela vai esmagar o seu crânio.

Todos observavam atentos, esperando para ver qual seria o resultado do teste.

Ao ouvir isso, Charlie se levantou e gritou indignado:

— Vocês estão loucos? Retirem isso dele agora!

Então, uma senhora e um homem bem forte seguraram Charlie, impedindo que ele interviesse no ritual. Uma outra mulher se aproximou de mim e colocou uma fita em minha boca, silenciando meus protestos. Um senhor colocou as mãos na coroa e falou em tom solene:

— Traga a filha de Marta. Precisamos do seu sangue para revelar se ele é o Prometido.

Trouxeram uma moça da minha idade, que vestia as mesmas roupas dos demais presentes. Seguraram-na à minha frente, e a mulher que parecia ser sua mãe pegou uma adaga cinza. Com um olhar triste, ela enfiou a lâmina no pescoço da jovem, que morreu diante dos meus olhos. Em seguida, a mulher pegou a adaga ensanguentada e passou o sangue na coroa que repousava em minha cabeça.

O ambiente estava carregado de tensão e desespero. Eu podia sentir o medo e a angústia de todos ali, especialmente de Charlie, que ainda estava sendo contido pelos membros do grupo. Eu não sabia o que esperar e me sentia impotente, preso naquela situação bizarra e aterrorizante.

A coroa começou a brilhar intensamente, e eu senti uma pressão leve em minha cabeça, como se quisesse ler meus pensamentos. A sensação era invasiva, como se estivesse penetrando em minha mente numa espécie de disputa para entender o que se passava ali dentro.

Depois de um tempo, a coroa parou de brilhar e apagou-se. Um dos homens retirou algo que parecia ser um dispositivo brilhante, algo que não fazia sentido estar naquele local. Ele aproximou o dispositivo da coroa e anunciou:

— Existe uma probabilidade alta dele ser o nosso Salvador.

Então todos comemoraram efusivamente. Tiraram a fita da minha boca e a coroa da minha cabeça. Levaram o corpo da menina e uma moça se aproximou, dizendo:

— O que você quiser, nós vamos te dar!

Eu não hesitei:

— Amanhã nosso amigo será enforcado até a morte. Precisamos de ajuda para salvar ele.

Ron, com um olhar de pesar, respondeu:

— Sinto muito, Nublado, mas não será possível. Hoje à noite esperamos pela chuva, e de madrugada faremos a iniciação.

Então uma senhora começou a cantar:

Mas o sol vai embora

E a chuva vai secar

A escuridão será clara

E a flor vai murchar

Com uma palavra, o silêncio reinará

Eu estava confuso e angustiado, e perguntei:

— Mas eu não entendo, que iniciação? Vocês acabaram de matar aquela menina na minha frente, vocês estão loucos?!

Um homem, com um olhar misterioso, respondeu:

— Não podemos falar. Amanhã levaremos você. Enquanto isso, vamos dar para você o que quiser. Se precisar de um calor humano, podemos dar.

Ele apontou para as mulheres e continuou:

— Se precisar de bebida, daremos.

E apontou para Ron. Em seguida, apontando para si mesmo, acrescentou:

— E se precisar de comida, temos o melhor açougueiro do reino.

Indignado, eu retruquei:

— Eu não quero nada, eu quero sair daqui e vou denunciar vocês aos soldados do Rei!

Falei isso, empurrei-os e fui para perto de Charlie. As pessoas ficaram me olhando, sorriram e pegaram minha espada, a adaga e a lança de Charlie. Foram embora um por um, e tentamos acompanhá-los, mas nos empurraram para trás.

O chão estava manchado de sangue e eu ainda me sentia perturbado com o que havia acontecido. Quem eram essas pessoas? Que seita era essa? O que significava a iniciação? E, acima de tudo, por que eu não conseguiria salvar meu amigo?

Passei horas tentando arrombar a porta, usando toda a minha força para quebrá-la, mas foi em vão. Parecia que algo sobrenatural a mantinha fechada. Eu estava exausto e frustrado, mas não conseguia encontrar uma saída.

— Desiste, Nublado — aconselhou Charlie, com um olhar resignado. — Não adianta. Vamos ter que esperar. Não há nada que possamos fazer. Estamos presos.

Sem muita escolha, sentei-me em um canto da sala e tentei descansar. A noite caiu e, de repente, a porta se abriu. Um casal vestindo túnicas cinzas e armado entrou, deixando uma caixa imensa em frente à porta antes de retornar para dentro.

Eu estava tão cansado e confuso com tudo o que acontecera que não tive interesse em verificar o conteúdo da caixa. Por outro lado, Charlie, provavelmente faminto, levantou-se e foi abri-la.

Dentro da caixa, encontramos duas vestes cinzas iguais às dos membros da seita, acompanhadas de um bilhete que dizia: "Para os dois". Além disso, havia vinho, cerveja, licor, um enorme frango assado, pão, frutas e doces.

O aroma da comida era tentador, então me aproximei para comer algo. Quando cheguei, Charlie já estava com uma coxa de frango na boca e uma caneca de cerveja na outra mão. Ele se virou para mim e, com muito esforço, exclamou:

— NÃO COMA!

De repente, ele caiu no chão. Tentei acordá-lo, mas ele parecia estar consciente e imóvel, com os olhos se movendo freneticamente de um lado para o outro. Então, ouvi uma voz do outro lado da porta dizer:

— Vamos esperar eles comerem, e quando ficar silencioso, a gente entra para levá-lo à iniciação.

Decidi fingir que também havia sido envenenado. Peguei um pouco de comida, simulei estar comendo e me joguei no chão.

Passaram-se alguns minutos, e a porta se abriu. O mesmo casal de antes entrou, acompanhado por mais dois homens. Eles se aproximaram de Charlie, tiraram suas roupas, vestiram-no com o traje cinza e o levaram para o andar de cima. Em seguida, o casal veio até mim e fez o mesmo: tiraram minha roupa, deixando-me nu, e me vestiram com o traje cinza.

Fingir estar envenenado foi extremamente difícil, mas me esforcei ao máximo. O casal me levou para o centro do bar, que estava fechado. Em seguida, dois guardas entraram e, por um momento, pensei que seria salvo. Porém, eles apenas disseram:

— O local já está pronto para a iniciação e as carroças estão esperando.

Eles colocaram Charlie e eu em uma carroça, e o casal acompanhou-nos. Os guardas, membros da seita, ficaram responsáveis por conduzir a carroça para evitar problemas e não serem detectados.

Passamos alguns minutos na carroça até que paramos em algum lugar. Havia um som suave de cantoria. Os guardas saíram da condução da carroça e me tiraram de dentro, enquanto o casal retirou Charlie.

Assim que fui retirado da carroça, observei com mais atenção as pessoas ao redor. Elas usavam as vestes cinzas, que pareciam ter algum tipo de significado simbólico para a seita. Os rostos variavam entre jovens e idosos, com expressões sérias e solenes, revelando a importância daquele evento. Pude notar que, apesar de todos terem a mesma vestimenta, alguns carregavam adereços e acessórios singulares, talvez indicando diferentes posições dentro da seita.

O cenário era um campo aberto, cercado por árvores densas, criando uma atmosfera de isolamento e mistério. As tochas iluminavam o ambiente com um brilho avermelhado, ressaltando a penumbra da noite que se aproximava. As mesas estavam dispostas de maneira organizada, cobertas por uma infinidade de comidas e bebidas, que contrastavam com a atmosfera sombria da reunião.

O céu, encoberto por nuvens pesadas, dava um ar melancólico àquela noite. A chuva fina que caía tornava o ambiente ainda mais enigmático e inquietante, como se a natureza estivesse também envolvida naquele evento. O ar estava frio e úmido, fazendo com que a sensação de desconforto aumentasse a cada instante.

Quando me levaram até o centro do local, jogaram-me sobre uma imponente mesa de granito. A superfície fria e dura pressionava minhas costas, enquanto eu tentava absorver tudo o que estava acontecendo. A mesa parecia ter sido posicionada de maneira estratégica, apontando diretamente para o céu nublado. Dali, eu tinha uma visão completa do ritual que estava prestes a acontecer, e uma crescente sensação de medo e incerteza tomava conta de mim enquanto aguardava os próximos acontecimentos.

Os guardas tiraram suas roupas, jogaram no chão e colocaram as vestes cinzas também, e depois disso todos ficaram em silêncio, e olhavam fixamente para mim, começaram a cantar:

Quando as Pedras se encontrarem
A Roda enfim cessará
Dor ecoará por todos os lados
Do cetro até a coroa
As estrelas vão brilhar
Até onde as mãos tocam
O Mar retornará impetuoso
E tudo, ele irá purificar

Esperança parece inexistente
Nem mesmo nas nuvens
Nem mesmo no sol
Nem mesmo no ar
Existirá um ser
E consigo, toda dor dissipará

Tudo retornará ao princípio
O controle, em suas mãos repousará
O mundo será sua dança
E com coroa, ele governará
Tudo parecerá perdido
Mas o que é perdido se o foco nunca foi achar?
Sentidos se perdem em abismos
No início ou no fim do mar
Mas o sol vai embora
E a chuva vai secar

A escuridão será clara
E a flor vai murchar
Com uma palavra, o silêncio reinará
E o tempo, imóvel, ficará
A vida será extinta
A menos que o prometido venha nos salvar
Se ainda houver alguém para Ele resgatar

A chuva começou a cessar. Senti uma sensação estranha e avassaladora surgir dentro de mim, como se algo maior do que eu mesmo estivesse se manifestando. Meu braço queimava, intensificando o desconforto que já me dominava. Então, Ron se aproximou, posicionando-se à minha frente, e exclamou:

- Hoje, o Prometido está entre nós!

A multidão respondeu com gritos e aplausos, vibrando com as palavras de Ron. Logo em seguida, ele continuou:

- E com uma palavra, ele será calado!

Novamente, gritos e cantorias se elevaram em uníssono, criando uma atmosfera cada vez mais sinistra e desconcertante.

- Há anos, nossos avós e bisavós aguardaram por este momento. A grande profecia que nos foi entregue nunca se fechou, pois ela sempre trouxe a frase: "A não ser que o Prometido venha". E hoje, faremos com que ele não tenha a possibilidade de vir. Mataremos o Prometido!

Os membros da seita pareciam extasiados com a fala de Ron, como se estivessem esperando ansiosamente por aquele momento há muito tempo. A intensidade de suas emoções era quase palpável, tornando a situação ainda mais ameaçadora.

Eu, deitado sobre a mesa de granito, observava a cena com um misto de medo e incredulidade.

Enquanto Ron discursava, outros membros da seita preparavam-se para o ritual que estava prestes a acontecer. Vi algumas pessoas carregando objetos estranhos e elaborados, que pareciam ter algum propósito específico no evento. Outros acendiam ainda mais tochas, iluminando o local com uma luz vermelha e sinistra.

A atmosfera estava carregada de tensão e expectativa, e eu não conseguia evitar a sensação crescente de desespero. Será que conseguiria escapar dessa situação e salvar a mim e a Charlie? Ou estava destinado a ser vítima daquelas pessoas fanáticas e seus planos nefastos?

O som de animais se misturava às cantorias, criando um cenário surreal e caótico. Aquele era o momento culminante para a seita e todos estavam claramente extasiados.

- Nós queremos que a vida seja extinta, e hoje encerraremos ela. Enviaremos essa energia aos deuses e Fring não poderá voltar. Todos morreremos juntos! Preparem as facas! Hoje, o Prometido vai embora e não haverá ninguém para ele salvar.

Os gritos e aplausos dos presentes eram ensurdecedores. Cada membro da seita posicionou uma faca em seu próprio pescoço, como se estivessem se preparando para um suicídio em massa. A loucura que dominava o local era palpável.

A música que embalava o ritual chegava à sua estrofe final. A chuva afinava, e os últimos resquícios de luz solar desapareciam no horizonte. A tensão aumentava a cada momento.

"A vida será extinta."

"A não ser que Ele venha nos resgatar."

No instante em que a música chegou ao fim, Ron encostou uma faca em meu pescoço e, ao mesmo tempo, em seu próprio. Pude ver um homem aproximando-se de Charlie, que ainda estava no chão, e posicionando uma lâmina em seu pescoço.

No exato momento em que o último verso começou a ser entoado, duas coisas aconteceram simultaneamente. Uma flecha voou de longe e atingiu a cabeça do homem que segurava Charlie, enquanto outra flecha veio em direção a Ron. Ele conseguiu desviar, e o som "Salvar" ecoou no ar. Eu me mexi, tentando agarrar a mão de Ron, mas ele se mostrou mais forte.

No instante em que a faca encostou em meu pescoço, senti como se o tempo parasse. Era como se tudo ao meu redor estivesse congelado. A adaga, que havia começado a tocar minha garganta, também parou. Olhei para cima e vi Ron, também imóvel. Aproveitei o momento para empurrar sua mão para longe de mim e me levantar da pedra.

Nesse instante, ouvi alguém cantando. Era a voz da menina da taverna, a jovem doce e encantadora. Procurei por ela entre a multidão de pessoas prestes a cometer suicídio, mas não consegui encontrá-la. Ainda assim, a voz dela soava clara e límpida no ar.

Então, senti um toque suave em meu ombro.

- Olá - ela disse, sorrindo suavemente.

Olhei para trás, era ela, a doce menina, aquela do bar.

- Oi, quem é você? Por que está atrás de mim? Já te vi outras vezes!

- Sou Atlantis, eu venho de outro momento, eu sou de outra época, sou do seu mundo, mas não neste momento. Se esse evento tivesse acontecido, eu nunca teria nascido.

- Eu estou perdido, Atlantis. Não estou entendendo nada. O que aconteceu com o tempo?

- Você não pode procurar o que nunca foi perdido. Você precisa completar a missão, custe o que custar. Sei que é difícil, mas tudo vai fazer sentido. Só poderemos ser salvos se você cumprir o plano escrito para você, mesmo que não deseje cumprir.

- Eu não posso nos salvar, Atlantis, pois não sei nem mesmo quem escreveu esse plano. Em minha mente, em minha cabeça... me diga, por que isso precisa ser assim? Estou cansado, e tudo parece loucura. Talvez eu tenha morrido. É isso, deve fazer sentido.

- Nu, nós desenhamos nosso futuro, ninguém escreveu para você, você mesmo o escreveu, e eu estou fazendo com que seja cumprido, pois se não, tudo o que conhecemos vai cair, vai ruir. É como se tivéssemos construído a nossa casa sobre a areia movediça; ela vai afundar, sabemos disso. Mas como podemos sair de lá com vida? É sobre isso, Nu, é sobre o que diz o final da primeira parte da profecia, da música "Se houver alguém para se resgatar". Não podemos, você não pode deixar que não sobre ninguém quando a casa afundar.

- Atlantis, eu preciso saber mais!

De repente, meu braço queimou, e o tempo voltou ao normal.

Observei todos os corpos caídos no chão. Era um verdadeiro massacre. Homens, mulheres, crianças e idosos, todos vestindo as roupas cinzas, agora manchadas de sangue. Apenas duas pessoas ainda estavam vivas: Charlie e Ron.

Ron começou a gritar, tomado pelo ódio e desespero:

O que você fez?! Você destruiu a iniciação! Você precisa morrer pelas nossas mãos!

Ron agarrou sua faca e correu em minha direção, decidido a tirar minha vida. Quando ele estava prestes a me alcançar, uma lança cortou os céus, atravessando o ar até cravar no crânio de Ron, entrando por uma orelha e saindo pela outra.

Ele caiu no chão, inerte, e então uma voz familiar soou:

Ficou bonito com essa roupa, irmãozinho.

Olhei para a direção de onde a voz viera e, aliviado, reconheci o rosto de alguém que eu jamais esperaria ver nessa situação.

A cena era caótica, com muita poeira no ar e uma sensação de surdez temporária. Ainda me sentia atordoado, mas aparentemente estava vivo. Foi então que uma voz falou:

- Sorte sua estar vivo. Uma queda dessas seria mortal.

Ao meu lado estava Agaha, sozinha. Ela me puxou pela mão, retirou a flecha do meu braço com um gesto decidido e, antes que eu pudesse gritar de dor, sussurrou:

- Faça silêncio, o que vocês fizeram? Como destruíram os gigantes?

Olhei para ela meio tonto e falei: - Não fizemos nada, subimos em seus ombros e alguma coisa aconteceu.

Ela me encarou com curiosidade e respondeu:

- Eu vi você descendo agarrado ao gigante. Provavelmente deve estar sentindo uma dor imensa em suas mãos. Eu tenho um remédio que pode ajudar.

Foi só então que percebi o estado das minhas mãos, em carne viva. Agaha retirou de seu cavalo um frasco com um líquido viscoso, aplicou nas minhas mãos, envolveu-as com uma faixa e disse:

- Acho que agora está pronto. Aos poucos vai reduzir a dor, e essa mistura ajuda a cicatrizar mais rápido.

Agradeci a Agaha e perguntei:

- Onde estão os outros?

Ela ponderou por um momento e respondeu:

- Eu não sei também, mas se não estão aqui embaixo, provavelmente foram arremessados para dentro dos muros.

Agaha olhou para seu cavalo, deu-lhe um tapa no traseiro e disse:

- Vá para casa!

Ela então se virou para mim e falou:

- Vamos, irmão do Nublado. Precisamos aproveitar. Estou vendo aqui e lá na frente um dos gigantes quebrou como se fosse uma escada. Podemos usar isso para entrar nos muros.

Fiquei confuso, pois sabia que ela não aprovava o fato de seu irmão ter entrado no reino e indaguei:

- Mas você vai fazer o que lá?

Ela me encarou com determinação e disse:

- Vamos buscar os nossos irmãos!

Sem hesitar, Agaha começou a caminhar e eu a segui.

Assim que chegamos perto da estátua quebrada, percebemos que ela realmente havia se partido de tal forma que formava uma espécie de escada improvisada. Sem perder tempo, começamos a escalar, conscientes de que a estrutura instável poderia desmoronar a qualquer momento. A cada passo, pedaços da estátua se soltavam, dificultando ainda mais a subida. Apesar disso, conseguimos alcançar o topo do muro.

A largura do muro permitia que nós dois caminhássemos lado a lado sobre ele, mas o maior desafio ainda estava por vir: como descer do outro lado? A queda era considerável e não havia muitas opções disponíveis.

Foi então que Agaha revelou uma longa corda que trazia consigo. Ela a amarrou em uma das entradas do muro, que estava levemente danificada, e se lançou por ela, descendo pelas paredes até chegar ao solo. A corda ficou na altura exata, facilitando a descida.

Respirei fundo e segui o exemplo de Agaha, utilizando a corda para descer aos poucos. Assim que tocamos o chão, nos encontramos em uma fazenda de trigo próxima ao muro. As plantas cresciam altas e espessas, oferecendo um esconderijo perfeito enquanto planejávamos nosso próximo passo. A adrenalina ainda corria por nossas veias, mas estávamos a salvo - ao menos por enquanto. Agora, precisávamos encontrar nossos companheiros e decidir como enfrentaríamos os desafios que se apresentavam diante de nós.

Começamos a ouvir uma conversa entre dois trabalhadores, que estavam em meio às plantações:

- Fiquei sabendo que entraram pessoas do lado de fora dos muros - disse um deles.

- Não seja ingênuo - respondeu o outro - aquilo deve ser algum truque de magia, ou um teatro, não existe nada fora dos muros.

- Mas vi alguns guardas mortos próximo ao muro, na fazenda do sul - insistiu o primeiro.

- É aquele fazendeiro dando trabalho. Espero que ele seja morto. Esses dias vi o filho dele roubando maçãs aqui. Aquela família não presta. Mas é melhor você voltar ao seu trabalho e parar de ficar acreditando em tudo o que escuta.

Então os dois se separaram, e começamos a seguir o homem que parecia ter alguma informação. Ele entrou em uma pequena cabana de madeira, e ficamos do lado de fora esperando. Quando ele saiu, não havia ninguém por perto, então o pegamos de surpresa. Agaha foi a primeira a falar:

- Se gritar, vamos dar a sua língua para os porcos comerem. Então, peço que não faça nenhum alarde.

O homem olhou assustado, ainda mais porque Agaha estava com uma espada em sua bainha e eu com a lança em minhas costas. Não foi preciso mostrar a arma, apenas colocar a mão nela.

- Eu não sei de nada, sei que roubar é errado. Nunca roubei nada, nada além de uma galinha. Mas minha família estava com fome, e eu precisei falar que ela morreu e por isso tinha uma a menos. Não foi de propósito - disse o homem, nervoso.

Perguntei: - Para onde os guardas foram? O que você viu?

- Se não era sobre o roubo que vocês estão aqui, então podem por favor esquecer o que aconteceu? E sobre os guardas, ouvi um deles falando que o estrangeiro se escondeu na rua 12, onde tem um vendedor de queijo de cabra, que é delicioso. Não o vendedor, o queijo! Não que eu tenha algo contra quem ache um vendedor delicioso, mas não me parece tão apropriado falar sobre o assunto, ainda mais porque eu sou casado com um vendedor. E aí pode parecer que estou falando de outro, e isso poderia ser um problema na minha casa se ouvirem... - E o homem não parava de falar.

Calado - disse Agaha, impaciente - Me leve até a Rua 12. Não conheço nada deste lugar.

- Bem, isso complica um pouco. Ainda é dia, e sou pago pelo trabalho do dia inteiro. Eu planejava comprar um queijo hoje para um jantar especial em casa, para comemorar os 10 anos que estou casado. Se meu patrão me vir saindo mais cedo, ele pagará apenas metade do valor - explicou o homem.

- Eu te pago a outra metade, só pare de falar - respondeu Agaha.

- O dobro da metade e ficamos certos - propôs o homem.

- A metade do dobro da metade, e essa é a última oferta - disse Agaha, sem paciência.

- Combinado! Vamos! Meu nome é And, não é Andy, nem Andi, nem Andye, muito menos Andie. São 3 letras, simples e fácil de memorizar.

- Quanto menos eu souber de você, melhor será para você - disse Agaha.

Começamos a andar, deixando a fazenda para trás. And nos guiava em direção à rua e continuava a falar:

- Neste caso, eu falei errado. Meu nome é Ronan, Ronan mesmo, podem me chamar assim.

- Quieto, And - falei.

- Vocês não parecem daqui, de onde são? Deixa eu adivinhar, vocês são do norte do Reino? No vilarejo acima do castelo? Lá o pessoal é mais rico que aqui, faz todo sentido, embora vocês estejam bem sujos. Dificilmente alguém de lá fica tão sujo assim, claro, que às vezes a pessoa cai na lama e se suja, pode ter sido isso...

- Calado! - exclamou Agaha.

Então And olhou para frente e anunciou:

- Bem-vindos à Rua 13!

Foi então que perguntei: - Mas não era a Rua 12? Essa Rua 13 parece completamente normal.

Certo, me confundi. Podemos ir por esta viela até a Rua 12. Vai facilitar. Chegando lá, vou só comprar o queijo e já ir embora. Você vai me pagar agora ou na hora? - perguntou And.

Agaha ficou para trás e pegou uma pedra do chão sem que And visse. Então, ela virou-se para ele e disse:

- Tome, essa pedra é a forma que fazemos os pagamentos no norte. Ela não vale somente a metade da metade do dobro, ela vale o dobro da metade do dobro. Ou seja, vale tanto quanto o dobro do dobro pela metade.

O homem ficou muito contente, pegou a pedra e falou:

- Não vou mais comprar queijo, vou comprar algo melhor, como um pão gigante que vende na Rua 10. Você não faz ideia do tamanho do pão daquele padeiro. Bom, é melhor eu ir, está ficando tarde.

Olhei para Agaha e ela olhou para mim. Parecia que, pela primeira vez, houve uma conexão entre nós dois, e essa conexão era o cansaço que sentíamos de And.

Finalmente, chegamos à Rua 12. Havia um clima tenso no ar, e os guardas percorriam o local, olhando atentamente para cada estabelecimento. Eles pareciam estar à procura de algo ou alguém. Agaha e eu nos escondemos em uma viela próxima, observando cautelosamente seus movimentos. Os comerciantes e transeuntes também pareciam nervosos, evitando fazer contato visual

Permanecemos escondidos na viela, esperando pacientemente que os guardas se afastassem. O tempo parecia passar lentamente enquanto observávamos cada movimento deles. A tensão na Rua 12 estava aumentando, e o receio de sermos descobertos nos deixava cada vez mais ansiosos. Finalmente, após o que pareceu uma eternidade, os guardas partiram, deixando a rua mais tranquila e as pessoas aliviadas. com os guardas.

Assim que os guardas se afastaram, uma carroça puxada por dois meninos apareceu, carregando vários barris. Eles pararam em frente a um dos estabelecimentos, e o proprietário, um homem de meia-idade com um olhar preocupado, saiu para encontrá-los. Ele parecia estar instruindo os meninos a escolher cuidadosamente quais barris levar. A cena nos intrigou, e logo começamos a pensar que talvez meu irmão estivesse escondido em um daqueles barris.

Quando decidi ir até lá para ver se meu irmão estava em um daqueles barris, uma voz falou:

- Então, pessoal, o padeiro morreu, tão jovem, morreu de tosse, uma gripe nova a esposa dele me contou. E aí eu estava conversando com ela sobre outros assuntos, papo vai, papo vem, e descobri que essa pedra é só uma pedra. Mas aí fica difícil para mim, pois confiei em vocês dois. Queria ter certeza que vocês me enganaram, pois pode ser só um mal entendido.

Algumas pessoas começaram a olhar para nós, pois And havia voltado e não parava de falar, chamando a atenção. Agaha começou a empurrá-lo para uma parede dentro da viela, e eu fui junto dizendo:

- Calado!

Ele tentou falar novamente, mas eu o interrompi. Tentou novamente, e Agaha colocou a mão na boca dele. Ele a mordeu e falou:

- Se vocês quiserem comprar licor, a carroça foi embora. Sempre achei que vendessem bebidas melhores na vila do norte, como Gin. Mas então, vocês vieram aqui pelo licor.

Vi a carroça saindo, então comecei a correr atrás dela, e Agaha veio comigo deixando o And para trás falando sozinho, fomos seguindo, mas a carroça corria muito, até que determinado momento perdemos ela de vista, olhamos um para o outro sem saber muito o que fazer, até que vimos que no final da rua, o And estava vindo, ele seguiu a gente, esperamos ele chegar, e agaha falou: - O que foi? O que você quer conosco?

Se vocês quiserem o Licor, eu sei onde fica o bar que vende ele, é bem famoso, nunca fui lá, mas muita gente fala dele, inclusive Dan, nós nos conhecemos em um bar, não neste, mas em outro, foi uma noite incrível.

Esse bar é longe daqui? - Perguntou Agaha.

- Posso levar vocês lá, mas eu vou querer um dos anéis de sua mão, como forma de pagamento atrasado, já que aparentemente você me enganou da última vez.

Agaha realmente tinha vários anéis bonitos. Ela olhou para sua própria mão e falou, irritada:

- Eu posso também só cortar sua mão fora e fazer você ser obrigado a me contar.

Virei para ela e falei:

- Agaha, vamos logo com isso, temos uma missão aqui.

Então ela suspirou, tirou um dos anéis e o entregou a And. Ele olhou para o anel, admirado, e falou:

- Perfeito, podemos ir lá, vou levar vocês lá, mas está escurecendo, e eu tenho um pouco de medo da noite, será que poderíamos ir pela manhã?

Falei bravo:

- Você quer o anel ou não? Pode ter certeza que ele vale uma casa nova para você e para o Dan, ou até mesmo a liberdade de nunca mais precisar trabalhar.

Então ele concordou:

- Estava pensando em pagar o jantar com ele, mas pelo jeito ele vale mais do que eu achava, então combinado, vamos! Eu levo vocês.

Fomos andando, tentando o máximo passar despercebidos, mas as nossas roupas não pareciam ser daquele lugar. Então, parei And e falei:

- Será que existe alguma loja de roupas?

Agaha virou para mim e falou:

- Não é hora para ser vaidoso, se precisar eu te indico um alfaiate ótimo quando sairmos daqui.

- Não é isso, ignorante. Estou preocupado pois estamos chamando atenção, e não queremos chamar atenção de guardas ou qualquer outra coisa que more neste reino.

And então nos levou até uma loja que vendia roupas. Era uma loja bem simples. Compramos algumas coisas e, nisso, foi outro anel de Agaha para pagar a conta.

Saímos da loja com roupas mais próximas do povo local. Eu vestia uma túnica marrom clara e uma calça, enquanto Agaha teve que tirar os seus anéis, seu colar e usar um vestido verde bem gasto, uma roupa que não combinava nada com ela, pois o estilo dela se assemelhava mais a de uma guerreira do que donzela.

Guardamos nossas roupas antigas na bolsa de Agaha e seguimos o caminho até avistar um bar movimentado. Ao chegar perto, percebemos que a carroça já havia sido descarregada.

- Vamos Agaha, vamos ficar um pouco no bar para ver se descobrimos algo.

Começamos a caminhar em direção à entrada e And nos seguiu.

Falei: - And, agradecemos sua ajuda, mas não precisamos mais. Pode ir.

Assim nossos ouvidos terão paz - comentou Agaha.

Mas vocês são do outro lado do reino, não conhecem as pessoas daqui, eu conheço - argumentou And. - Não essas pessoas, mas o Dan conhece. Ele vem bastante aqui. Mas eu mesmo nunca vim. Me parece um bom lugar para tomar uma bebida e fazer alguns amigos. Não que eu precise, já tenho outros.

Desistimos de tentar afastar And e entramos no bar, com ele nos seguindo. Procuramos por Nublado, mas não o encontramos. Algo parecia estranho, então decidimos ficar por ali para ver se conseguíamos alguma informação.

Agaha se sentou em uma mesa com alguns homens bêbados, fingindo ser uma donzela, enquanto eu fui conversar com um senhor que estava quase dormindo sentado no balcão. O único problema era And, que não parava de falar.

- Ei senhor, você está bem? - perguntei.

Se precisar de água, bebida, algo para comer, você pode me pedir - falou And, tagarelando. - Eu só não tenho dinheiro, mas posso colocar na sua conta, se você tiver uma. Se não tiver, podemos abrir uma. Na verdade, não sei como funciona neste estabelecimento.

- And, o que acha de perguntar ao dono do bar como funciona, abrir uma conta para você e pegar algo para comermos?

Ele então saiu, trazendo alívio.

- Ele se foi? - perguntou o senhor.

- Sim, ele não para de falar. Não sei como aguentei até agora - ri, e o senhor riu comigo. - Você está bem?

- Estou ótimo - respondeu ele, olhando nos meus olhos. - Mas sei que você não é daqui. Você pode até enganar os outros, mas eu sinto que não é daqui.

Respirei fundo, pensando que tudo havia desmoronado. Então ele continuou:

- Já vi você tomando rum no Velho Joe, do outro lado da rua. Você não me engana não. Sei que veio aqui por conta da donzela. Inclusive, vi que ela deu um fora em você e foi falar com o Ezequiel.

Entrei na história dele para manter a farsa:

- Isso mesmo, adoro tomar rum no Velho Joe. Mas não estava me dando bem com as moças de lá, então vim para cá. Encontrei aquela moça, mas ela me deu um fora mesmo.

- Fique tranquilo. Vou te dar alguns conselhos - disse o senhor. - Mulheres podem ser complicadas, mas tudo depende da abordagem. Talvez você possa levar um drink para ela.

Curioso para saber como o senhor fazia aquilo, eu observei atentamente, mas percebi que não era o momento para perguntar. Nesse instante, And retornou trazendo uma porção generosa de macarrão frito com alho e uma garrafa de licor.

- Ei, pessoal! Olha só, estava conversando com o Sr. M e ele me disse que só fazia contas para clientes habituais. Então, mencionei o Dan e, para minha surpresa, o Sr. M o conhecia. Disse que a gente morava junto e o Sr. M permitiu que eu colocasse nossa consumação na conta do Dan. Foi aí que descobri que ele tinha uma conta aqui e nunca me contou! Fiquei intrigado e perguntei ao Sr. M quanto Dan devia. O senhor com quem você conversava fez um gesto para And acelerar a história. - Tá, resumindo, o Sr. M disse que o Dan devia três garrafas de licor da última sexta-feira, mas isso não faz sentido porque eu estava de folga e passamos o dia juntos. O Sr. M concordou e admitiu que houve um erro, alguém anotou errado porque na sexta ele nem estava trabalhando no bar, ele precisou ir ao castelo.

- Acabou? - Perguntei, já impaciente.

- Calma, é agora que a história fica interessante! Curioso, perguntei por que ele foi ao castelo, e o Sr. M contou que, há alguns dias, um homem procurado apareceu no bar e um general estava investigando se ele tinha algum envolvimento com o suspeito. Eu perguntei quem era esse homem e o Sr. M disse que era alguém perigoso, que ameaçava a vida do Rei.

Imediatamente, pensei em Necro. Era provável que fosse ele. Então perguntei: - E é só isso que temos de informação?

O senhor respondeu: - Mesmo a pergunta não sendo para mim, ouvi dizer que esse homem foi preso. Então, não deveriam se preocupar tanto. Uma vez preso, só será solto na morte. Inclusive, a execução em praça pública será daqui a dois dias.

Deixei And com o senhor e fui falar com Agaha sobre o irmão dela. Quando me aproximei, ela veio ao meu encontro e ambos dissemos ao mesmo tempo:

- Você não sabe o que eu descobri!

Contei para Agaha sobre Necro, e ela ficou extremamente ansiosa para vê-lo. Quando terminei, ela disse: - O careca se chama Ezequiel, e eu o seduzi para conseguir informações. Mas ele é um fanático, seguidor de uma seita que acredita na chegada de um salvador. Enquanto eu estava lá, um homem saiu do banheiro, voltou para o grupo sem notar minha presença e disse: "Se o menino sobreviver hoje, é bom a gente preparar a fazenda do sul para o sacrifício."

- O menino? Eles falaram mais alguma coisa? - Perguntei, pensando que poderia ser Nublado.

Não falaram mais nada - continuei - Ezequiel ficou extremamente irritado com o homem, já que ele não havia percebido minha presença, e a informação parecia ser altamente confidencial.

Como já estava tarde, achei mais sensato procurarmos um lugar para passar a noite. Pela manhã, poderíamos nos dividir em busca de pistas sobre o que havíamos descoberto. No entanto, Agaha começou a caminhar, saindo do bar apressadamente. Fui atrás dela, segurei-a pelo braço e perguntei:

- Onde você pensa que vai?

- Vou procurar Necro! É por isso que vim até aqui!

- Não, Agaha. Vamos dormir agora. Amanhã cedo, nós nos dividiremos: você vai até a prisão e eu irei à fazenda para entender o que está acontecendo por lá e se tem alguma relação com meu irmão.

Ela parecia relutante com a ideia, mas não tinha muita escolha. Lá no fundo, sabia que seu plano era falho e só aumentaria seu cansaço.

- Mas onde vamos dormir? Não temos um lugar para ficar - questionou Agaha.

- Conheço alguém que não vai se importar se ficarmos em sua casa - respondi.

Retornamos ao bar e falamos com And. Ele ficou extremamente animado com a notícia de que ficaríamos em sua casa. Saímos do bar mais uma vez, agora rumo à residência de And.

A casa de And era bastante simples, feita de barro, com uma porta improvisada de madeira e um trinco feito de pedra. Entramos procurando pelo famoso Dan, mas And explicou que haviam trocado os turnos de trabalho e Dan estava trabalhando à noite. Achei estranho, mas não havia muito o que dizer.

A casa de And tinha uma sala, uma cozinha, um banheiro e um quarto. Propusemos ficar na sala, mas ele insistiu para que ficássemos no quarto. Havia uma cama de casal, e o clima ficou estranho por estar ali com Agaha. Decidi deitar no chão, deixando-a na cama, mas assim que me viu no chão, ela me convidou a deitar na cama com ela, afirmando não ver problema algum.

Deitamos na cama, e Agaha começou a conversar:

- Me desculpe pela minha atitude, tive que aprender a ser durona para proteger minha vila. As garotas se inspiram em mim, e preciso ser essa pessoa para elas, especialmente depois que Necro nos abandonou para seguir seu sonho de criar um exército.

Percebi que ela queria puxar assunto, então continuei:

- Não conheci muito bem Necro. Ele me abordou na floresta uma vez e me deixou bastante assustado. Mas isso não se compara a você – pensei que fosse matar todos após a batalha na vila.

Ela riu e respondeu:

- Confesso que a vontade era grande - e riu novamente. - E você, Tom? Tem família? É casado? Tem filhos?

Suspirei e disse:

- Já fui casado e já fui pai, mas hoje eles são apenas memórias de uma vida que nem sei se algum dia foi realmente minha. Na verdade, não sei muito bem o que estou fazendo.

Agaha começou a passar a mão pelo meu corpo, e então perguntou:

- O que vocês estão procurando?

- Amorim prometeu que, se fizermos um trabalho para ele, seremos recompensados com o retorno de nossas famílias. É por isso que estamos aqui.

Com o quarto banhado em penumbras e o silêncio que dominava o ambiente, Agaha se aproximou lentamente de mim. Seus olhos brilhavam e, em um gesto suave, ela começou a beijar meu rosto. A sensação do toque de seus lábios na minha pele reacendeu emoções que estavam adormecidas há muito tempo como se compartilhássemos algo muito além de nossas circunstâncias atuais.

Enquanto continuava a me beijar, Agaha deslizou sua mão por meu peito e, em um movimento audacioso, colocou-a dentro da minha calça. Senti meu coração acelerar e o calor do corpo dela se fundir com o meu. As carícias se tornaram mais ousadas, e a excitação crescia a cada toque. Embora soubesse que estávamos em uma situação perigosa e incerta, naquele momento, tudo o que importava era aquele momento.

A noite se tornou mais quente à medida que nossos corpos se entrelaçavam e nossas respirações ofegantes preenchiam o ar. Fazia muito tempo desde que eu havia vivenciado uma conexão tão profunda e intensa com alguém, e a experiência nos fez esquecer, mesmo que temporariamente, os problemas e desafios que enfrentávamos.

Quando o amanhecer começou a iluminar o quarto, nossos corpos exaustos e satisfeitos se acomodaram juntos na cama. A noite havia sido um verdadeiro renascimento, um lembrete de que, apesar das adversidades, a vida também pode ser repleta de momentos de paixão e conexão profunda

Acordei com o aroma delicioso de ovos fritos invadindo meus sentidos, e vi And cozinhando na pequena cozinha. Surpreso, comentei:

- Bom dia! Não sabia que você também cozinhava.

Ele me olhou confuso e respondeu:

- Mas nós não nos conhecemos. Prazer, sou o Dan.

Não conseguia entender o que estava acontecendo. Era And quem estava conosco o tempo todo, não Dan.

- Para de brincadeira, And. Sei que é você.

Ele manteve um semblante sério e retrucou:

- Por que eu iria brincar com isso? Não vejo motivo nenhum. Meu namorado, And, foi trabalhar hoje cedo e provavelmente ficará fora o dia todo.

Levantei-me e, nesse momento, a porta da entrada se abriu. Fiquei assustado, mas era apenas Agaha. Ela já havia acordado antes de mim e retornava de algum lugar.

- Voltei, Dan. Trouxe as ervas para os seus ovos.

- Obrigado, Agaha. Senta, eles estão quase prontos.

Olhei para Agaha, arqueei uma sobrancelha e questionei:

- Você também está querendo me deixar louco? And e Dan são a mesma pessoa.

Ela olhou para Dan, rindo, e disse:

- Será que a noite de ontem fez mal para ele? Como ele pode confundir você com o And? Se And estivesse aqui, já estaria falando loucamente.

Dan concordou, com uma expressão séria:

- Sim, o And gosta bastante de falar.

Confuso, decidi mudar de assunto e me virei para Agaha:

- Você vai procurar na prisão e eu vou para a fazenda, certo?

- Sim, melhor a gente se dividir, vamos trabalhar melhor - Falou Agaha enquanto comia os ovos

- Estou de folga hoje - disse Dan, sorrindo gentilmente. - Posso acompanhar você, Tom, até a fazenda, se quiser. Sei que And gostaria que eu tratasse bem os convidados dele, se estivesse aqui.

Aceitei a oferta, mesmo sem entender completamente a situação. De qualquer forma, Dan parecia mais calmo e menos falante do que And.

Saímos da casa e seguimos em direção à fazenda. Chegando lá, notamos uma grande movimentação de pessoas vestindo roupas brancas. Passamos o dia inteiro observando, e a quantidade de pessoas só aumentava. Inclusive, estavam preparando uma espécie de grande pedra para colocar alguém sobre ela.

Mantivemos nossa posição, observando atentamente a cena até que começou a escurecer. Nesse momento, chegou uma carroça e, quando a porta se abriu, um menino e um senhor saíram dela. A distância não permitia uma identificação clara, mas algo dentro de mim me dizia que era Nublado e que ele precisaria da minha ajuda.

1ª Sequência (Necro)

Terminei a leitura do livro, e não acreditava no que eu tinha lido. Era uma história maluca, e que fazia sentido, e ela era louca em diversos sentidos, desde o fato de Rafa estar viva e provavelmente não se lembrar de mim, até o envolvimento da minha amada Raiz em tudo isso.

Não imaginava que Raiz estivesse sendo tão manipulada pelo seu irmão, mas pelo visto ela era a própria marionete. Uma Deusa tão forte, mas que por algum motivo não podia se opor a ele. A descrição de Rafa no livro mostrava uma versão de Raiz diferente da que eu conhecia, o que me deixava confuso e angustiado.

A Raiz que eu conheci tinha um brilho especial, uma chama ardente que aquecia meu coração. Lembrei-me daquela vez em um inverno rigoroso, quando ela estava do lado de dentro do laboratório e eu estava ao lado de fora recebendo uma lição. Ela fez bagunça internamente para que fosse levada para fora junto comigo, para que pudéssemos nos aquecer.

Raiz sempre foi uma moça brilhante, mas seu irmão, Sarantis, nunca prestou. Ele era como uma doença viva. Sarantis teve um papel importante para deter Fring, nos soltando do laboratório, mas eu ousava dizer que Marc e Solares tiveram um papel muito mais ativo do que ele.

Enquanto eu pensava em tudo isso e refletia sobre o texto, escutei uma voz suave dizendo: - Olá.

Levantei os olhos e vi, no fundo da caverna, uma moça da minha altura, usando vestes reais e com a cabeça coberta. Ela se aproximou lentamente e, ao descobrir seus cabelos castanhos, me encarou com aqueles olhos claros e disse: - Já faz um tempo que não nos vemos.

Era Raiz! Em carne e osso, ali diante de mim, me esperando. Não pude conter minha emoção e corri em sua direção, envolvendo-a em um abraço caloroso. Dei um beijo em sua testa e, com euforia, perguntei: - Como você sabia? Quem te contou que eu estaria aqui?

Raiz sorriu, seus olhos brilhando com alegria e alívio ao me ver. Era evidente que o reencontro também significava muito para ela. As lembranças e os sentimentos que compartilhávamos pareciam ter retornado em um instante, trazendo à tona nossa profunda conexão

Ela olhou para mim, analisando-me cuidadosamente de baixo para cima, e mudou o seu sorriso para uma uma expressão preocupada no rosto: - A Karma sabia dos pontos cegos que eu deixei, e de uma entrada para o Reino.

Intrigado, perguntei: - Mas por qual motivo você deixou esses pontos cegos?

Raiz suspirou profundamente e explicou: - Eu fui a responsável por construir esses muros, você se lembra? - Acenei com a cabeça, confirmando que me lembrava - Logo depois de construir os muros, foi quando Amorim enlouqueceu devido à busca incansável pelas runas. Tivemos que tirar a sua divindade, e para sermos justos, entregamos uma runa para Sarantis e uma para Solares.

Ela fez uma pausa antes de continuar: - A Runa da Vida foi entregue a Sarantis, enquanto a Runa do Sol foi dada a Solares. Eu deixei os pontos cegos como uma precaução após a guerra dos muros, caso precisássemos encontrar uma maneira de fugir do Reino sem sermos notados, ou que alguém pudesse entrar para deter o Rei.

A preocupação em sua voz era palpável, e eu pude perceber o peso que a decisão de deixar os pontos cegos carregava.

Pelo menos com Solares foi fácil decidir, afinal, ele era um grande admirador do sol, até tinha "sol" no seu nome.

Raiz soltou uma risada suave e prosseguiu: - Enfim, depois que Sarantis mandou forjar uma coroa com sua runa, ele passou a ter o poder de tirar a vida das pessoas. Na verdade, ele roubava suas vidas, sugando toda a energia vital delas. Com o tempo, ele começou a enxergar as pessoas como uma espécie de plantação. Sempre que estivesse chateado ou cansado, pedia que trouxessem alguém e sugava toda a energia da pessoa até que ela morresse. Mas isso foi só o começo; como acontece com qualquer vício, uma pessoa só não era suficiente. Então, ele começou a drenar famílias inteiras. E mesmo sendo meu irmão e eu me opondo a ele, depois de um tempo, ele parou de me ver como sua irmã. Hoje em dia, ele não troca uma palavra sequer comigo.

- Então foi por isso que você deixou essas aberturas? Você quer que alguém o ataque? Mas os deuses podem interferir dessa maneira?

Raiz respondeu com seriedade: - Não é a Deusa Raiz que está interferindo, mas sim a irmã de Sarantis que entende que ele precisa ser detido o mais rápido possível. Você não faz ideia do que ele faz comigo. Quando discutimos, ele encosta a coroa em mim, fazendo com que eu me sinta fraca e impotente.

Abracei Raiz com força, sentindo sua dor e seu sofrimento, que não eram recentes. Percebi seu desespero silencioso. Então ela me perguntou:

O que você está fazendo aqui?

Contei-lhe a história do velho que se chamava presidente, e das milhares de vozes no fogo que sabiam das falha nos muros. Expliquei como as vozes sofriam e mencionei o que elas disseram sobre Raiz: "ELA está em perigo". Eu não queria vir para cá, mas fui forçado a fazê-lo. Por fim, acrescentei:

Eu também preciso encontrar a ungida, mas não faço ideia de quem seja essa pessoa.

Raiz ouviu atentamente minha história, seus olhos expressando preocupação e compaixão. Ela ponderou por um momento antes de responder:

- Entendo sua situação, e agradeço por ter vindo em meu auxílio, mesmo que involuntariamente. Quanto à ungida, não tenho informações concretas, mas posso tentar ajudá-lo em sua busca.

Raiz fez uma leve pausa e continuou:

- Se você escutou as vozes, isso significa que as almas que Sarantis roubou estão vagando por aí, esperando um final. Elas estão sofrendo mesmo após saírem de seus corpos, e isso é triste. Precisamos evitar isso, mas não posso fazer isso sozinha. Karma tem me perseguido há anos e, inclusive, me ameaçou ontem. Talvez você seja a solução, Necro. Você veio por um motivo, e talvez seja para nos salvar.

Diante daquelas palavras, senti um misto de temor e determinação. O plano parecia extremamente ambicioso. Destronar um rei não seria uma tarefa fácil, mas se eu estava ali por um motivo, precisava cumprir esse propósito, fosse qual ele fosse.

- Então vamos fazer isso juntos - disse, decidido. - Vamos buscar informações, descobrir a identidade da ungida e enfrentar Sarantis. Não podemos permitir que ele continue a causar sofrimento e roubar vidas impunemente.

- Necro, vou apenas fechar os acessos para evitar problemas com a Karma. Depois disso, precisamos sair daqui. Sei que você deve ter lido o livro que está ali. Podemos conversar mais tarde sobre isso. Vou te esconder em uma casa ao norte do castelo. É uma construção de pedra que fiz anos atrás para guardar alguns objetos, então o lugar é seguro.

Raiz se posicionou com as pernas levemente afastadas e fechou os olhos. Com uma habilidade incrível, ela colocou seus pés dentro da sólida pedra que estava abaixo de nós, como se a pedra fosse feita de areia. Em seguida, fez um gesto com a mão como se estivesse fechando algo e anunciou: - Pronto, falha corrigida. Vamos!

Impressionado, exclamei: - Você é incrível! Mas como vamos sair daqui?

Ela respondeu com um sorriso confiante: - Da mesma forma que eu entrei.

Então, Raiz bateu seu pé direito no chão e, de repente, o solo trincou ao nosso redor. Com um gesto firme e autoritário de sua mão, ela ordenou que o chão se elevasse, e ele obedeceu. No entanto, começamos a subir rapidamente, e parecia que estávamos prestes a colidir com o teto.

No momento exato em que nossas cabeças se aproximaram do teto, Raiz colocou sua mão esquerda nele, e, como mágica, ele se abriu. Saímos das catacumbas e adentramos um sistema de esgoto.

Caminhamos pelo esgoto por um tempo, passando por corredores escuros e úmidos, até chegarmos a uma saída.

Para minha surpresa, ela estava localizada perto das casas do norte, exatamente onde precisávamos ir.

Finalmente, estávamos ao ar livre. Pensei em confrontar Raiz sobre o que eu havia lido no livro, mas percebi que não era a hora certa. Havia assuntos mais importantes a tratar naquele momento.

Começamos a caminhar em direção à casa, e Raiz cobriu o rosto cuidadosamente para evitar ser reconhecida. A tensão pairava no ar enquanto seguíamos nosso caminho, cientes de que muitos perigos ainda nos aguardavam.

Depois de um tempo caminhando pelas ruas, sentindo os olhares curiosos das pessoas sobre nós, finalmente chegamos ao castelo. A jornada tinha sido longa, mas sabíamos que era apenas o começo.

Havíamos saído das catacumbas e entrado no esgoto, seguindo em direção às casas do norte do castelo. Nossa caminhada pelos esgotos foi marcada por conversas, aproveitando a oportunidade para colocar em dia nossas histórias e compartilhar o que havia acontecido desde a última vez que nos vimos.

Eventualmente, chegamos à rua onde eu ficaria escondido. Subimos do esgoto e nos deparamos com uma charmosa rua de pedras, cujo nome, curiosamente, era "Rua das Pedrinhas". Parecia ser o lar perfeito para alguém como Raiz, cujos poderes estavam tão intimamente ligados à terra e às rochas.

A rua era repleta de casas aconchegantes, mas uma delas se destacava. Era uma pequena construção feita inteiramente de pedras, com uma enorme pedra redonda servindo como porta. Para qualquer pessoa comum, seria impossível entrar, mas Raiz não era comum.

Com um toque suave de sua mão, ela fez a pesada porta de pedra rolar para o lado, revelando a entrada da casa. A habilidade de Raiz em manipular a pedra era verdadeiramente impressionante, e eu não pude deixar de me maravilhar com seu domínio sobre os elementos.

Entramos na casa, cujo interior era surpreendentemente acolhedor e bem iluminado. Era claro que Raiz havia dedicado tempo e esforço para criar um espaço seguro e confortável, o que me deixou ainda mais agradecido por sua ajuda.

A sala de estar era especialmente convidativa, com uma lareira crepitante, mesa, cadeiras e prateleiras repletas de livros. Havia também quadros pendurados nas paredes e cavaletes de pintura espalhados pelo espaço. No centro da sala, uma mesa de pedra perfeitamente esculpida repousava em um desnível no chão, cercada por um banco que a envolvia completamente.

No canto da sala, um mapa detalhado do reino e de Mitrin estava pendurado, com várias marcações em forma de "X" indicando locais de interesse. Enquanto explorava a casa, Raiz tirou seu casaco e me perguntou o que eu achava do lugar.

- O que achou? Essa é somente a sala de estar, você precisa ver o quarto que você vai dormir hoje.

Curioso para ver o resto da casa, segui Raiz pelos corredores de pedra. Ela me conduziu a um quarto igualmente confortável e bem decorado, com uma cama macia e acolhedora, uma escrivaninha repleta de pergaminhos e uma vista surpreendente das estrelas através de uma claraboia na parte superior.

Fiquei impressionado com o cuidado e a atenção aos detalhes que Raiz havia dedicado a criar este santuário subterrâneo. Era um lugar onde eu me sentia seguro e protegido, mesmo sabendo dos perigos que nos cercavam.

- Achei que fosse dormir com você, depois de tanto tempo, ou você está com outra pessoa? Se estiver, eu vou entender...

- Nós estamos vivos e isso é tudo o que importa, Necro - respondeu Raiz. - Estamos nesta jornada juntos, dois seres amaldiçoados pela eternidade nesta terra. O que é moral, certo ou errado quando não existe morte nem velhice? Mas não, não estou com ninguém. No entanto, isso pouco importa no final das contas. Tenho netos, filhos, sobrinhos e famílias inteiras que carregam meu sobrenome. Estou viva há gerações neste lugar, e com o passar do tempo, anos, dias, meses e décadas se tornaram indistintos. Você deve saber disso, pois depois do laboratório foi isso que nos tornamos: prisioneiros de um destino cruel que nunca pedimos para ter.

Ela suspirou e finalizou: - Necro, somos lembranças do nosso eu do futuro que está prestes a morrer. E quando não temos a opção de morrer, de que somos lembranças? Então só nos resta viver o presente, pois, no final, é isso que realmente importa.

Raiz se aproximou de mim, envolvendo-me em seus braços. Sentimos o calor um do outro e, aos poucos, nossos lábios se uniram em um beijo apaixonado. A intensidade do momento crescia e, juntos, redescobríamos a paixão que havia sido adormecida por décadas. Nossa conexão remontava à época do laboratório, quando éramos jovens e ingênuos, explorando os limites do amor e do desejo.

As roupas que vestíamos se tornaram um empecilho, e rapidamente nos desfizemos delas. A urgência do momento não nos permitiu alcançar o quarto – ali mesmo na sala, nos entregamos um ao outro, reacendendo a chama há muito adormecida. A energia que emanava de Raiz me envolvia e me fazia recordar os dias em que nos conhecemos, quando nossos corações pulsavam em uníssono.

Cada movimento que fazíamos juntos parecia estar em sintonia com o ambiente ao redor. Era como se a casa inteira estivesse conectada àquele momento, vibrando com nossa paixão e amor. Preocupações, medos e incertezas desapareceram, deixando apenas espaço para a entrega e o prazer compartilhado.

Iniciamos nossa jornada de amor na sala e, aos poucos, fomos nos deslocando até o quarto, explorando cada canto da casa como se fosse a primeira vez. A conexão entre nós tornava-se mais intensa a cada toque, a cada beijo, a cada carícia trocada.

Era como se o tempo parasse, permitindo que aquele momento fosse eterno. Encontramos refúgio um no outro, uma pausa em nossas vidas imortais, onde apenas o agora importava. Nossos corpos se enlaçavam, buscando conforto e satisfação mútua, enquanto nos entregávamos à intensidade daquele encontro.

A paixão e o amor que compartilhamos preenchiam cada centímetro do ambiente, criando uma atmosfera de pura êxtase. O chão parecia se mover em sintonia com nossos corpos, como se a própria casa celebrasse a nossa união.

Quando tudo acabou e alcançamos o ápice juntos, sentimos um suspiro no tempo. Aquele momento eterno dentro de nossas vidas eternas nos permitiu escapar brevemente da realidade, recordando a beleza e a simplicidade do amor verdadeiro.

Conectados em um abraço carinhoso, percebemos o quanto aquele encontro havia sido especial e necessário. Era um lembrete de que, mesmo em meio à imortalidade, a paixão e o amor ainda tinham o poder de nos transformar e nos unir, trazendo luz à escuridão de nossas vidas

- Senti sua falta, Raiz.

- Também senti sua falta, Necro. Nunca entendi o motivo de você ter sumido naquele dia do laboratório.

Aquela lembrança distante veio à minha mente, como se tivesse ocorrido há apenas alguns dias.

- No dia do laboratório, algo aconteceu, algo que me mudou completamente. Eu nunca contei a ninguém, pois naquele tempo, tudo era preto e branco, certo e errado, sim e não. Uma acusação como aquela poderia custar não só a minha vida, mas também a de Agaha.

Raiz, com um olhar de preocupação, virou-se para mim e perguntou:

- O que aconteceu? Quem é Agaha?

- Naquele dia em que Marc, Solares e Sarantis invadiram o laboratório para nos salvar, eu não consegui sair pela porta principal com você, Amorim, Karma e os outros. Em vez disso, eu saí pelos fundos com Kastor. Enquanto fugíamos, o som de choro nos alcançou no meio do incêndio. Era um choro de bebê, e não conseguimos ignorá-lo. Kastor e eu entramos em uma sala e descobrimos que era um berçário, repleto de muitos bebês indefesos. Todos eles haviam sido usados para fazer testes e estavam prestes a morrer se não os resgatássemos. Sem hesitar, começamos a pegar os bebês para retirá-los dali, na esperança de levá-los a um lugar seguro. Foi então que Solares, Sarantis e Marc apareceram. A princípio, acreditamos que eles iriam nos ajudar a salvar os pequenos inocentes. Eles pareciam tão determinados quanto nós a impedir que mais vidas fossem perdidas naquele terrível lugar.

- E o que aconteceu? - Raiz perguntou

- Marc realmente tentou nos ajudar, mas Solares e Sarantis se opuseram. Eles argumentaram que não deveríamos resgatar os bebês, alegando que seriam uma dor de cabeça no futuro e estavam amaldiçoados. Segundo eles, os bebês precisavam morrer. Diante disso, Kastor os obedeceu, mas eu não aceitei a situação. Comecei a gritar com Solares e Sarantis, dizendo que não os ouviria. Marc também se posicionou contra eles, defendendo a vida dos bebês. Frustrados com nossa resistência, Solares e Sarantis ordenaram a Rastor que nos eliminasse. Rastor, sem hesitar, criou uma esfera de ar com sua mão e lançou-a contra o teto da sala. A força do impacto fez com que o teto desabasse sobre nós, ameaçando matar todos que estavam no local. Naquele momento, eu percebi que a luta pela vida daqueles bebês havia se tornado uma questão de vida ou morte para nós também.

- Eu não sabia disso! E como vocês sobreviveram?

- Marc se sacrificou por mim e pela criança. Quando uma viga de metal despencou do teto, ele a segurou com todas as suas forças, permitindo que eu e o bebê, uma menina, escapássemos. Sua coragem e altruísmo nos salvaram, mas ele acabou sucumbindo ao peso da viga e perdeu a vida. Com o coração apertado, fugi do laboratório carregando a menina nos braços. Corri o máximo que pude, buscando um lugar seguro. Acabei retornando à minha antiga vila, onde meus pais nos acolheram com amor e cuidado. Eles nos ajudaram a nos recuperar dos traumas e a construir uma nova vida. A menina se tornou parte de nossa família, e eu a batizei com o nome de Agaha.

- Isso faz todo sentido, por isso que na grande guerra contra Fring, não encontramos Marc, e somente Solares e Sarantis lideraram os ataques. Sobre Agaha, ela é como nós? Amaldiçoada pela eternidade?

- Sim, Agaha é minha irmã mais nova, e passamos por muita coisa juntos. Ela até presenciou a morte de nossos pais. Entretanto, nem eu nem ela possuímos habilidades especiais como você e os outros Deuses. Eu sou resultado de uma tentativa fracassada no laboratório, e Agaha não foi submetida a mais experimentos, pois você sabe o que aconteceu com o local no final.

- É difícil de acreditar que Solares e Sarantis, apesar de suas constantes brigas e desentendimentos ao longo dos séculos, pudessem ser tão sádicos a ponto de permitir que inúmeras vidas fossem sacrificadas sem propósito algum.

- Foi exatamente por isso que desapareci, Raiz. Mas estou tão aliviado em saber que você está bem.

Nesse momento, Raiz gentilmente afastou a franja para a direita, revelando uma cicatriz impressionante que contornava toda a sua testa. A marca parecia ser um lembrete constante das provações que enfrentou, um símbolo de sua força e resiliência diante das adversidades..

- Essa cicatriz foi a marca que ele deixou em você? – perguntei, preocupado com a lembrança dolorosa que ela carregava.

Raiz acenou com a cabeça, confirmando minha suspeita. Sua expressão era de determinação, apesar da dor que aquela marca representava.

- Sarantis não pode ficar impune – declarei com convicção. – Eu vim aqui por um propósito, e talvez esse propósito seja a morte dele. E farei questão que minha lâmina seja responsável por isso.

Raiz me encarou seriamente e respondeu: – Não preciso de um guardião nem de alguém para me vingar. Se for fazer isso, faça por você mesmo, pelo seu destino ou qualquer outra razão. Não sou uma donzela presa no castelo. Apenas não encontrei motivo suficiente para sair dele, já que lá fora não há nada que me atraia.

Refleti sobre as palavras de Raiz, ponderando suas implicações. Enquanto isso, ela gradualmente adormeceu, exausta pelos eventos recentes. Logo, o cansaço também me venceu, e eu me deixei levar pelo sono ao lado dela.

2ª Sequência (Raiz)

Acordei cedo naquela manhã, percebendo que Necro ainda dormia profundamente. Ele devia estar exausto por toda a jornada que enfrentara. Fiquei pensando se Necro talvez fosse a chave para encontrar minha paz, se uma vida ao lado dele seria a solução para minhas inquietações. Ou, quem sabe, Necro fosse apenas uma visão distorcida da minha versão mais jovem, assustada naquele laboratório.

Decidi deixá-lo dormir e seguir para o Reino. Hoje seria um dia importante, pois haveria uma grande festa em comemoração ao nascimento do neto do Rei, filho do meu sobrinho. Eu precisava estar presente e, mais do que isso, precisava estar impecável.

Escolhi um belo vestido florido que combinava perfeitamente com a ocasião. Com cuidado e habilidade, fiz uma longa e elegante trança em meu cabelo, conferindo um toque de sofisticação ao meu visual.

Satisfeita com minha aparência, deixei a casa e caminhei em direção ao Reino. A paisagem ao meu redor era tranquila e agradável, o que me permitiu refletir sobre os acontecimentos recentes e tudo o que eu ainda precisava enfrentar.

Ao chegar ao Reino, encontrei minhas primas e tivemos uma agradável conversa durante o café da manhã. Logo após, a festa teve início e pude ver todos os membros da imensa família real. Todos me respeitavam profundamente, principalmente por eu ser uma Deusa naquele ambiente. Diverti-me com as crianças, abraçando-as e criando esculturas de pedra para elas. O momento era verdadeiramente prazeroso.

Percebi que a Rainha Su, o Rei e Karma não estavam presentes, o que deixava o clima ainda mais perfeito. Fiquei na festa durante todo o dia, até que começou a anoitecer e o frio se instalou. Decidi ir até o meu quarto, localizado no castelo, para pegar um casaco antes de retornar ao encontro de Necro.

Já no quarto, procurei pelo casaco, mas não conseguia encontrá-lo. Apesar do quarto ser espaçoso, um casaco tão grande não deveria ser difícil de achar. Foi então que ouvi duas batidas na porta e, para minha surpresa, era Karma.

- Oi, maninha divina, está procurando algo? Precisa de ajuda? Posso pedir para a minha companheira te ajudar na busca - disse Karma, referindo-se à sua cobra que repousava em seu ombro.

- Não é necessário, Karma. Prefiro não ter animais rastejantes no meu quarto - respondi, demonstrando meu desconforto com a presença da cobra.

- Ah, mas Rá é tão limpinha e inofensiva - retrucou Karma, tentando convencer-me.

Diferente de você - respondi com um riso irônico.

Karma então se sentou no chão, encarando-me com impaciência. - Olha, Raiz, eu sei que nós não temos nos dado muito bem ultimamente, mas se você quiser encontrar seu casaco ou o Necro, seria bom me tratar com mais gentileza.

Ela se levantou e saiu andando em direção a uma sala. Indignada, gritei: - O quê? Você está blefando! Necro está fora dos muros, e eu não o vejo desde o incidente no laboratório!

A verdade é que a menção de Necro me pegou desprevenida. Ainda assim, me esforcei para manter a calma e a postura diante de Karma. Eu precisava entender o que ela sabia sobre ele e qual era a sua intenção ao mencioná-lo.

Ela se virou para mim e disse com um sorriso provocador: - Não ficou sabendo? Ele foi encontrado hoje cedo na casa de uma Deusa, uma que controla pedras e cria esculturas para crianças. Inclusive, ele foi encontrado sem roupas, dormindo na cama dela, em uma casa escondida que nem mesmo o rei sabia da existência.

Fiquei furiosa, meu sangue ferveu e comecei a caminhar em direção a Karma. O chão tremeu sob meus pés, e as paredes começaram a rachar. - Onde está NECRO? - exigi saber.

- Calma, Raizinha - respondeu Karma, com um tom de deboche. - Quem é a traidora aqui é você, escondendo pessoas do outro lado do muro e ainda por cima um inimigo público aqui dentro. Ele tentou derrubar os muros no passado. Imagina se descobrem que a Deusa traiçoeira trouxe o inimigo para dentro de casa? Seria terrível para a sua imagem, não acha?

Continuei andando, e o chão começou a rachar ainda mais. Os quadros caíam das paredes, e as servas do rei se jogavam sob as mesas enquanto objetos se quebravam e janelas trincavam. Os soldados que estavam por perto se encolhiam, temendo que o teto desabasse.

Então, usando meus poderes, fiz com que o chão prendesse Karma. Cheguei bem próxima a ela e falei, com um tom ameaçador: - Onde está NECRO? E eu não vou repetir! Não me importo com minha reputação, faça o que quiser!

- Um Deus não pode matar outro, irmã - disse Karma, desdenhosa. - Se não, eu já teria te matado enquanto dormia um milhão de vezes.

- Mas eu posso esmagar a Rá bem rapidinho - ameacei, encarando a serpente enrolada no pescoço de Karma.

- Não ouse! - ela gritou, apavorada.

- Onde está Necro? - exigi novamente.

Revoltada, dei um soco na parede, quebrando-a. Segurei um pedaço imenso de pedra e o coloquei sobre a cabeça de Rá, ameaçando esmagá-la. - Ou você fala, ou ela morre! Não estou mais disposta a ser boazinha. Quero saber onde está NECRO!

Naquele instante, Sarantis entrou na sala, com um ar triunfante. Atrás dele, estava Necro, preso em correntes e visivelmente machucado. Seu rosto estava repleto de hematomas, os olhos inchados e a expressão de dor estampada em sua face. As marcas de suas lutas recentes eram evidentes, e cada movimento parecia lhe causar imensa agonia.

Sarantis, percebendo a tensão no ambiente, sorriu maliciosamente, saboreando a oportunidade de causar ainda mais sofrimento. Ele arrastou Necro para o centro da sala, forçando-o a ficar de joelhos, enquanto mantinha um olhar frio e cruel direcionado a mim.

Olhei fixamente para Sarantis e gritei: - Não ouse, irmão! Você não tem ideia do que sou capaz de fazer!

- Silêncio, cadela! Um bom cão preso conhece os limites de sua corrente, e parece que você precisa ser lembrada de até onde a sua alcança. Solte Karma agora! – exigiu Sarantis.

Relutantemente, soltei Karma. Ela abraçou Rá e se aproximou de Sarantis, sussurrando algo em seu ouvido. Seu olhar se tornou ainda mais ameaçador enquanto absorvia as palavras de Karma. Ele se voltou para Necro, agarrando-o pelos cabelos, forçando-o a encará-lo.

- Quem te enviou? O que está fazendo aqui? Essa é sua última chance de falar - ameaçou Sarantis, a voz carregada de desprezo e furor. A tensão na sala era palpável, e todos os presentes prendiam a respiração, aguardando ansiosamente a resposta de Necro, temendo as consequências de sua decisão.

Necro estava em péssimo estado, sua boca estava cortada, a cabeça machucada, ele havia sofrido bastante. Então Karma se voltou para mim e provocou:

- Ele tem sido resistente em falar algo, inclusive mais cedo tentei tirar informações dele. Ah, e é bom avisar que filhos com você ele não vai poder ter mais não - gargalhou Karma, exultante em seu sadismo - Um pouco de veneno de escorpião aqui, uma picada de aranha ali, e mesmo assim estava resiliente. Deve ser o amor.

Sarantis olhou para mim com um sorriso malicioso e falou: - Sim, o amor. Você fez com que ele sofresse sem a sua amada estar frente a frente com ele. Acho que podemos recomeçar aqui, o que acha?

Então, a cobra de Karma deslizou por baixo do meu pé e se dirigiu ao braço esquerdo de Necro. Ela o picou, fazendo-o gritar de dor.

- Pare! - gritei desesperada.

- Então, Raiz, a Karma me deu uma ótima ideia - disse Sarantis, com um olhar cruel. - Se você não abrir a boca, o veneno em segundos vai chegar até o pescoço de Necro e ele será morto agora, por uma dor agonizante. Mas se você falar, eu vou pegar esse machado que está encostado na parede e cortar fora o braço dele para evitar que ele seja morto.

A mão esquerda de Necro começou a ficar preta, e percebi que o tempo estava se esgotando. Olhei para os dois, coloquei a mão no chão e gritei: - Corte agora! Ou eu derrubo os sentinelas de pedra neste segundo, inclusive acabei de tirar a vida deles. É só eu ordenar que eles caiam, e depois eu posso também ordenar que os muros desabem de uma vez só.

Ameaçando os dois dessa forma, eu tentei salvar Necro, mesmo que isso significasse fazer um sacrifício enorme, mostrando até onde eu estava disposta a ir por ele.

O veneno continuou subindo pelo braço de Necro, e o rei parecia acreditar que eu estava blefando. Karma, com um sorriso de escárnio, disse: - Ela não pode fazer isso. Se não, será uma grande violação entre os Deuses, e ela pode perder a divindade.

Olhei para Sarantis com determinação e declarei: - O primeiro já foi. Um tremor percorreu o ambiente, fazendo com que todos sentissem que eu estava falando sério. Sarantis, temendo as consequências, pegou o machado e enfiou-o no braço de Necro, cortando-o para impedir a propagação do veneno.

No entanto, no mesmo momento em que o braço de Necro foi cortado, senti uma mordida no pescoço. Um escorpião havia me picado, e a escuridão começou a tomar conta da minha visão. Mas, apesar da dor e da crescente escuridão, eu sabia que tinha cumprido a minha promessa: todos os sentinelas que cuidavam dos muros estavam no chão.

CAPÍTULO 5 - CORRENTES, GRADES E ESCURIDÃO

PARTE I: AS HISTÓRIAS SOBRE O REI SARANTIS

- Olá, estou preso aqui há anos, mas acredito que amanhã será o grande dia da minha morte. Tenho tantas histórias a contar - ouvi uma voz fraca e rouca vindo das sombras.

- Não estou no clima agora, senhor. Estou com muita dor - respondi, sentindo o peso do cansaço e do sofrimento em cada palavra.

- Que pena, meu jovem. Se eu tivesse um pouco de chá, ofereceria a você para aliviar a dor - disse ele com um tom de tristeza e compaixão em sua voz. - Necro, não é mesmo?

- Como sabe o meu nome? - perguntei, surpreso e desconfiado. - Você é o Presidente? Como veio parar aqui?

Então, o senhor se levantou, e para minha surpresa, ele era exatamente igual ao Presidente, inclusive cego, e um cheiro de chá velho o acompanhava.

- A imortalidade sempre foi vista como um sonho por muitos, mas uma maldição por outros. Ela pode afetar sua mente, sua visão, quem você é e, principalmente, aqueles que não a merecem - disse ele, com um tom melancólico em sua voz.

Ele prosseguiu: - Sarantis não a merecia, pois recebeu-a como um presente que, para ser desfrutado, exigia que ele tirasse a alegria de outras pessoas. A lendária benção do Rei retirava toda a vida de um súdito e a transferia para ele, prolongando sua existência.

- Conte mais! - pedi, intrigado.

- A história da coroa com uma runa que rouba a vida das pessoas e a concede a Sarantis é bastante conhecida, mas muitos a consideram um conto de fadas, assim como histórias de dragões. Por isso, outra narrativa que vale a pena ser contada é a de que Sarantis, na verdade, era filho de Jones, o Carpinteiro, um homem famoso na pacata cidade de Kriot. Jones era viúvo, e sua esposa havia falecido ao dar à luz Raiz. Tanto Sarantis quanto Jones culpavam Raiz pela morte da mãe e esposa, e essa mágoa acabou moldando o destino de todos eles.

- Então, o que aconteceu? Como ele ficou assim? - perguntei, ansioso por mais detalhes.

- Quando Sarantis tinha 14 anos, seu pai adoeceu devido a uma enfermidade que assolava toda Pangea. Desesperado, Sarantis foi até a cidade fortaleza de Fring, maravilhado pelo tamanho dos muros que protegiam a cidade, e implorou por remédios para curar seu pai. Os responsáveis em Fring, no entanto, negaram ajuda, a menos que ele lhes desse algo de valor em troca.

Ele tossiu um pouco e prosseguiu: - Sarantis voltou para casa de mãos vazias, e seu pai estava à beira da morte. Desesperado, ele pegou tudo o que tinha de valor, incluindo seu ouro e pertences, e pediu que sua irmã mais nova o acompanhasse. Chegando novamente à cidade fortaleza, ele ofereceu todo o ouro que seu pai havia juntado durante anos. Então, um dos responsáveis disse que só forneceria o remédio para o jovem Sarantis se ele deixasse sua irmã com eles.

Fiquei perplexo e perguntei: - E ele aceitou?

- Por mais que Sarantis não gostasse de sua irmã, ele hesitou. Ofereceu sua casa, os móveis, tudo, mas o responsável manteve sua posição, e Sarantis cedeu, deixando sua irmã com os encarregados.

Fez uma pausa, respirou e continuou: - Ao retornar para casa com os remédios, Sarantis os deu a seu pai, que morreu instantes depois. Ele não entendia o motivo, pois tinha conseguido o remédio, mas mesmo assim seu pai havia falecido. Então, ele voltou à fortaleza em busca de respostas e desejando recuperar sua irmã, uma vez que seu pai havia morrido e o remédio não surtira efeito.

- Não é possível! Será que eles mentiram para ele? - perguntei, horrorizado.

- Ao chegar lá, os encarregados admitiram o engano e disseram que lhe entregaram veneno para matar ratos em vez do remédio. Eles não demonstraram remorso e se recusaram a devolver Raiz. Sarantis ficou irado, mas sabia que não podia lutar contra o sistema naquele momento. Então, ele voltou para casa e, ao chegar, encontrou diversos soldados que o prenderam por envenenamento. Ele tentou contar sua história, mas ninguém acreditou nele. Levou-os até os responsáveis pelo veneno, mas eles negaram conhecê-lo. Como era apenas um jovem, Sarantis foi mandado para a prisão de menores na fortaleza. Ele havia perdido tudo: sua irmã, sua casa, seu pai e sua mãe. Foi lá que conheceu duas pessoas com quem faria história: Marc e Solares.

- Isso é inacreditável! Que história! Mas por que o Reino não adotou a tecnologia como a cidade de Solares se eles já foram amigos? - questionei.

- Sarantis detestava a tecnologia. Era contra e criou uma regra proibindo sua população de aceitar qualquer tipo de avanço tecnológico. No início, seus soldados vasculharam todas as casas, eliminando qualquer vestígio de tecnologia. O Reino sempre foi autossuficiente, o que era excelente, pois as pessoas ali não precisavam se preocupar com nada além dos muros. No entanto, também ficavam presas ali.

- E Sarantis era um rei ruim antes de enlouquecer? - perguntei.

- Sarantis não era um rei ruim; ele era justo quando necessário. Porém, com o passar dos anos e sua crescente obsessão pela Runa da Vida, ele começou a perder a sanidade.

- E por que ele escolheu Raiz e Karma? - perguntei, curioso.

- A escolha de Raiz e Karma veio do próprio rei. Ele acreditava que, ao manter Raiz por perto, estaria pagando sua dívida por tê-la entregue a Fring, onde ela foi submetida a experimentos cruéis. Quanto à escolha de Karma, ninguém sabe ao certo o motivo - respondeu o senhor.

- E você sabe por que ele atacou tantos lugares? Por que dizimou cidades fora do Reino? - continuei.

- Nos últimos anos, Sarantis soube da existência de outras Runas além da Runa da Vida, que estava em seu poder, e da Runa do Sol, que pertencia a Solares. Acreditava-se que as demais Runas estariam dispersas pelos reinos. Por isso, ele enviou soldados a todos os cantos em busca de pistas - explicou o senhor. Então, ele olhou para mim e disse: - Bem, é isso. Agora posso deixar o corpo desse general em paz.

De repente, seu rosto e corpo mudaram, revelando um homem que parecia ter sido um soldado de Sarantis. Ele estava pálido, como quem havia morrido a muito tempo. Tentei acordá-lo, mas ele não respondeu. Gritei por ajuda aos soldados, informando que aquele homem estava morto. Um soldado se aproximou da grade e me disse:

- Deixe o defunto aí, esse morreu a alguns dias, mas decidimos deixar para aumentar a punição de vocês, com esse cheiro terrível. - Falou o soldado.

PARTE II: FANTOCHES

A chuva caía pesada sobre o capuz, formando pequenas cascatas que escorriam sobre o rosto do homem e se misturavam ao sangue frio que vertia de seus lábios cortados. As pedras do caminho, outrora secas, agora estavam cobertas de lama e marcas das botas do homem, tornando a caminhada ainda mais difícil. A escuridão era quase total, com a lua escondida atrás de nuvens pesadas, tornando quase impossível enxergar o caminho adiante.

O som dos passos ecoava pela noite, um ritmo constante de pisadas sobre poças e lama. O homem, apesar de cansado e ferido, continuava sua jornada obstinada, enfrentando a tempestade e a escuridão que o cercavam. Sentia que precisava seguir em frente, que algo o esperava além daquela noite tempestuosa.

Gradualmente, o ritmo das pisadas começou a aumentar, como se fosse impulsionado por uma força invisível. O homem acelerou o passo, sentindo um misto de urgência e desespero tomando conta de seu corpo. Ele sabia que estava se aproximando de algo, mas não tinha ideia do que poderia ser.

De repente, na penumbra diante dele, surgiu a silhueta de outro homem, como que surgido do nada. A figura era imponente e misteriosa, e o homem ferido não pôde deixar de sentir um calafrio percorrer sua espinha. A chuva continuava a cair, mas agora os dois homens se encaravam, como se o destino tivesse orquestrado aquele encontro em meio à tempestade e à escuridão.

O homem à sua frente falou com uma voz rouca e ameaçadora, claramente tentando intimidar o encapuzado. - Ora, ora, quem temos aqui? Um lindo capuz! Por que você não me passa, e fica tudo tranquilo? Vou aproveitar que está frio, e essa sua blusa me parece esquentar bem.

O homem do capuz, no entanto, não demonstrou qualquer sinal de medo ou preocupação. Ele continuou andando lentamente, ignorando o ladrão como se ele não passasse de uma mosca insignificante. Irritado, o ladrão agarrou o braço do encapuzado e o puxou, tentando forçá-lo a prestar atenção.

- Não me escutou, amigo? Vou ter que tirar à força? - disse o ladrão, enquanto apertava o braço do homem de capuz com força e fazia um movimento sutil, revelando uma faca escondida em sua cintura.

O encapuzado, porém, não se deixou intimidar. Com um sorriso frio, ele cuspiu sangue no rosto do ladrão, empurrou-o para longe e continuou a caminhar como se nada tivesse acontecido. O ladrão, surpreso e humilhado, ficou parado ali, assistindo enquanto o homem misterioso desaparecia lentamente na escuridão da noite tempestuosa.

Outros dois ladrões surgiram em sua frente, enquanto o primeiro que ele havia deixado para trás, corria para conseguir o alcançar, um deles estava com um facão e outro com uma corda.

O homem que segurava a corda falou, irritado: - Você não ouviu o que ele falou, ou é surdo? Passa o capuz que prometemos não o matar, no máximo arrancar sua língua para aprender a respeitar o clã. Já que você não fala nada, ficar sem língua não vai te fazer diferença.

O homem encapuzado, demonstrando coragem, olhou nos olhos do homem que empunhava o facão e o desafiou: - E você? Não vai falar nada?

Nesse instante, o primeiro assaltante agarrou o encapuzado por trás, segurando-o pelo pescoço. O homem com a corda passou-a em volta do pescoço do encapuzado, enquanto o terceiro puxava com força, tentando enforcá-lo. O homem encapuzado, no entanto, não reagia; não se contorcia nem parecia sentir dor. O homem do facão, confuso e irritado, começou a golpear as costas do encapuzado, que continuava impassível.

O primeiro assaltante exclamou: - Você não sente dor, seu infeliz? Está tirando sarro de nós? Matem-no! Enfie o facão em sua garganta! Ele está tentando nos assustar!

Com raiva, o terceiro homem enfiou o facão na garganta do encapuzado, que ainda estava sendo enforcado. O encapuzado apenas cuspiu sangue no rosto do homem e deu um leve sorriso, em seguida, cuspiu também no homem que segurava a corda.

Subitamente, tudo pareceu parar, como se o tempo congelasse. O som desapareceu e os olhos dos três homens se arregalaram de medo. O que segurava a corda soltou-a, aterrorizado, e gritou: - Ele é um demônio!

Com uma voz fria e ameaçadora, o homem encapuzado respondeu: - Nem os demônios teriam coragem de me tentar matar, pois eles sabem que o inferno não chega perto do que eu sou capaz de fazer.

Os 3 começaram a correr, mas então o homem os chamou: - Voltem!

E, como se fossem compelidos por uma força invisível, os 3 retornaram, sem controle de seus próprios corpos.

- Sentem-se! Vamos conversar. Vocês queriam que eu falasse, agora vou falar. Então sentem e escutem, vocês não vão falar nada. - Ordenou o homem.

Os 3 homens obedeceram e sentaram no chão, incapazes de abrir a boca para falar. O homem encapuzado continuou:

- Quando vocês me tocaram, passei a ter controle sobre vocês e permiti que fizessem o que fizeram comigo. Estava com saudades de ver pequenos vermes como vocês se achando no topo do mundo.

Nesse momento, um novo guarda apareceu no beco e questionou:

- Ei, vocês! O que estão fazendo aí?

O homem encapuzado se levantou, retirou o capuz e revelou o facão ainda cravado em seu pescoço. O guarda se assustou e se aproximou para socorrê-lo. Quando o guarda chegou perto, o homem tocou sua mão e ordenou:

- Sente-se com os outros três e não fale nada. Estou contando uma história.

O guarda obedeceu e se sentou. O homem encapuzado prosseguiu:

Onde eu estava? Ah, sim. Quando vocês me tocaram, passei a ter domínio sobre seus corpos, mas deixei que acreditassem ser fortes. - Ele tirou o facão de sua própria garganta. - Vocês devem estar confusos. Como posso estar vivo? Há tanto sangue... Mas a questão é: será que vocês estão vivos? Será que tudo isso realmente aconteceu? Vejam só: vocês três estão sentados em círculo com um guarda, sem poder falar ou sair daqui. Não parece estranho?

Os quatro homens permaneceram sentados, mas o medo e a tensão em seus olhares eram evidentes.

- Bem, meu nome é Baru. Saí da prisão há pouco tempo, e até deixei alguns filhos órfãos, pois alguns guardas morreram. Na verdade, eles se mataram; eu não fiz muita coisa... Essa corda está me irritando um pouco. Ei, você, o farrapado, aquele que foi vendido na infância pelo seu pai embriagado e violento. Sim, você mesmo, seu lixo de pessoa. Venha aqui e tire essa corda de mim.

O homem se levantou e obedeceu, retirando a corda.

- Agora se enforque. Estou cansado de você e a sociedade também. Você é uma escória. - Enquanto o homem chorava e se enforcava, incapaz de controlar seus movimentos, Baru se voltou para o homem que havia enfiado o facão nele. - E você, quero que corte dedo por dedo do primeiro ladrão, primeiro das mãos, depois dos pés. Em seguida, retire a perna, um olho, talvez um braço e depois o outro. Aí, você pode cortá-lo em fatias finas, como presunto. Quando tudo isso acabar, retire seus próprios olhos. Quero que a última coisa que veja, e a única lembrança que tenha para o resto da sua vida, seja essa cena.

A cena grotesca começou a se desenrolar, com o homem pegando o facão e começando a mutilar seu amigo. Baru então se dirigiu ao guarda:

- E você, seu guarda, só quero que assista a tudo isso. Quando o açougueiro terminar, pegue os olhos que ele arrancar e leve-os ao Mão do Rei. Diga que estou a caminho.

PARTE III: A DANÇA DA MORTE

- Presa sob custódia e sofrendo inimaginável dor, a jovem está deitada em sua cama, amargurada, repassando em sua mente todas as coisas que fez em sua vida - zombou o guarda, com um sorriso cruel no rosto.

- Cale a boca, seu verme desprezível - retrucou a menina, com desprezo e um lampejo de fúria em seu olhar.

O guarda provocou ainda mais, desdenhando: - Vai fazer o que, sua insolente? Atravessar as grades e me pegar? Na verdade, se eu quiser, eu entro aí e te dou uma lição que vou adorar.

A dançarina, com um olhar penetrante e um sorriso sarcástico, respondeu: - Durma uma noite perto dessas grades, e farei com o que tem embaixo da sua perna entre na sua própria garganta, de forma que você morra engasgado - concluiu, com um leve sorriso de satisfação.

O guarda, tentando manter a pose e esconder o nervosismo, rebateu: - Fique tranquila, princesa, seu pai ordenou que te executássemos. Só estamos cumprindo ordens, afinal.

A dançarina, incrédula, gritou: - Meu pai jamais faria isso!

O guarda gargalhou e escarneceu: - Está chamando o Rei de mentiroso? Se ele falou que você é uma de suas filhas, você é, e se não for, vai morrer de qualquer forma, depois do escândalo que causou.

A menina, com um olhar intenso e cheio de ódio, parou, sentou-se no chão e encarou o guarda: - Quando eu sair desta cela, você será meu primeiro alvo. Mas ficarei com pena dos ratos que comerão sua carne, eles merecem algo melhor, algo mais digno que você.

- Não creio que esteja em condições de fazer exigências, princesa - respondeu o guarda, com um sorriso de escárnio.

Ela, então, irritada, gritou: - Meu nome é LANA! Não me chame de PRINCESA!

O guarda deu um sorriso irônico e retrucou que em seis horas ele voltaria para recolher o lixo e levá-la até a forca.

Assim que o guarda se retirou, os outros prisioneiros permaneceram em silêncio, mas um deles ousou falar: - Princesa Lana, da família Real.

Lana rebateu, impaciente: - Será que não posso ter um momento de paz neste lugar infernal?

O prisioneiro, então, propôs: - Daqui a seis horas, se você me acompanhar, não terá mais paz pelo resto de sua vida.

- O resto da minha vida se resume a seis horas, então faça-me o favor de ficar em silêncio! - ela respondeu, exasperada.

O homem, com um tom de voz sereno e confiante, insistiu: - Eu acredito que vou sair daqui vivo, e você também pode sair comigo.

Lana ironizou: - Ah, sim? E o que você fará? Usará seu cabelo comprido para enforcar os guardas? Aliás, o que você passa nele? Estou pensando em deixar o meu assim antes de ser... - aumentou a entonação - MORTA em seis horas!

O homem, com toda a serenidade do mundo, respondeu à pergunta: - Uso erva nasry. Coloco-a em um pote com água e misturo bem. Esse é o segredo. Eu tinha um pote na minha bolsa, e quando sairmos daqui, te darei um pouco.

A menina, entrando na brincadeira, continuou: - Ficaria lisonjeada. Serei enterrada com meu cabelo impecável. Qual é seu nome mesmo?

O homem respondeu: - Pode me chamar de Necro.

Lana falou, um pouco empolgada: - Que nome incrível! Necro me lembra um dos projetos de deuses, aquele que tentou explodir os muros, e o Rei o matou. Seus pais devem amar as histórias antigas, não é? Prazer, meu nome é Lana, filha de Marcus e Helena. - E então, riu - Ou do Rei.

Necro respondeu: - Exatamente. Meus pais me deram esse nome em homenagem ao Necro. Eles deviam acreditar que Necro tinha razão.

A menina continuou a perguntar: - Você não tem medo da morte?

- A morte já me convidou para dançar tantas vezes que hoje já conheço todos os passos dela. Não estou aqui por acaso. Estou nesta prisão apenas esperando meu objetivo chegar, e quando ele chegar, você vem comigo.

- Gosto da sua forma de ver o lado inexistente do copo, Necro. Você é uma graça. Mas é uma pena que não vai rolar nada entre nós. Sei que todo mundo quer uma refeição boa antes da morte, mas eu não vou ser a sua.

- Não quero você dessa forma, mas sinto uma energia diferente em você, algo que me faz sentir que preciso te proteger - disse Necro.

- Você está levando muito a sério essa história de princesa. Eu não estou em uma torre, não tem um dragão, e já ouvi essa historinha várias vezes. Eu danço desde pequena nos palcos do Pequeno Clube Rondy, e já ouvi isso inúmeras vezes, essa coisa de energia diferente, e todos queriam a mesma coisa. Chega, Necro, se for esse mesmo o seu nome. Fique em silêncio e me deixe em paz - respondeu Lana.

De repente, o guarda apareceu novamente, trazendo um novo prisioneiro: - Hoje é meu dia de sorte! Três de uma vez só, e ainda por cima prenderam um dos procurados pelo Rei.

Nesse momento, entrou um homem. Ele se virou para Necro e falou: - Olá.

- O que está fazendo aqui, Kym?! - perguntou Necro, surpreso.

- Para onde vamos, Tom? Você tem algum lugar em mente? - perguntei.

- Podemos voltar para o bar onde você estava. Se os donos estão aqui, podemos colocar uma placa de "fechado" e ficar escondidos lá - sugeriu Tom.

Então, Charlie, ainda confuso, se aproximou, caminhando por entre os corpos: - Pessoal, não entendi muito bem o que aconteceu, mas agradeço a vocês dois, seja lá o que fizeram. Ouvi vocês falando de voltar ao bar. O lado positivo é que temos meios de transporte, com tantas carroças aqui.

- Não só isso - respondeu Tom - Está cheio de roupas aqui. Podemos nos disfarçar melhor. O que acham de nos vestirmos como guardas? Tem uniformes de guarda aqui no chão.

- Boa ideia, Tom - concordou Charlie - Ninguém vai desconfiar da gente.

Interrompi Charlie e falei: - Precisamos ir logo, pois Kym foi preso e talvez, se formos vestidos de guarda, possamos ajudá-lo a escapar da prisão antes de sua execução.

Todos concordaram com a cabeça, parecia ser a melhor decisão a se tomar. Pegamos a primeira carroça e partimos em viagem, o que proporcionou um ótimo momento para conversarmos um pouco sobre tudo o que havia acontecido.

- Achei que tivesse morrido com a queda, Tom. Fico feliz em saber que você está bem. Desculpa se te chateei em algum momento durante a viagem. Saiba que eu te amo muito - disse.

- Eu também te amo irmão. Quem me ajudou a chegar aqui foi Agaha. Ela veio para dentro dos muros comigo em busca de Necro. Não sei se ela teve sucesso. Precisamos saber se ela vai precisar da nossa ajuda, pois pelo visto, ele foi preso junto com Kym - respondeu Tom.

Charlie, então, comentou: - Kym e Necro presos pelo Rei; deve ser o dia de sorte dele, dois inimigos de uma só vez.

- E o que eram essas pessoas, Nu? - perguntou Tom.

- Pelo visto, o Nu é uma espécie de salvador da humanidade ou algo parecido, pois eles cantavam uma música que falava de um homem que viria nos salvar, se ainda houvesse alguém para ser salvo - explicou Charlie.

- Na verdade, eles cantavam errado. Eles cantavam "Se houver alguém para ele resgatar", mas a forma correta é "Se houver alguém para se resgatar" - corrigi.

Como você sabe disso? - perguntou Charlie.

Eu respondi: - Não sei muito bem, mas acho que a profecia está errada, ou foi escrita errada, não sei. De qualquer forma, esses lunáticos acreditam nela, e eles não queriam que a possibilidade positiva dela se tornasse verdade. Então, eles queriam me matar para que eu não pudesse salvá-los, e inclusive, eles precisavam se matar para evitar estarem vivos quando eu chegasse. Não sei, é um povo doido. Só sei que muita gente morreu nessa confusão.

Tom ponderou: - Tudo isso é muito estranho, Nu. Não me lembro do nosso pai falar algo sobre tudo isso. Ele sempre disse que a vila era nossa casa e que sempre precisávamos dar a nossa vida pelo outro. Que morrer para proteger quem amamos era a forma mais honrosa de morrer.

- Essa história está me deixando com fome - comentou Charlie. - O que acham de acelerarmos e chegarmos logo ao bar? Inclusive, acho que merecemos uma bebida para comemorar tudo isso, pois estamos no Reino. O grande plano deu certo. Além disso, acho que precisamos descansar, pois, se amanhã é o dia da forca, precisamos chegar cedo para dar certo.

Chegamos à frente do bar, cautelosos, procurando por alguém suspeito nas proximidades. Não havia ninguém à vista. Olhamos pela janela e percebemos uma pessoa dormindo dentro do estabelecimento, que provavelmente havia entrado pela janela aberta. Decidimos entrar pela porta dos fundos e anunciamos nossa chegada:

- Somos guardas do Rei! Exigimos que todos que estão no bar saiam pela janela que entraram; caso contrário, serão presos e levados para a forca amanhã cedo!

Estava escuro lá dentro e não tivemos tempo de acender as tochas. Mal conseguíamos enxergar, mas a pessoa acordou e veio correndo em nossa direção, empunhando uma espada grande e ameaçadora. Tom, agindo por instinto, defendeu o primeiro golpe com a espada que havia pegado das roupas de guarda, mas a lâmina do atacante era tão forte e afiada que a espada de Tom se partiu ao meio. Sem defesa, o próximo golpe poderia ser fatal. A figura então gritou:

- Isso é por terem prendido o Necro! E amanhã eu mato o restante!

A voz era feminina e familiar. Tom reconheceu-a e disse:

- Agaha, calma! Somos nós! Sou o Tom!

Ela hesitou, deu alguns passos para trás e acendeu uma tocha, iluminando o ambiente. Então, disse:

- Vocês estão ficando loucos! Eu poderia ter matado vocês! Vim aqui procurar por vocês e jamais imaginei que estariam disfarçados de guardas - disse Agaha, incrédula.

Tom respondeu, visivelmente irritado:

- E nós não esperávamos encontrar uma assassina de guardas dentro do próprio Reino!

- Desculpem, meninos, estou sob muita pressão. Não posso deixar que Necro morra - desabafou Agaha.

- Você o encontrou? - perguntei.

- Sim, mas não consegui me aproximar dele. Havia muitos guardas vigiando a prisão, e mesmo se eu tentasse chegar lá matando um por um, há arqueiros cuidando das entradas e saídas. Provavelmente por causa de Kym, depois que ele fugiu do reino.

- É provável - concordou Tom. - Mas tínhamos um plano, ou melhor, tínhamos. Pretendíamos ir à prisão amanhã para resgatar Necro e Kym.

- O louco do Kym também foi preso? Vocês tinham apenas uma missão! - exclamou Agaha, frustrada.

- Sim, mas agora nosso plano foi por água abaixo depois do que você nos contou sobre a prisão - admiti.

Agaha caminhou de um lado para o outro, pensativa, e então declarou:

- Eu tenho um plano!

- Olá, Necro! Você está bem? Parece que apanhou bastante. O que aconteceu? E o seu braço esquerdo? O que fizeram com você? - perguntou Kym, preocupado.

- Adivinha só, o rei descobriu que estou aqui e fez questão de me mostrar quem manda. Ele não me matou porque quer que Raiz me veja sendo enforcado até a morte - respondeu Necro.

- A Deusa Raiz estará assistindo à nossa morte? - indagou Kym, surpreso.

- Você conhece a Deusa Raiz? - perguntou Lana, que estava no canto da cela.

- Sim, ele conhece Raiz muito mais do que você imagina - afirmou Kym, rindo.

- Você é realmente o Necro das lendas? O Imortal Necro que morreu pela espada do Rei durante a tentativa falhada de derrubar os muros? - questionou Lana, incrédula.

- E adivinha quem fez as bombas? - disse Kym, sorrindo.

- Não imaginava que você ainda estivesse vivo. Há canções que falam sobre você, sobre o projeto de Deus Necro, aquele que nunca foi Deus, pois a divindade nunca se revelou a você - comentou Lana.

- Mas eu prefiro nunca ter tido divindade do que tê-la retirada, como aconteceu com Amorim - afirmou Necro. - Mas não estou aqui para falar mal dos outros Deuses. Estou aqui por causa do Rei, desse rei sujo que não merece o meu sangue. Vim para matá-lo e não posso deixar este mundo sem cumprir esse objetivo.

- Mas Necro, como você pretende sair daqui? Inclusive, Agaha estava muito preocupada com você quando passamos pela cidade da borda - perguntou Kym.

Necro, que estava sentado, se levantou e perguntou:

- A Agaha está bem? Passei pela cidade da borda, mas não a vi. Ou talvez ela estivesse lá, não sei, não foi meu foco encontrá-la.

- Sim, a cidade da borda foi atacada pelos soldados do Rei Sarantis. Nós os derrotamos e, inclusive, o próprio Amorim se revelou para nós, enviando um soldado morto à minha casa - explicou Kym.

- Não é possível. Amorim está banido, ele não tem mais poder. A própria Raiz me assegurou disso. Mas se Amorim reverteu o banimento, é melhor tomarmos cuidado. Vocês viram algo estranho? - questionou Necro.

- Sim, as grandes criaturas de pedra caíram. Imagino que isso esteja relacionado a Raiz? - respondeu Kym.

- Os protetores caíram? - perguntou Lana, intrometendo-se na conversa. - Desculpe, mas o que será de nós? Sinceramente, pouco me importa, já que só tenho mais seis horas de vida. Então, tanto faz.

Ambos ignoraram Lana e continuaram a conversa:

- O que Amorim falou exatamente? - indagou Necro.

- Ele disse: "Como prova, eu o convenci a se matar. O Reino está próximo. Sei onde ela está, mas não sei onde ela fica" - relatou Kym.

Então, Necro começou a andar de um lado para o outro, repetindo algumas frases, até que parou e disse:

- "Sei onde ela está, mas não sei onde ela fica."

- Isso mesmo, foi o que eu disse - confirmou Kym.

- Eu já ouvi essa frase antes, foi dita em um ritual que participei. Ela é uma runa. Provavelmente, Amorim falou comigo pelo ritual, enquanto se comunicava com vocês como prova! É isso, Kym, precisamos procurar a Runa do Rei. Com isso, vamos tirar o poder dele. Tudo está conectado, e Amorim, por algum motivo, quer que isso aconteça. Embora eu não confie nele e ache que está nos usando como peças, pode ser que essa história tenha um final feliz - afirmou Necro.

- Dois lunáticos, não há como sair dessas grades - comentou Lana baixinho, mas intencionalmente para que eles ouvissem.

- Podemos elaborar um plano para que eu pegue a coroa do Rei durante a execução de amanhã. Assim, mantenho vocês vivos e cumpro o grande objetivo de libertar as almas presas, matando o rei, pois ele ficará sem energia - sugeriu Necro.

Necro e Kym traçaram um plano que envolvia, no momento em que colocassem a corda em Necro, Kym empurrá-lo para fora da plataforma. Quando os guardas corressem para colocar Necro de volta na plataforma, eles causariam uma confusão com todos os prisioneiros correndo. No meio da bagunça, Kym faria o Rei de refém em troca da coroa.

A conversa estava animada, e os outros prisioneiros ouviam atentamente, querendo aproveitar o plano da confusão para fugir.

Ao chegar a hora da execução, alguns guardas entraram na cela, algemaram os prisioneiros e os levaram em fila para fora da prisão. A ordem era Necro na frente, seguido pela jovem Lana, Kym e outros oito prisioneiros, todos com os braços amarrados por cordas.

Enquanto caminhavam em direção à execução, a população jogava pedras nos condenados, conforme a tradição. A caminhada foi longa e dolorosa, e ao chegar ao local da execução, depararam-se com uma multidão.

O palco da execução era imenso, e ao lado dele, Raíz estava acorrentada com pés e mãos presos em madeira. Sua boca estava amordaçada e uma placa pendurada nela trazia a mensagem: "Jogue tomates e ovos podres na Deusa Traíra".

O clima era tenso e a atmosfera pesada, enquanto os prisioneiros se preparavam para enfrentar seu destino. Eles olhavam em volta, buscando sinais de esperança ou de um possível resgate.

Enquanto isso, Necro e Kym trocavam olhares, lembrando-se do plano que haviam traçado na cela. Eles sabiam que deveriam agir rapidamente e de forma coordenada para que tudo desse certo.

No entanto, a presença de Raíz acorrentada ao lado do palco os preocupava. Eles não tinham previsto essa situação, e agora precisavam pensar em como incorporar a libertação da deusa em seu plano.

O tempo estava se esgotando, e os prisioneiros se aproximavam cada vez mais do momento da execução. Entre a multidão, eles buscavam aliados e possíveis rotas de fuga, sabendo que cada segundo poderia ser crucial.

Enquanto a execução se aproximava, a tensão aumentava. Necro, Kym e os outros prisioneiros estavam prestes a colocar seu plano em ação, esperando que pudessem sobreviver e, de alguma forma, também salvar a deusa Raíz.

Na arquibancada, duas cadeiras principais acomodavam o Rei e a Rainha. Logo abaixo, estavam os príncipes, filhos legítimos do casal real. Ao lado esquerdo do rei, encontrava-se Karma. Já em frente ao palco, uma multidão aguardava ansiosamente pela execução do dia.

Os prisioneiros subiram na plataforma de madeira onde Raíz estava presa. Havia uma escada individual para cada um deles, além de 12 cordas, vários guardas e um menino que parecia ser um príncipe, devido às suas vestes e coroa.

O menino começou a discursar: - Que honra meu grande Rei, meu Pai, me concedeu ao me permitir fazer justiça perante todos vocês, me dando a oportunidade de enviar esses traidores e uma traidora aos confins da terra!

A multidão vibrava com entusiasmo. Ao perceberem que seria o filho do rei a conduzir a cerimônia, Necro e Kym trocaram olhares, como se compreendessem exatamente o que precisavam fazer. O príncipe se tornaria o alvo de seu plano.

Com a execução prestes a começar, Necro e Kym preparavam-se para agir. A presença do jovem príncipe no comando da cerimônia trazia um novo elemento ao plano, mas também uma oportunidade.

Enquanto os condenados eram posicionados para a execução, Necro e Kym ajustavam os detalhes de seu plano, mantendo a atenção no príncipe. A hora estava chegando, e eles precisariam ser rápidos e precisos em suas ações.

Os gritos e aplausos da multidão cresciam a cada momento, aumentando a tensão e a urgência da situação. Para Necro e Kym, era crucial que tudo corresse conforme o planejado.

O Príncipe prosseguiu com seu discurso: Esses traidores tentaram derrubar o reino, e hoje temos o privilégio de vê-los pagar pelo que fizeram. Temos ladrões, assassinos de guardas, fugitivos, mas a maior honra é que estamos com Necro! Aquele que voltou dos mortos após o nosso Rei Sarantis tê-lo matado anos atrás, ou seja, temos o próprio demônio aqui e, para piorar, nossa Deusa Traíra o estava escondendo.

A população vaiava e gritava "Matem a Traíra". O Príncipe continuou: Sei que vocês querem a morte dessa cadela, e meu pai e eu também queremos, mas sabemos que não podemos matar Deuses, está na constituição. Entretanto, Karma, nossa linda e bela Deusa, levará Raiz para ser julgada pelos outros Deuses, e Karma prometeu que essa traíra perderá sua divindade e será banida para todo o sempre.

A população vibrava, lançando ovos e tomates em Raiz. Com o início da cerimônia, Necro e Kym se deram conta de que seu plano começava a sair errado. Eles acreditavam que a corda seria colocada primeiro em Kym, Lana e Necro, mas, em vez disso, começaram pelos outros oito prisioneiros.

Cada prisioneiro subia na escada, seguido por um guarda que colocava a corda no pescoço do condenado. Esse imprevisto inviabilizava parte do plano que envolvia a fuga em massa, mas Necro e Kym não desistiram.

Eles observavam atentamente o desenrolar dos eventos, buscando uma oportunidade para agir. A execução dos prisioneiros seguia, e Necro e Kym sabiam que precisavam encontrar uma maneira de ajustar seu plano rapidamente.

Enquanto os condenados eram executados um a um, a tensão aumentava. Necro e Kym se mantinham alerta, procurando uma brecha para dar início à sua ousada ação.

Um por um, os prisioneiros tinham a corda colocada em seu pescoço. Quando chegou o momento combinado, o guarda subiu com Lana e colocou a corda nela. No entanto, quando chegou a vez de Kym, ele se jogou e empurrou Necro para fora da plataforma. Imediatamente, os guardas correram para trazer Necro de volta, criando a distração perfeita para Kym executar seu plano.

Aproveitando-se da confusão, Kym usou a corda que conectava o nó em sua garganta para enrolar no pescoço do Príncipe. De repente, a população ficou em silêncio absoluto, enquanto os guardas cercavam Kym, que mantinha o Príncipe como refém.

- Soltem as espadas, ou eu mato esse desgraçado de coroa! -Ameaçou Kym.

Os soldados começaram a soltar suas espadas, hesitantes. Então, o Rei Sarantis se levantou da arquibancada, e, embora Karma se oferecesse para ajudar, ele pediu para que ela ficasse onde estava.

O Rei Sarantis caminhou lentamente em direção à plataforma, observando atentamente a situação. O olhar de loucura no rosto de Kym deixava claro que ele falava sério, enquanto Necro continuava preso no chão.

A tensão no ambiente aumentava a cada passo do Rei Sarantis, que se aproximava cada vez mais da situação perigosa. Kym mantinha o Príncipe como refém, pronto para cumprir sua ameaça se fosse necessário.

O silêncio que dominava a cena era ensurdecedor, com todos os olhos voltados para Kym e o Príncipe.

- Vocês acham que eu tenho todo tempo do mundo para esse tipo de bagunça? Hein? Peguem as suas espadas, seus moles! Vocês esqueceram de quem eu sou? Esqueceram quem é o Rei Sarantis?, esbravejou o Rei.

Quando ele falou isso, voltou-se para um soldado que havia colocado sua própria espada no chão. O Rei se agachou, pegou a espada e enfiou no peito do guarda, gritando: - Peguem logo, antes que eu mesmo pegue esse lixo e devolva para vocês!

Kym, então, gritou: - Eu quero sua coroa, ou eu mato seu filho!

O Rei virou-se para a população e começou a falar:

- Vocês sabem para que serve a cerimônia de execução? Para passar uma mensagem, a mensagem clara de que qualquer pessoa que faça uma dessas coisas será punida dessa forma ou pior.

E ele continuou, olhando nos olhos dos presentes: - E que hoje seja um dia histórico, pois eu não criei filhos para serem maricas, para serem fracos e não darem conta de cuidar de uma simples execução.

Então, o Rei olhou para Kym e disse, sem hesitar: - Então, mate-o! Assim, os outros sangue do sangue verão que eu não tolero um filho fraco na minha família.

E, encerrando seu discurso, o Rei dirigiu-se diretamente a Kym: - Se você queria atenção, você conseguiu. Mate-o!

Com essas palavras, o Rei Sarantis selou o destino de seu próprio filho, mostrando a todos que, em seu reino, até mesmo o sangue real estava sujeito às mesmas leis e punições que o restante da população.

A população estava em choque. Não se ouvia um único suspiro; o único som perceptível era o Rei gritando repetidas vezes: - Mate-o!

Kym percebeu que o plano não levaria a lugar nenhum e soltou o filho do Rei. Os guardas o seguraram, e Sarantis olhou para ele, desdenhando: -Você é tão fraco quanto ele! Quando ameaçar, trate de cumprir com a sua palavra."

O Rei então surpreendeu a todos: -E como eu sou um homem de palavra, como você não o matou, eu vou te dar a minha coroa.- Ele tirou a coroa de sua cabeça, e ela era bela e majestosa, com uma pedra antiga bem no meio e pontas afiadas como uma espada. Sarantis pegou a coroa e forçou o topo afiado no rosto de Kym.

Com raiva e ódio, o Rei começou a bater a coroa no rosto de Kym, como se vozes em sua cabeça ordenassem que ele fizesse aquilo até que não fosse mais possível reconhecer que ali havia um crânio.

- Obrigado, Pai! Por ter evitado minha morte! - Falou o Príncipe após o Rei ter batido tanto na cabeça de Kym que o nó soltou de seu pescoço, pois não havia mais ligação do corpo com o que havia sobrado da sua cabeça.

Porém, o Rei respondeu friamente: Eu não o salvei. Você vai para a forca por traição, por permitir que fizessem uma bagunça na cerimônia de execução.

A tensão no ar era palpável, e a crueldade do Rei Sarantis chocava a todos. O destino dos envolvidos naquele dia ficaria marcado na história do reino, como um exemplo da brutalidade e do poder que o monarca impunha sobre seu povo.

O Rei retornou à sua arquibancada, e a cerimônia prosseguiu. Substituíram Kym pelo filho do Rei e levantaram Necro, que estava com os olhos cheios de lágrimas. Conduziram-no até o topo da escada e colocaram a corda em seu pescoço. No momento em que o Rei estava prestes a dar o sinal, dois guardas com capacetes adentraram a cerimônia, gritando:

— ESPEREM! Temos mais uma prisioneira! Essa é Agaha! Irmã de Necro!"

Eles prosseguiram: - Descobrimos que ela entrou pelos muros para salvar Necro e a pegamos planejando com outros três terroristas que fugiram e não conseguimos capturar um plano para salvá-lo hoje.- Sarantis, visivelmente desapontado com mais uma interrupção, levantou-se e gritou:

— Já estou cansado de interrupções, coloquem logo ela na forca!

O Rei ameaçou: - O próximo que atrapalhar a cerimônia, eu mesmo vou fazer questão de puxar a corda para morrer junto!

Os dois guardas conduziram Agaha até Necro. Ele a encarou e disse, emocionado:

— Irmã! Não acredito que esteja aqui. Você foi pega... Não acredito que permiti que isso acontecesse. Primeiro Raiz, depois Kym e agora você. Sinto muito, eu fracassei.

Agaha virou-se para ele e sussurrou, determinada:

— No meu sinal, você levanta os braços!

A cena estava preparada. Na plataforma, os doze condenados tinham a corda no pescoço, cada um deles em sua respectiva escada. Atrás deles, havia pelo menos um guarda, e em Agaha, havia dois. O público à frente vibrava, aguardando o desfecho. O Rei, então, gritou:

— MATEM ESSES DESGRAÇADOS!

Com um movimento coordenado, os guardas começaram a puxar as escadas dos oito primeiros condenados, que se enforcavam em sequência. Quando chegou a vez de Lana, empurraram a escada, e ela começou a se enforcar. Nesse momento, Agaha gritou:

— AGORA!"

Agaha revelou o nó falso que escondia em sua mão e removeu rapidamente a corda do pescoço. Sacou uma espada escondida em suas vestes, cortou o nó que prendia as mãos de Necro e lhe entregou a arma para se defender.

Necro se livrou da corda em seu pescoço, e, enquanto tudo isso acontecia, os dois guardas atrás de Agaha revelaram suas identidades: Nublado e Tom. Aproveitando o caos, ambos começaram a enfrentar os guardas ao seu redor.

Simultaneamente, flechas em chamas começaram a ser disparadas em direção às arquibancadas. Charlie, observando a cena de longe, era o responsável pelos ataques. Uma das flechas acertou a cabeça da Rainha Su, causando pânico.

O Rei, em desespero, correu e gritou por mais guardas, enquanto as chamas consumiam a arquibancada e dificultavam a saída dali.

Karma, percebendo que tudo estava saindo do controle, correu até a plataforma e colocou a mão sobre Raiz, exclamando:

— Invoco o concílio dos Deuses! Temos uma emergência!

Então, ela e Raiz desapareceram instantaneamente.

Nesse momento, Necro ouviu uma voz que parecia vir da fumaça e ecoar em sua mente ao mesmo tempo. Logo após se livrar da corda em seu pescoço, a voz disse:

— Não consigo respirar, Necro. Me salva.

Outra voz emendou:

— Não deixe a escolhida morrer.

Ele olhou para o lado e viu Lana se debatendo, sufocada pela corda em seu pescoço. Sem hesitar, Necro usou toda a sua força para cortar a corda que prendia Lana, libertando-a do enforcamento iminente.

Lana caiu no chão, ofegante. Agaha gritou:

— Vamos! A carroça está perto de Charlie!

Nesse momento, o Rei retornou com mais guardas, enquanto a fumaça se intensificava e a população já havia fugido. As chamas começavam a alcançar a plataforma. Necro empunhou a espada e avançou em direção ao Rei, exclamando:

— Isso é pelo Kym!

O golpe de Necro mirava o pescoço de Sarantis, mas o Rei se esquivou a tempo, fazendo com que a lâmina acertasse sua coroa, que caiu no chão em meio às chamas. Junto a ela, uma energia extremamente sinistra começou a se manifestar na fumaça. Gritos agoniados e altíssimos ressoavam, fazendo com que todos ali presentes tapassem os ouvidos em desespero. Eram almas em sofrimento, como se estivessem sendo queimadas vivas. O som era tão intenso e pesado que parecia que a cabeça de todos explodiria a qualquer momento.

Em meio ao caos, Necro ouviu mais uma voz:

— Segura a Coroa, você precisa me libertar.

Mesmo sabendo que a coroa deveria estar escaldante, ele se forçou a pegá-la. Ao tocá-la, sua mão queimou completamente, os dedos fritaram, e uma fumaça negra começou a envolver todo o ambiente. Necro viu uma figura vermelha se aproximando, um borrão que se revelou como um homem alto, trajando um sobretudo totalmente vermelho, camisa preta e calça escura de algodão, sem sapatos. O homem olhou para Necro e disse:

— O destino é algo engraçado, Necro. Estou preso nessa coroa há muito tempo. Meus irmãos, inclusive sua querida Raiz, fizeram isso comigo. E hoje, você vai me soltar, vai me tirar dessa coroa. Eu só preciso que você encoste em mim.

Uma multidão de pessoas com rostos desfigurados começou a surgir, pareciam ser almas aprisionadas na Runa.

— Você foi banido, Amorim, e precisa se manter assim!" respondeu Necro.

— Se você não tocar em mim, essas almas correrão até você e devorarão sua mente, levando à loucura e à morte. Você não terá um final feliz com Raiz, como deseja. Lembre-se de que fui eu quem te trouxe aqui. Se me libertar, prometo poupar Raiz para que vocês possam viver a felicidade que merecem.

— Não sei se posso acreditar em você, Amorim.

— O tempo passa diferente aqui neste lugar que estamos, inclusive no mundo real o Rei está começando a cravar uma espada em seu outro braço. Ou você me salva agora e eu te tiro daqui, permitindo que se defenda, ou ficará louco e sem os dois braços. A escolha é sua.

Sentindo uma dor intensa no braço que restava e vendo as almas se aproximarem, Necro tocou em Amorim e retornou à cena caótica, com o fogo e o Rei tentando cortar seu braço. Porém, Agaha estava próxima e defendeu o irmão, arrancando a espada das mãos do Rei.

Enfurecido, o Rei pegou sua coroa do chão, colocou-a sobre a cabeça e segurou o braço de Agatha. Ela começou a ter sua energia drenada e gritava de dor. Necro estava no chão, se recuperando e sem forças. Nublado, Tom e Charlie lutavam contra os guardas para impedir que ajudassem o Rei.

Lana, ao se soltar, pegou uma pedra e arremessou no Rei, gritando:

— Solte ela, Pai! E pode ter certeza de que eu não sou fraca como os seus outros filhos homens!

O Rei lançou um olhar a Lana, o que o fez soltar um pouco a mão de Agaha. Aproveitando o momento, Agaha pegou uma adaga de seu joelho e cravou na perna do Rei. Quando estava prestes a golpeá-lo na garganta, uma voz suave e doce soou:

— Não é hora Agaha.

Agaha se assustou, deixou o Rei ali sofrendo e saiu correndo. Sirenes, trombetas e o som ensurdecedor de soldados se aproximando interromperam a cena. Era a tropa real do Rei.

Todos começaram a correr, mesmo com dificuldades, em direção à carroça. Agaha ainda carregou o corpo de Kym em seu ombro. Todos subiram na carroça, esquivando-se das flechas que vinham em sua direção.

Fugiram e só poderiam ir para um lugar: o bar.

— Ficou sabendo que o Rei ainda está recrutando novos soldados para encontrar os presos que fugiram no mês passado? A seleção será no campo. - Ouvi um bêbado falando para o outro.

— Estou pensando em participar da seleção, parece que o prêmio é ótimo. A seleção será no campo de feno?

— Não, anta, no campo de treino, onde os soldados treinam.

— Amanhã eu vou lá, então.

— É hoje a próxima seleção! Daqui a duas horas.

Manter o bar aberto foi uma ótima ideia de Necro. Como o estabelecimento é extremamente famoso no reino, fechá-lo poderia atrair atenção indesejada. Nas últimas quatro semanas, algumas pessoas ainda perguntavam sobre os donos. Tom e eu, que aprendemos tudo sobre servir bebidas e preparar porções, sempre utilizamos a mesma desculpa:

— Eles precisaram de um tempo com suas famílias. A doença tem assolado o reino.

As pessoas pareciam concordar com a frase e frequentemente puxavam assuntos sobre algum ente querido que morrera por causa da doença. O clima no bar, apesar das preocupações, continuava animado, com clientes conversando e bebendo para aliviar suas angústias diante dos tempos sombrios.

A decisão de nos mantermos escondidos após toda a confusão da cerimônia de execução foi a melhor que tomamos. Eu, Tom e Charlie não fomos vistos durante o evento, pois estávamos disfarçados. Por isso, apenas nós três ficamos responsáveis pela parte visível do bar, enquanto Lana, Necro e Agaha permaneciam escondidos ou, às vezes, ajudavam na cozinha.

Dois dias depois da execução, Charlie e Agaha organizaram um enterro para Kym. Foi uma noite memorável, pois, mesmo sem conhecê-lo tão bem, sabíamos que ele tinha um grande coração. Eu me perguntava se Raya conseguiria viver essa vida e quem cuidaria dela agora com a morte de Kym.

Charlie chegou a mencionar que voltaria para ver como Raya estava quando deixássemos o Reino. Após o sumiço de Raiz e Karma, o Rei parecia preocupado com a proteção do Reino.

A morte de Kym significou muito para nós, e ter esse momento de descanso e luto foi necessário. Será que não estávamos indo longe demais sem saber para onde íamos?

Ouvir a conversa no bar me deu uma excelente ideia para tirarmos as roupas de guarda do armário. Era hora de nos infiltrarmos no evento que tinha como único objetivo nos encontrar.

Fechamos o bar mais cedo com a desculpa de que a cerveja havia acabado, o que era parcialmente verdade, já que não compramos nenhum insumo novo desde que chegamos. Então, misturamos muita água com cerveja depois do terceiro copo que o cliente pedia.

Tom e eu limpamos as roupas de guarda e nos reunimos com todos antes de irmos para o local que o Rei havia marcado.

- Nu, tem certeza de que isso é uma boa ideia? E se ele reconhecer vocês? – indagou Lana, preocupada com o plano.

- Acho difícil, Lana. O Nublado e eu usamos disfarces o tempo todo – respondeu Tom, tentando tranquilizá-la.

- Eu posso ir junto – sugeriu Charlie, querendo ajudar.

Necro interveio: – Não é uma boa ideia, Charlie. Você precisa fingir que o bar está funcionando normalmente, como se estivesse limpando e cuidando dele para não levantar suspeitas.

- Se eu pudesse ir, eu iria – lamentou Agaha. – Uma pena que já fui usada como isca. Então todos já me conhecem, inclusive vi um pôster com o meu rosto, o de Lana e o de Necro desenhado.

- Sim, irmã – concordou Necro, passando a mão pelo coto do braço decepado. – Já perdi gente demais nessa história toda. Não sei onde está Raiz, provavelmente morta.

Lana colocou a mão em seu ombro e disse: – Não pense nisso, Necro. Um deus não pode matar outro. Tenho certeza de que ela está viva.

Necro se retirou da sala, parecendo impaciente. Nisso, Lana me olhou nos olhos, levantou a sobrancelha, como quem queria dizer com o olhar: "Complicado".

Agaha ofereceu sua espada para Tom levar, e eu mantive a mesma espada que havia recebido do exército de Necro no começo de tudo.

- Vamos, Nu. Precisamos partir. Será ótimo entender o que o Rei está tramando – disse Tom, tentando manter o ânimo.

Virei para Tom, depois de olhar para Lana, e respondi: – Vamos, Tom! Estamos prontos para enfrentar o desconhecido e descobrir os planos do Rei, mesmo que isso signifique nos arriscar. Afinal, já enfrentamos tantos desafios juntos. Este será apenas mais um.

Lana segurou meu pulso e me levou a um canto reservado. Ela colocou a mão em meu cabelo, beijou minha testa e disse: – Cuide-se, Nu. Obrigada por cuidar de mim todos esses dias. Encontrei este colar jogado em um dos bancos do bar enquanto limpava ontem. Quero que ele te traga sorte.

O colar tinha um corvo branco pendurado, o mesmo que eu tinha visto Atlantis usando na primeira vez que a conheci. Senti vontade de chorar, pois aquilo parecia ser um sinal claro de que estávamos no caminho certo, mesmo que fosse difícil de enxergar.

Olhei nos olhos de Lana e me inclinei para retribuir o carinho com um beijo em seus lábios, mas ela desviou o rosto, olhou para baixo e disse: – Não, Nu. Eu te amo, mas não desse jeito. Desculpe.

- Vamos, Nublado! Não podemos chegar atrasados! – gritou Tom.

Cabisbaixo e decepcionado, saí andando e coloquei o colar no pescoço. Segui até a cozinha, onde trocaríamos de roupa, pois havíamos deixado as vestes de guarda esperando lá.

- Está tudo bem, Nu? – perguntou Tom, preocupado.

- Está sim, irmão. Tudo certo... – respondi, desapontado.

- Não fique chateado com a Lana – aconselhou Tom. – Me parece que ela gosta muito de você. Pode não parecer agora, ou ela mesma pode não saber, mas sinto algo forte entre vocês. Vocês estão inseparáveis desde que se conheceram após a fuga. Todos comentam sobre vocês dois. Inclusive, me parece que ela te deu um presente, não? Não me lembro de ter visto esse colar em você antes.

Olhei para o colar novamente, mas guardei para mim, e também decidi não responder Tom.

Desde o primeiro dia após a fuga, eu e Lana começamos a desenvolver um vínculo especial. O estresse e a adrenalina da situação nos aproximaram de uma maneira que nunca havíamos experimentado antes. Nós nos apoiávamos mutuamente, não apenas para sobreviver, mas também para encontrar conforto um no outro.

Nos primeiros dias, compartilhamos nossas histórias de vida, descobrindo interesses em comum, como nossa paixão por aventuras e nosso amor pelos animais. Essas conversas nos conectaram ainda mais e alimentaram nosso crescente relacionamento.

Durante as semanas que passamos juntos no bar, passamos inúmeras horas conversando, rindo e compartilhando sonhos e esperanças. Eu me sentia mais vivo do que nunca, e tinha certeza de que Lana também sentia o mesmo.

Havia dias frios em que nos encontrávamos abraçados para nos aquecer, nossos corpos se encaixando perfeitamente um no outro. Nessas horas, sentia meu coração bater mais forte.

Compartilhamos momentos adoráveis, como a vez em que encontramos um filhote de corvo perdido nos arredores do bar. Decidimos cuidar dele juntos, criando um vínculo ainda mais forte entre nós.

Algumas noites, depois de fecharmos o bar, cozinhávamos juntos. Eu a ensinei a fazer um guisado de legumes, e ela me mostrou como preparar sua sobremesa favorita. Era como se estivéssemos construindo um lar juntos.

Em uma dessas noites, Lana e eu acabamos nos embriagando um pouco mais do que o normal. Rimos e compartilhamos histórias um com o outro, aprofundando ainda mais nossa amizade. Em um momento impulsivo, Lana se inclinou e me deu um beijo, algo que eu nunca esquecerei. No entanto, antes que pudéssemos explorar a situação, fomos interrompidos por uma patrulha que acontecia frequentemente no bar.

Sem hesitar, Lana se escondeu, enquanto eu tentava agir normalmente diante dos guardas. Por sorte, a patrulha passou sem incidentes, mas o momento especial entre nós foi interrompido. Depois disso, nunca mais falamos sobre o beijo, como se fosse um segredo silencioso que ambos carregávamos. Eu sempre me perguntei o que teria acontecido se não tivéssemos sido interrompidos.

Eu sempre senti que havia algo maior entre nós. Nosso relacionamento parecia predestinado, como se o universo tivesse conspirado para nos unir. Eu me pegava pensando em nosso futuro juntos, imaginando como seria a vida ao lado de Lana.

Agora, ao me lembrar de todos esses momentos, sinto-me confuso e magoado. A revelação de Lana de que ela não sente o mesmo por mim me deixou profundamente perdido. Eu sempre estive perdido de alguma forma, mas agora, essa sensação se estende também à minha vida amorosa. A conexão que pensei que compartilhávamos parece frágil, e questiono se alguma vez foi real ou apenas uma ilusão da minha parte.

Apesar da dor e da incerteza, uma parte de mim ainda espera que um dia Lana possa mudar de opinião. Talvez, com o tempo, ela perceba a profundidade dos sentimentos que compartilhamos e veja o quão especial é nossa conexão. Até lá, continuarei a valorizar os momentos que passamos juntos, enquanto tento encontrar um equilíbrio entre meu coração e minha mente. Enquanto isso, desejo a ela a felicidade que merece, mesmo que eu não seja a pessoa com quem ela escolha compartilhá-la.

No entanto, era hora de nos concentrarmos na missão com meu irmão. Vestimos nossos uniformes de guardas e seguimos para o ponto de encontro. Ao chegarmos lá, percebemos nosso erro: todos os outros estavam vestidos com roupas comuns, pois estavam ali para serem selecionados como guardas. Nós nos destacávamos, já usando as vestimentas de patente no meio de todos.

O local estava repleto de pessoas ansiosas para se alistar. Um guarda nos viu de longe e, com um tom de autoridade, disse:

- Vocês dois estão atrasados. Levem metade desses homens para a avaliação física, enquanto eu começo a preencher os papéis com as informações de cada um.

Assim, começamos a cumprir uma tarefa que não era nossa. Enquanto nos esforçávamos para nos misturar, um homem se aproximou e disse:

- Olá, prazer em conhecê-los. Sou And. Já conheço o seu irmão - ele olhou para Tom - ou pelo menos me parece ser seu irmão. Vocês são muito parecidos. Mas, se estou enganado, por favor me corrijam. De qualquer forma, se quiserem conversar, estou à disposição.

Tom respondeu rapidamente, tentando manter nossa cobertura:

- Shiu! Calado, And! Estamos disfarçados e não podemos ser reconhecidos.

- Ah, entendi - respondeu And, um pouco mais baixo. - E onde está a moça que estava com vocês naquela ocasião? A que tentou me enganar, mas não contava com minha perspicácia? Já a perdoei, aliás.

Eu intervi com um sussurro, tentando manter a situação sob controle:

- And, por favor, fale menos. Estamos em uma situação delicada aqui e não queremos ser descobertos.

- Claro, senhor guarda - respondeu And, tentando se conter. - Ficarei quieto e obedecerei suas ordens. Se precisar que eu pule, me jogue no chão ou até mesmo cante enquanto marchamos, estou à disposição. Vim me alistar para essa missão não porque quero capturar os fugitivos, mas porque, na verdade, estou procurando meus amigos. E falando em amizade...

Tom e eu o interrompemos quase que simultaneamente:

- Calado!

Depois de levarmos os recrutas ao local indicado, notamos um guarda correndo apressadamente. Em seguida, outro passou correndo, e quando o terceiro estava a caminho, perguntei:

- O que está acontecendo?

- O Rei convocou os soldados de alta patente como nós para uma reunião em sua sala. Vocês também deveriam ir - respondeu o guarda.

A urgência da situação nos fez pensar que nossos amigos poderiam ter sido descobertos ou até mesmo que nossa própria identidade estivesse comprometida. Apesar do nervosismo, seguimos os outros guardas.

Chegamos a um saguão deslumbrante, construído com pedras brancas e adornado com uma árvore no centro da sala fechada. O lugar era repleto de janelas, lembrando quase um templo dentro do quartel – talvez fosse o templo onde Karma costumava meditar.

Todos os soldados estavam presentes, e Tom e eu nos unimos a eles, chegando quase por último. Tivemos sorte de não sermos os derradeiros, pois havia uma lei segundo a qual o último soldado a chegar na reunião, atrasado ou não, deveria ser punido.

A correria agora fazia sentido, pois assim que o último soldado entrou, o Rei, que estava em uma pequena sala adjacente, adentrou o templo. Ele olhou para o soldado recém-chegado e disse:

- Você será motivo de vergonha hoje. Retire suas roupas e participe desta reunião nu, para aprender a valorizar e ser o primeiro a chegar na próxima vez que eu o convocar.

Constrangido, o soldado obedeceu, e os demais observaram-no, certificando-se de que ele sentisse o peso da vergonha.

O Rei então olhou para todos nós. Ao seu lado estava um homem usando trajes reais – provavelmente sua mão direita.

- Saudações, senhores. Convoquei vocês em caráter emergencial e os trouxe ao templo de Karma, um lugar onde os deuses não podem nos ouvir. Hoje, tenho uma notícia muito boa: encontramos algo que buscávamos há tempos. Devastamos várias cidades insignificantes nos últimos anos em busca disso, e será motivo de grande alegria quando vocês cumprirem a missão de trazê-lo para mim.

Nesse momento, troquei olhares com Tom. Teríamos sido descobertos? Ele começou a fazer sinais com as mãos, planejando nossos próximos passos.

O Rei prosseguiu:

- Sei que estamos procurando pelos fugitivos, mas isso pode esperar. Recebemos informações de um explorador do reino sobre uma tribo que possui a Runa que busco. No entanto, tivemos mortes em nosso exército fora dos muros e, por isso, preciso que vocês viajem à Floresta Uivante e tragam a Runa para mim, guardada nesta caixa preta. Aquele que a tocar será morto.

Um soldado então interrompeu, abaixando o capacete:

- Meu senhor, não posso ir até lá. É uma missão suicida. Tenho uma família para sustentar e não posso morrer. Já ouvi falar da Floresta Uivante e sei que muitos pereceram ao adentrá-la, seus corpos sendo sugados pela terra.

A mão do Rei se preparou para responder, mas o próprio monarca colocou a mão sobre ele e perguntou:

- Claro, me desculpe. Qual é mesmo o seu nome?

Aliviado pela empatia do Rei, o guarda respondeu:

- Meu querido e amado Rei, meu nome é José. Tenho bocas para alimentar e sei o que acontece com quem vai até essa floresta. O senhor teria piedade de mim e me permitiria exercer minha função por aqui?

O Rei olhou para mim e para Tom, caminhando de um lado para o outro. Ele apontou para mim e disse:

- Você! Ao lado do menor - e apontou para o guarda à minha direita. - Qual é o seu nome?

O guarda, olhando para o chão, respondeu:

- Meu nome é Miguel, senhor.

Sarantis, olhando para todos, aguardou uma resposta de Miguel:

- O que você acha que eu deveria fazer com o José, Miguel?

- Senhor, é uma honra servi-lo. Fizemos um juramento e daremos nossas vidas por Vossa Majestade, custe o que custar. Mas compreendo a situação de José, que tem cinco filhos. Por isso, acredito ser sensato deixá-lo ficar por aqui. Eu creio que...

Miguel foi interrompido pelo som agudo de uma lâmina fina, como se alguém estivesse afiando uma faca já extremamente afiada. De repente, vi sua cabeça se desprender do corpo e rolar diante de mim.

O Rei, empunhando uma espada que surgiu do nada, apontou-a para Tom e disse:

- Não importa se você é leal a mim, mas fica do lado daquele que me desonra e não quer cumprir minha missão. Você é tão desprezível quanto ele. Por isso, não quero Miguel em meu exército. Ou está do meu lado ou não está, simples assim! Concorda?

Tom, sem demonstrar fraqueza, respondeu:

- Concordo, meu Rei. Será uma honra adentrar a floresta. E se algum dos nossos companheiros ousar traí-lo, eu mesmo vou enfiar uma espada em suas gargantas, pois nosso exército não é para os fracos.

O Rei aplaudiu e perguntou:

- Qual é o seu nome, filho?

Tom respondeu:

- Meu nome é Tom, e sou fiel a Vossa Majestade.

- Tom, você liderará este grupo. Essa será sua missão. Minha fonte me informou que o objeto é um bracelete feito de pedra, e eu o quero para mim. Preciso dele até o fim do mês.

Estávamos no início do mês, então, por sorte, o prazo nos favorecia.

- Será um prazer, meu Rei! - disse Tom.

- Venha até a frente e toque em José.

O Rei também tocou José, que começou a gritar de dor.

- Agradeço seus serviços, José, mas não posso aceitar sua vida trabalhando para mim. Mesmo morto, sua mensagem não atingiria os outros como desejo. Por isso, infligirei um sofrimento maior: deixarei você tão fraco que será impossível ganhar um centavo para sustentar sua família. Além disso, aumentarei os impostos de sua casa. Quero que você veja sua família morrer lentamente.

Nesse momento, a coroa do rei começou a brilhar e toda a beleza, o brilho e a força de José foram retirados e transferidos para Tom. Tom exibia vigor e alegria, enquanto José parecia um homem desnutrido, ressequido e fraco.

O Rei disse:

- Sinta-se abençoado por seu Rei, Tom. Agora todos vocês, vão dormir, tirem esse verme da minha frente e partam logo cedo amanhã, saindo da catedral sul.

A caminho do bar, após tudo o que havia acontecido, conversei com Tom:

- Como você está se sentindo? O que foi aquilo? - Perguntei.

- Sinto-me muito forte, como se a energia de outra pessoa viesse para mim. Esse Rei precisa ser detido, e acredito que podemos ir até a floresta, capturar essa runa para nos tornarmos fortes o suficiente e enfrentá-lo.

- Depois da morte da Rainha, o Rei tem sido mais implacável do que antes. Além disso, sem suas deusas protetoras, ele provavelmente se sente fraco e está tentando de tudo para conseguir mais poder. Gosto da ideia.

- O que será essa runa? Pelo que entendemos com Charlie, a dele possivelmente é a da Vida, e Solares possui a do Sol. - disse Tom.

Respondi: - Só espero que seja forte o suficiente para acabarmos com o terror que essas pessoas estão sentindo. Acredito que se existe um propósito em tudo isso, algo planejado desde o início, não é possível que seja mera coincidência estarmos no local certo na hora certa para ouvir tudo isso. Então, temos que nos arriscar pelo bem maior!

Chegamos ao bar. Alguns já estavam dormindo, mas Lana estava sentada num canto, me esperando. Sem ter certeza do que o amanhã nos reservava, decidi que era hora de conversarmos. Sentei-me ao lado dela.

- Nu, chegou tarde. Você está bem? - Lana falou com voz sonolenta.

- Amanhã, Tom e eu partiremos em busca de uma runa na floresta uivante.

- Nossa, Nu! Mas tenho certeza que tudo vai dar certo. - Lana me abraçou.

Senti um calor aconchegante e imaginei que ela sentisse o mesmo por mim. Com a voz trêmula e com medo, falei:

- Lana, eu gosto de você. Você já disse que não sente o mesmo por mim, mas preciso que saiba que essas quatro semanas foram suficientes para eu perceber o quanto gosto de você. Não posso forçá-la a gostar de mim, mas estou apaixonado. Lembro daquela noite dos vinhos, quando brincou sobre a cor dos olhos dos nossos filhos. Sei que era brincadeira, mas quero transformar isso em realidade.

Ela ficou fria, se desvencilhou do abraço e disse:

- Nu, me desculpe, mas já falei que não sei se sinto o mesmo por você, não neste momento. Tudo ainda está confuso para mim. Não é hora disso.

Senti-me um idiota enorme, então virei as costas e saí andando. Ela tentou me chamar novamente, ao ver minha reação, mas já era tarde; fechei a porta e fui dormir.

Relembrei todo o caminho até aqui, o quanto caminhamos, o que vimos, as pessoas que conhecemos e as que perdemos. Inclusive, durante todo esse tempo, estive próximo de Necro, que me contou histórias tão absurdas que pareciam mitos, como a de uma dragão escondida nas profundezas do Reino.

Era curioso lembrar dessa história logo após ser rejeitado pela pessoa por quem estava apaixonado, mas comecei a pensar na história do casal de dragões.

Peguei no sono, mas acordei com um barulho que parecia ser de asas pesadas e correntes. Levantei-me e olhei para os fenos onde estava dormindo, sentindo um impulso de removê-los para ver o que havia embaixo.

Ao remover os fenos, deparei-me com uma escada escondida, que parecia levar a uma profundidade desconhecida. Senti uma atração irresistível, algo que me impelia a descer por ali. Acordei todos, e, apesar de preocupados, eles concordaram em me acompanhar nessa exploração misteriosa. Assim, começamos a descer cautelosamente as escadas.

A escada de madeira logo deu lugar a uma escada de pedra, que parecia ainda mais antiga e enigmática. Continuamos descendo, atentos a cada detalhe ao nosso redor. Em certo momento, Lana, sem querer, chutou uma linha quase invisível, que se rompeu e fez uma pedra gigante cair sobre uma estrutura de metal. O barulho ensurdecedor resultante nos assustou, e tememos atrair atenção indesejada.

Não sabíamos o que nos aguardava, mas seguimos descendo a aparentemente interminável escada. Quanto mais descíamos, mais a luz natural desaparecia, dando lugar a uma escuridão cada vez mais profunda. Nossos corpos começaram a sentir o cansaço da descida constante, e decidimos parar para descansar por um tempo.

Nos acomodamos em um pequeno patamar, usando a fraca luz do lampião para iluminar nosso local de descanso. Enquanto nos recuperávamos, trocamos olhares e pensamentos sobre o que encontraríamos no final dessa jornada.

Após o descanso, retomamos nossa descida, enfrentando o cansaço e a crescente escuridão. Horas se passaram, e ainda não tínhamos chegado ao fim da escada. O lampião estava prestes a se apagar, e nossa ansiedade aumentava.

Finalmente, após incontáveis degraus e uma exaustiva jornada, alcançamos o chão. O espaço era vasto e sombrio, com um ar denso e frio, repleto de mistérios. Conseguíamos ouvir o eco de nossos passos enquanto explorávamos o ambiente.

A escuridão era tão densa que o fraco brilho do lampião mal conseguia penetrá-la. Nesse ambiente de trevas, nos mantínhamos próximos uns dos outros, com os braços estendidos para evitar nos separarmos. A tensão pairava no ar, mas também havia uma sensação de que algo estava prestes a ser revelado.

À medida que avançávamos, uma mudança sutil começou a ocorrer. O ar ficou mais quente e um som distante de água fluindo chegou aos nossos ouvidos. Logo, a surpresa: nossos pés tocaram areia fina e macia. Continuamos caminhando e, para nossa perplexidade, a água começou a roçar nossos tornozelos. A escuridão nos impedia de ver, mas os sons e sensações não deixavam dúvidas: estávamos em uma praia subterrânea.

A estranha força que me impulsionava parecia agora me puxar em direção à água. Sem resistir, comecei a me afastar do grupo. Tom, percebendo meu movimento, gritou preocupado:

- Chega, Nublado! Vamos acabar morrendo se continuarmos assim! Você precisa parar! Não há nada aqui, não conseguimos enxergar nada. Estamos sobre uma pedra gelada e fria, andando rumo ao desconhecido!

- Ahn! Claro que não, Tom! Estamos em uma praia! - Retruquei, tentando convencê-lo da realidade que eu sentia tão claramente.

O restante do grupo parecia confuso e temeroso, mas eu sabia que havia algo ali, algo importante que precisávamos encontrar. Minha determinação era inabalável, e me esforcei para que eles acreditassem naquilo que eu sentia.

Lana, com uma voz misturando deboche e desconforto pelo frio, exclamou:

- Você enlouqueceu, não é mesmo? Eu sabia que depois de falar com o Rei, algo assim aconteceria. Não há nada aqui, Nublado! Nada além do frio e da escuridão.

- Não, pessoal! - insisti - Estou sentindo a água com meus pés, e agora está subindo até minha barriga. Posso ouvir as ondas e sentir o calor.

Tom, ainda cético, rebateu:

- Não, irmão, não há nada disso aqui. Você está ficando louco!

Eu tinha certeza de que não estava louco. Movido por um impulso interior, corri em direção ao som das ondas, mergulhando na água que logo chegou aos meus ombros. Comecei a nadar, cada vez mais rápido e mais profundo.

Sozinho na escuridão, continuei nadando, guiado apenas pela força misteriosa que me conduzia. Quando não pude mais avançar, algo me instigou a mergulhar ainda mais fundo. Segurei a respiração e desci, indo o mais profundo que consegui.

No fundo das águas, toquei o solo e senti algo afiado. Era um objeto metálico que cortou minha mão. Instintivamente, retirei a mão, mas a atração persistiu, chamando-me para mais perto. Coloquei a mão novamente e agarrei o objeto. Era uma adaga, firmemente enraizada no fundo do oceano.

Com todas as minhas forças, puxei a adaga, libertando-a da terra que a prendia.

De repente, toda a água desapareceu, assim como o calor. Não ouvia mais o som das ondas; apenas o frio penetrante da escuridão me envolvia. Um silêncio absoluto tomou conta do lugar, uma sensação tão desconfortável que minha cabeça começou a embaralhar.

Então, ouvi uma voz familiar que há muito tempo não escutava: a voz do meu pai, chamando por mim.

- Nublado, onde você está? Nublado? Você está aí?

Respondi, incrédulo:

- Pai! Pai! É você mesmo? Faz tanto tempo que não te vejo! Como você está aqui?

Com lágrimas nos olhos, vi o vulto do meu pai, que respondeu:

- Filho, tudo está de cabeça para baixo. Ele está vindo, e o outro vem depois. Ele fala, ele está chegando. Não deixe ela te dominar, a menina está mentindo. Não aceite o corvo branco, não acredite neles. Eles não podem desfazer o nó. Fuja!

Enquanto meu pai falava, uma sombra imensa emergiu de baixo dele. Era um dragão colossal, uma criatura tão grande que mal cabia na escuridão. Embora fosse uma sombra, eu conseguia sentir sua presença, ver seus contornos e seus olhos.

A sombra passou por mim, e senti um calor congelante, uma sensação completamente estranha e paradoxal, deixando-me ainda mais confuso e perdido no meio daquela escuridão infindável.

Eu me senti totalmente sozinho naquele momento. Eu sabia que meus amigos estavam lá, mas não conseguia localizá-los. Parecia que eu havia entrado de cabeça para baixo no lugar em que estava. Então, durante meus pensamentos, percebi que era exatamente isso que meu pai havia falado: o sentido de tudo estava de cabeça para baixo. Ou seja, eu não estava no fundo daquele templo secreto, mas sim em algum outro lugar desconhecido.

O dragão então veio sobre mim e começou a cuspir sombras. Não era fogo, mas algo escuro e sem forma. Senti meu corpo naquele momento se desfazendo, como se eu estivesse me tornando parte daquele submundo. Não era uma dor, mas uma sensação de inexistência, como se um buraco estivesse dentro da minha alma e nada pudesse preenchê-lo novamente.

Mas, em meio a essa sensação, lembrei do motivo pelo qual eu estava ali. O motivo que sempre foi o grande objetivo: trazer minha família de volta. Ou será que não era mais esse o motivo? Onde eu estava? Qual era o real propósito de eu ter feito tudo isso?

Lembrei da minha mãe, meu sobrinho e até mesmo da notícia que minha mãe trouxe quando eu era criança e meu irmão tinha a minha idade. Meu pai havia falecido em uma viagem. Quando eu lembrei disso, a lembrança não durou muito, pois foi consumida pelo vazio que o dragão lançava sobre mim.

Os motivos já não faziam mais sentido; não havia mais razão para estar ali. Eu acreditei na inexistência do sentido e me vi perdido em meio à escuridão e ao desconhecido. A cada passo que dava, sentia-me mais distante daquilo que um dia havia sido minha vida, meu propósito.

A escuridão me envolvia, e eu lutava para me agarrar a qualquer resquício de esperança. Eu precisava encontrar uma maneira de sair dali, de escapar das garras daquele dragão sombrio e resgatar a chama que um dia ardia dentro de mim.

Então, de repente, o dragão parou de cuspir a escuridão sobre mim. Percebi que a adaga que eu segurava, e que ainda não havia colocado no dedo, começou a ser puxada por uma força contra o meu próprio corpo. A ponta da adaga se aproximou perigosamente do meu coração, e eu senti o metal frio e pontiagudo começar a rasgar minha roupa, encostando-se em meu peito. O sangue começou a escorrer, e eu me vi à mercê daquela força invisível.

Naquele momento, eu me lembrei de tudo: das pessoas que morreram, daqueles que causaram sofrimento à minha família e amigos. O desejo que eu tinha de trazer vida a eles foi substituído por um anseio frio e sombrio de vingança. Era como se eu tivesse trocado o motivo pelo qual eu estava lutando por algo completamente sinistro.

A adaga continuou a rasgar meu peito, contra a minha vontade, e o desejo de vingança e raiva só aumentava dentro de mim. A lâmina começou a subir pelo meu rosto, cortando meu queixo e deslizando pela minha bochecha, deixando um rastro de dor e sangue.

Em seguida, a adaga atingiu meu olho, mas a dor que eu deveria sentir era inexistente, pois o sentimento de raiva e sede de vingança dominava completamente. Por último, a adaga avançou em direção ao meu pescoço, ameaçando cortá-lo e colocar um fim definitivo à minha vida.

Eu precisava me lembrar de quem eu era e do que realmente importava. Eu tinha que rejeitar a escuridão e abraçar a luz, mesmo que isso significasse enfrentar o dragão e a força que me empurrava em direção ao abismo.

Com determinação, comecei a lutar contra a força que me controlava e a adaga que ameaçava minha vida. Eu não permitiria que a escuridão me vencesse, e eu faria tudo ao meu alcance para proteger aqueles que eu amava e honrar a memória daqueles que já haviam partido, mas então, não consegui mais aguentar toda a força, e a adaga começou a rasgar meu pescoço.

- Calma! - ouvi um grito suave e desesperado.

Com alguma dificuldade, pois somente um olho estava aberto já que o outro havia sido rasgado, olhei ao redor e ali estava Atlantis. Ela segurava minha mão com força enquanto as lágrimas corriam por seu rosto, tentando impedir que a adaga cortasse meu pescoço.

Eu estava completamente possesso, incapaz de dizer uma palavra. A força que me controlava pegou a adaga e fez um corte profundo no olho da jovem Atlantis. Ela colocou a mão sobre o rosto, e o sangue começou a escorrer abundantemente. Ao mesmo tempo, a força maligna direcionou a adaga de volta ao meu pescoço, e eu senti a lâmina perfurando minha carne.

Comecei a ficar sem ar, lutando para respirar. Foi então que ouvi um som peculiar: o tique-taque de um relógio. Senti um choque interno, como se a morte tivesse me convidado para dançar e, de repente, desistido e escolhido outra pessoa. Nesse instante, um sono profundo e inexplicável tomou conta de mim, e eu perdi a consciência.

CAPÍTULO 6 - A NÃO TÃO LENDA DAS 7 RUNAS

PARTE I: UM PRESENTE CHAMADO RUNA

Acordei na minha cama, todos estavam dormindo ao meu redor. Será que tudo não passou de um sonho bizarro? Levantei-me, sentindo algo estranho. Não estava conseguindo enxergar direito. Fui até o espelho e vi que metade do meu rosto havia sido cortado, começando pelo olho, descendo pelo rosto, passando pela garganta e chegando até o peito. Contudo, não era uma ferida aberta, mas sim uma cicatriz, como se o machucado tivesse acontecido há muito tempo.

Olhei para o meu dedo e lá estava a adaga dos meus sonhos. Rapidamente a retirei e joguei no chão. Olhei ao redor e todos ainda dormiam. Aquilo parecia ser uma mistura de realidade e sonho. Tom acordou e me olhou de longe, e quando viu que eu estava cego de um olho e com o rosto todo marcado, ele levantou-se correndo, perguntando em voz alta o que tinha acontecido, acordando todos.

Lana já saiu correndo, procurando quem poderia ter me atacado, enquanto Necro e Agaha tentavam entender o que tinha acontecido. Tentei explicar a eles que tudo parecia ter sido um sonho, mas as marcas em meu rosto e a adaga no chão diziam o contrário. Todos estavam preocupados e confusos.

Percebemos, então, que o único que não estava presente era Charlie, que provavelmente já havia acordado mais cedo.

Tom, com um olhar preocupado, perguntou: - O que aconteceu, irmão? Como você ficou assim?

Agaha, igualmente alarmado, indagou: - Quem te atacou? Estávamos todos dormindo, como não percebemos?

Necro, curioso e apreensivo, se aproximou da adaga no chão e questionou: - O que é essa adaga? Tem algo a ver com o que aconteceu com você?

Diante das perguntas, respondi com um tom de alerta: - Fiquem longe dessa adaga! Foi ela que fez isso comigo! Eu não sei explicar exatamente como, mas ela tem algum tipo de poder sombrio!

Necro, desconsiderando o meu aviso, tocou na adaga e foi arremessado para trás por uma sombra que parecia ser de um demônio. Lana e Tom se aproximaram rapidamente para ajudar Necro a se levantar, com expressões de choque em seus rostos.

Tom, ainda atônito, perguntou: - O que é isso, Nublado? Isso é magia negra? Nunca vi nada parecido!

Necro, recuperando-se do impacto, compartilhou seu conhecimento: - Eu só vi algo semelhante a isso há muitas sequências atrás, quando estava estudando textos antigos. Eles falavam de uma adaga das sombras, mas eu sempre acreditei que fosse apenas um mito. Como essa adaga veio parar aqui, e o que ela está fazendo conosco?

Todos nós encaramos a adaga no chão, sentindo um arrepio percorrer nossas espinhas. Era evidente que estávamos lidando com algo extremamente poderoso e perigoso, mas não tínhamos ideia de como enfrentá-lo ou o que fazer a seguir. Enquanto isso, a sombra demoníaca parecia continuar à espreita, pronta para atacar novamente.

A adaga parecia possuir um poder imenso, e eu sentia como se ela quisesse se comunicar comigo. O sangue da vingança fervia em minhas veias, e a vontade de eliminar aqueles que causaram mal a outros, especialmente os responsáveis pela morte de Kym, me consumia. Uma energia escura emanava da adaga, e sombras sinistras começaram a se manifestar no chão. Elas cercavam as pessoas nas ruas, matando-as uma a uma. Gritos desesperados de homens e mulheres ecoavam pelo ar, enquanto carroças tombavam e caíam no chão. Parecia que demônios sedentos por sangue estavam presos naquela adaga, e eu os havia libertado.

O som de ossos quebrando e guardas pedindo ajuda enchia o ambiente. Cabeças eram arremessadas contra janelas, e as sombras não mostravam misericórdia. Enquanto o caos acontecia lá fora, nos refugiávamos no interior de um bar, com as portas fechadas. Um casal em pânico bateu na porta, implorando por ajuda.

Necro abriu a porta e deixou-os entrar. No entanto, ao perceberem que Necro, um foragido com uma recompensa por sua captura, estava entre nós, o casal hesitou.

- Acho melhor irmos para outro estabelecimento - disse o homem, nervoso.

- É melhor mesmo - concordou a mulher, com medo.

Uma sombra adentrou o bar, e eu senti uma conexão com ela. A empatia e a compaixão desapareceram, dando lugar apenas às trevas. Lembrei-me de que aquele casal estava presente na execução de Kym, gritando e apoiando sua morte. As sombras pareciam me contar essa história.

- Vocês não vão sair daqui! - gritei, tomado pela raiva.

Lana, assustada com a minha reação, segurou meu ombro e perguntou, preocupada: - O que está acontecendo, Nu? Por que você está agindo assim?

As sombras começaram a cercar o casal, e explodiram o corpo do marido de dentro para fora, espirrando sangue e tripas por todos que estavam ali, fazendo com que a esposa ficasse coberta de entranhas.

- Silêncio! - Gritei

Uma das sombras demoníacas abriu a boca da mulher pelos dentes até que sua boca circulasse todo o seu crânio, como se fosse um rasgo que começava com sua boca.

Lana gritava desesperada, com lágrimas nos olhos: - Chega, Nu! Chega!!

- Irmão, escute minha voz! - implorou Tom.

As sombras começaram a distorcer a minha percepção dos meus amigos, fazendo-os parecer inimigos e aproveitadores. Meu irmão não mais parecia ser meu irmão. Lembrei-me das vezes em que Necro havia gritado comigo, quando Agaha brigou com Kym, do dia em que Lana não correspondeu ao meu amor e da ocasião em que Tom me deixou sozinho na floresta, dizendo que era para eu aprender a crescer – tudo isso no dia em que nossa família morreu. As trevas se infiltraram em meus amigos, comprimindo seus corpos e abafando seus gritos. Eu não conseguia mais ouvi-los.

Então, uma voz suave e enigmática ecoou dentro da minha cabeça, mas ao mesmo tempo parecia vir de fora. Era uma confusão de sensações. A voz dizia: "Aquieta, Nublado". Acalmei-me, e as sombras cessaram seu ataque. Minha visão clareou, e percebi que havia um homem ao meu lado. Ele não era uma sombra, mas um ser humano que devia ter entrado no bar durante todo o caos. Suas mãos tocavam-me suavemente, e suas palavras penetravam em minha mente, trazendo alívio e compreensão.

- Saudações, Nublado. Eu também fui amaldiçoado, assim como você. Meu nome é Baru e desejo a adaga. Você é fraco demais para controlá-la e dominar as sombras, mas eu posso fazê-lo.

Ouvi suas palavras, mas não tinha intenção de entregar a adaga. Ela me pertencia e fazia parte de mim agora.

- Compreendo sua relutância, Nublado, mas você me entregará a adaga neste instante.

Enfrentei uma batalha interna entre as sombras e minha própria vontade. Em determinado momento, senti uma ponta fria cravar-se em meu braço e, naquele instante vi Baru com um anel pontiagudo furando o meu braço, e no fim ele ordenou:

- Deixe de resistir e entregue-me a adaga!

Suas palavras, acompanhadas da dor do machucado, me fizeram ceder involuntariamente. Entreguei-lhe a adaga, mas, ao contrário do que havia acontecido comigo, Baru não foi repelido pela força sombria. As sombras que me acompanhavam transferiram-se para ele, como uma transfusão de escuridão. Senti a paz retornar ao meu ser, enquanto o mal se esvaía de mim.

Caí no chão e, ao abrir os olhos, vi meus amigos espalhados pelos cantos do bar, como se tivessem lutado contra as sombras durante minha possessão. Observei Baru erguer a mão, ordenando que as sombras cessassem a matança e lhe obedecessem. Ele se encaminhou para sair do bar, e me levantei, agarrando sua roupa. Baru pousou a mão sobre mim e disse:

- Não, você ficará imóvel até eu cruzar a entrada deste lugar.

Desta vez, porém, algo mudou. Quando ele proferiu a ordem, ouvi um "click" e percebi que o tempo retrocedeu um segundo, antes do comando ser dado. Com isso, a ordem não surtiu efeito e continuei em movimento. Baru percebeu que não havia funcionado e declarou:

- Eu temia que isso pudesse acontecer. Você representa uma ameaça para mim, assim como eu represento para você. Ambos somos amaldiçoados e, aparentemente, há apenas uma maneira de eu ganhar tempo.

Então, rapidamente, Baru correu até Lana, que começava a se levantar, e ordenou:

- Moça, mate Nublado com todas as suas forças.

Lana, que estava no chão após enfrentar as sombras, se levantou e avançou em minha direção. Baru saiu pela porta principal, dizendo:

- Nublado, você possui algo de que preciso, mas ainda não é o momento. Inclusive, Necro, venha comigo! Quero que esteja ao meu lado enquanto o rei e seu reino caem.

Necro se levantou, compelido a obedecer, sem que Baru sequer tocasse nele. Baru ordenou que Necro o seguisse, e então saiu pela porta. Lana olhou para mim, tentando me empurrar, e disse, com pesar:

- Desculpe, Nublado, eu não quero te machucar, mas sou obrigada a fazê-lo. Não consigo me controlar.

Lana pegou a espada de meu irmão e, mesmo com ele resistindo, acertou-o na cabeça com o cabo da arma, fazendo-o desmaiar. Agaha se levantou e tentou contê-la, mas Lana mostrou-se implacável. Apontou a espada para o pescoço de Agaha e suplicou:

- Afaste-se, por favor! Eu imploro, não quero machucar ninguém, mas estou agindo contra a minha vontade.

Lana golpeou o braço de Agaha com a espada para mantê-la afastada. Em seguida, continuou a avançar em minha direção. Peguei alguns livros que estavam próximos e os lancei contra ela, mas nada surtia efeito. Lana parecia possuída.

Comecei a gritar:

- Lana, ouça minha voz! Pare, por favor! Não quero que nos machuquemos! Pare, Lana!

Quanto mais implorava, mais precisava me esquivar de seus ataques. Em determinado momento, ela acertou a espada em meu ombro, mas consegui prender seu pé em uma pequena abertura na madeira do chão.

Mas nada adiantou. Lana quebrou a madeira, chorando, pois não queria estar fazendo aquilo. Então, ela disse:

- Me desculpe, Nublado, me desculpe! Eu não queria ter te machucado. Eu me importo muito com você, muito mesmo. Eu não sei...

Ela golpeou meu braço com a espada, mas segurei-a com a mão, fazendo com que a lâmina afundasse um pouco em minha palma. A dor era intensa e minha mão sangrava muito. Lana continuou a falar, soluçando de tanto chorar:

- Nublado, me desculpe. Eu nunca confiei em ninguém como confio em você. Você é meu protetor, meu amigo e eu te amo. Eu não quero fazer isso!

Lembrei-me de todos os momentos que vivemos juntos nos últimos meses. Quando ela disse isso, empurrei a espada, derrubei-a no chão e a abracei com força. Lana colocou uma mão em minha garganta e outra em meu peito, machucado após o incidente com a adaga. Ela apertava minha garganta para me sufocar e pressionava meu peito, causando dor.

Nesse momento, beijei-a enquanto ela tentava me matar. Lana pressionava ainda mais minha ferida no peito, e, enquanto me sufocava, achei que morreria. De repente, ouvi um som de relógio, um ritmo, o som do batimento do meu coração ecoando pela sala.

Esse som fez Lana me soltar e se jogar no chão. Parecia que o som estava acabando com sua audição. Ela chorava e gritava de dor, seus ouvidos sangravam e, depois, também sua boca. O som do meu coração se acalmou, e o sangue de Lana cessou. Ela desmaiou no chão.

Minutos depois, Agaha e Tom acordaram e viram Lana desacordada em meu colo, enquanto lágrimas escorriam de meus olhos. Eles me olharam, questionando se Lana estava viva. Foi então que senti sua pulsação aumentar e seus olhos se abrirem lentamente. Perguntei:

- Lana? Você está bem?

Ela parecia muito assustada e não conseguia me entender nem me ouvir. Falei com ela, mas era como se tivesse perdido a audição. O som de algo dentro de mim havia explodido sua audição e sua fala, que estavam contaminadas pelo que Baru lhe havia dito.

Quando ela se levantou, nós dois começamos a chorar. Então, Charlie entrou no bar e disse:

- Eu não sei o que aconteceu aqui, mas precisamos ir embora. Guardas estão a caminho, pois acham que algo ocorreu aqui que causou a carnificina na cidade.

Levantamo-nos e fugimos do bar, sem saber para onde ir.

- Eu já te odiava antes, e agora te odeio mais ainda - disse Karma.

- Antes eu até gostava de você, hoje acho que a morte é pouco para você - falei enquanto sentia um desconforto em meu pescoço.

- Calada! Temos muito para andar até o topo do monte, e não quero ouvir a sua voz imunda.

- Cadê a Karma alegre, brincalhona, piranha e desgraçada que eu conheço? - falei com um tom irônico.

- Já mandei a cadela ficar calada, ou vou precisar dar mais uns tapas na cara para ver se me respeita? Eu fui obrigada a te tirar daquele show de horrores, pois senão iriam te salvar, e não quero você estragando os meus planos.

- Espero que meu irmão tenha sido morto, ele não merece a vida!

- Devo concordar, o Rei não merece a vida, assim como você, mas tudo dentro do momento. Hoje vou fazer com que Rastor e a outra doidinha aprovem a sua retirada dos deuses.

- Eles nunca vão aprovar. A Kora é minha amiga de infância, ela nunca faria isso comigo. Já o Rastor, ele está mais preocupado com suas armas do que com qualquer outra coisa.

- Eles serão obrigados.

Continuamos andando, mantendo o silêncio. Karma estava diferente, não era mais aquela menina estranha no reino. Ela me dava medo, pois alguém que consegue mudar de personalidade tão rápido e fácil só pode ser uma sociopata.

Subimos a montanha, com cada passo tornando-se mais difícil devido à minha crescente dor de cabeça. Após cerca de quatro horas de caminhada árdua, finalmente chegamos ao topo. Curiosamente, o tempo passava de maneira diferente fora da montanha: uma hora lá equivalia a uma semana fora dela. Como estávamos na montanha dos Deuses, nossas habilidades não podiam ser utilizadas. Na verdade, éramos como pessoas comuns ali.

No topo da montanha, havia uma casa modesta, o palácio dos Deuses. Não era luxuoso; na verdade, fora o próprio Amorim quem a construíra. A ideia era que o lugar fosse um refúgio dos nossos problemas e dificuldades, por isso tudo era simples, como uma casinha no topo da montanha.

A temperatura era congelante e a paisagem era coberta de neve. Todos os Deuses possuíam uma chave para entrar na casa - a minha ficava pendurada no pescoço, enquanto a de Karma estava presa a uma pulseira, e o fato do tempo passar diferente, era justamente para sabermos que temos que tomar decisões rápidas para que os mortais não fiquem sem os Deuses.

Eu entrei primeiro, encontrando a casa aparentemente abandonada, exceto pela lareira acesa, que sempre ardera desde a época de Fring. Seu reino circundava esta montanha, e seu trono ocupava o lugar onde agora havia uma velha cadeira de madeira ao redor de uma mesa que lembrava a casa de uma avó.

Karma entrou logo em seguida, retirou o casaco e disse: - Tá tão quentinho aqui! Faz décadas que não voltamos. Lembro das reuniões entre os Deuses no começo, todo ano vínhamos, comíamos bolo, café, um pão com manteiga.

- Lembro que Amorim sempre trazia um salgado péssimo de carne de carneiro, e a gente implorava para ele não trazer no próximo ano.

Comecei a sentir uma dor intensa na perna, provavelmente por conta da subida. Coloquei a mão na perna e, nesse momento, a porta se abriu e Rastor entrou, falando: - Eu lembro. Inclusive, o que Karma fez com você, irmã? - Ele me olhou e tocou em meu rosto.

- Raiz não merece a sua pena - disse Karma. - Ela traiu o tratado dos Deuses e derrubou os protetores do Reino, causando uma possível guerra entre os Reis. Pelo que eu lembro, nossa missão é trazer paz, não guerra. Inclusive, Raiz estava dormindo com Necro e preparando uma rebelião para matar o Rei.

- Mentira! - exclamou uma voz feminina que saiu de um dos quartos.

- Você já estava aqui, Kora? Você está tão diferente - falei, olhando para ela, que agora ostentava cabelos com franja e mechas nas cores azul e rosa.

Ela lançou um olhar furioso para Karma e disse: - Você fez o mesmo com Amorim, sua bruxa! Ele só foi punido porque você trouxe informações falsas para o nosso meio e convenceu Raiz e Rastor de que estava certa.

- Raiz, é verdade o que Karma diz? Você realmente fez isso? - perguntou Rastor, preocupado.

- Sim, mas fui forçada. Karma tem me ameaçado constantemente desde que descobri seu caso com o Rei - respondi hesitante.

Karma me desferiu um tapa no rosto e esbravejou: - Eu só te ameacei porque você tem conspirado contra o Rei junto com Necro.

Kora empurrou Karma, seu rosto corado de raiva, e alertou: - Não faça isso novamente, não ouse.

- E o que você vai fazer? Cantar uma música para me fazer dançar, ou uivar até que alguma estrela mude de cor? Para mim, foi um erro escolherem você como Deusa, pois nem você mesma sabe das suas habilidades, sua lunática disfuncional.

Kora pegou uma garrafa antiga e vazia que estava na mesa, quebrou-a para transformá-la em uma arma improvisada e avançou em direção a Karma.

- Não preciso de habilidades para te dar uma surra, sua piranha dissimulada. Uma hora está toda sorridente e saltitante e, na outra, é uma bruxa que merecia ser queimada até que não restasse sequer fumaça no ar.

Rastor interveio, colocando-se entre as duas: - Meninas! Chega! Sabemos que é proibido um Deus matar outro; se isso acontecer, todos nós perderemos nossa divindade. Juramos nos proteger pelo bem de Mitrin.

Karma encarou a todos com um olhar sombrio e anunciou: - Por isso que eu trouxe vocês aqui. Eu dei um veneno para a Raiz; ela morrerá em exatamente 20 minutos. Se vocês não retirarem a divindade dela, ela morrerá por minha causa, e todos vocês ficarão sem suas respectivas divindades.

Gritei desesperada: - Ela está mentindo! Eu estou bem!

Ela se virou para mim e disse, com um tom sombrio: - Você já deve ter sentido um desconforto no pescoço que está piorando, uma dor de cabeça persistente e uma dor na perna que está tentando disfarçar, mas sua vontade é se sentar naquela cadeira. Daqui a pouco, você vai ficar cega, seus dedos começarão a ficar roxos e, por último, sua respiração será drenada até que você morra de dentro para fora.

Sabendo que não podemos usar habilidades aqui dentro, eu a envenenei fora da montanha. Sei que o fogo de Fring só nos retornará para onde estávamos antes de sermos chamados se estivermos todos de mãos dadas à sua frente. Ou seja, ou vocês retiram a divindade de Raiz, ou ela será morta e todos vocês perderão a divindade junto comigo.

Lembrei-me de tudo o que ela disse e percebi que fazia sentido: eu estava envenenada. Minha visão começou a desaparecer, tudo ficou em um tom de cinza profundo, e só conseguia ouvir a conversa deles. Meus dedos começaram a necrosar, e aos poucos, minha respiração ia sendo drenada.

- Vamos fazer o processo - disse Rastor, resignado.

Karma e Rastor começaram a pegar madeira e acender com o fogo de Fring.

- Eu não vou participar disso - protestou Kora. - Não é justo, ela está nos manipulando, Rastor!

- Raiz nos traiu e admitiu, ela está provocando guerra, inclusive traindo seu próprio irmão. Imagine o que não faria conosco. Prefiro o mundo sem traidores do que ficar preocupado se o queijo que eu guardo na cozinha vai sumir - respondeu Rastor, friamente.

Ouvi Karma e Rastor preparando tudo para a iniciação. Minha boca estava enrolando, e eu não conseguia nem falar para gritar com eles. Minha perna não queria funcionar.

Senti um calor intenso em minha perna e braços durante a iniciação, que envolvia todos os Deuses de mãos dadas, segurando uma tocha acesa com o fogo de Fring. O fogo consumia o Deus até que ele queimasse e desaparecesse. Sua alma era banida da terra, impossibilitando que o vissem novamente.

Então, o calor cessou. Pensei que havia dado certo e que eu realmente havia sido banida daquele mundo. O calor passou, meu ar voltou, assim como minha audição e a dor na perna, mas minha visão não. Eu estava cega. Seria esse o lugar para onde as almas são enviadas após a morte? Me questionei.

Então, ouvi a voz de Rastor, alarmado: - O que você fez?! Você não estava morto?!

- Olá, queridos irmãos! - respondeu uma voz familiar.

Era a voz de Amorim. Ele estava ali!

- Olá, meu Amor. Quanto tempo. Obrigada por todas as mensagens que me mandou durante esse período. Espero ter conseguido transmitir todas que me pediu - disse Kora, com um sorriso triste no rosto.

- Amorim respondeu, com um olhar sombrio: - Senti sua falta também. E muito obrigado por ter dizimado aquele vilarejo e feito eles acreditarem que foi o reino, assim eles seguem a jornada conforme eu havia planejado.

- Amorim, você foi banido! Como voltou aqui? Ainda por cima nesse estado meio vivo, parecendo um fantasma! E como ousa apagar o fogo de Fring?! Está maluco?! Não sabe o que isso pode causar? - indagou Rastor, incrédulo e exasperado.

- Sei sim. Inclusive, peço que Raiz prenda a perna e braços de vocês com pedras. Suas habilidades podem ser utilizadas novamente, já que não há mais o fogo de Fring - disse Amorim, com um sorriso satisfeito.

Mesmo cega, eu conseguia sentir o chão e, sem o fogo de Fring, percebia a vibração, sabendo exatamente onde cada pessoa estava e quem era. Conseguia sentir suas feições, como se minhas habilidades estivessem muito mais fortes do que antes. Eu estava conectada ao chão. Não hesitei e fiz com que o chão cobrisse Karma e Rastor conforme Amorim havia pedido.

- Obrigado, querida. E peço desculpas por te envolver em tudo isso. Você sempre foi um tanto quanto ingênua, então era a pessoa perfeita para conduzir parte da história que eu estava escrevendo. Mas fique tranquila: você não vai morrer mais, pelo menos não agora. Com a chama de Fring apagada, o mal que Karma fez em você se dispersou, embora ficará cega até o fim de sua vida - disse Amorim, com um tom de remorso.

- Mas, sem a chama, não há mais consequências, não há mais limites. Tudo é permitido - constatou Karma.

- Exato. Mas também acabou o teletransporte da montanha e o poder supremo da montanha. Agora, é cada um por si. A chama só existia para trazer ordem ao nosso meio. Sem ela, não há ordem. Deuses não podem ser banidos e novos Deuses não podem surgir. A era dos Deuses amigos acabou! - declarou Amorim, com uma expressão severa.

Como o seu espírito escapou? - perguntou Rastor, curioso e apreensivo.

- A Runa que entregaram ao Rei Sarantis, irmão de Raiz, eu a encontrei bem antes da traição que vocês perpetraram contra mim. Essa Runa cobra um preço para ser usada: quando se morre, a alma passa a ser dela, até que alguém a liberte. O Rei Sarantis começou a usar o poder da Runa de forma desenfreada, a tal ponto que eu jamais imaginaria vê-la incorporada a uma coroa. Sempre que o Rei a utilizava, eu conseguia vislumbrar o mundo. Entretanto, quando Kym, num ato patético, jogou a coroa ao fogo para salvar sua amada, eu pude começar a me comunicar com Kora - contou Amorim, com um olhar distante.

Ele prosseguiu: - Kora chegou a se passar por mim algumas vezes, mas minha libertação só foi possível graças ao Necro. Ele estava naquele lugar e naquele momento porque eu conduzi outros seres ao Reino. Paralelamente, o ancião que levou Necro ao Reino também foi guiado por mim. No fim das contas, tudo estava predestinado, inclusive este momento.

- Obrigada, Amorim, por me salvar - agradeci, emocionada.

- Você me salvou - ele respondeu. - Se não fosse por tudo o que ocorreu, no momento em que Karma convocasse os Deuses, eu não teria sido chamado. Mas, como estava livre graças ao meu planejamento que te envolve, sinto-me feliz por ter cumprido seu propósito.

Havia uma certa angústia e uma energia estranha permeando o ambiente, como se todos nós estivéssemos sentindo o fim do mundo naquele instante.

Amorim continuou: - Sei que vocês se consideram donos do próprio destino, Deuses inabaláveis por anos a fio, mas minha prisão e banimento foram premeditados. Eu sabia que aconteceriam e escrevi cada linha para isso. Não consegui encontrar todas as runas, mas encontrei quatro, e cada uma delas está exatamente onde deveria estar. As histórias mentem, e muitos acreditam que encontrei todas e enlouqueci, mas, na verdade, eu sabia que, para encontrá-las, teria que sacrificar minha própria sanidade e vida.

- Você está blefando - gritou Rastor, incrédulo. - Quando o prendemos, você estava somente com duas: a do Sol e da Vida.

Amorim explicou: - A Runa da Chuva eu entreguei ao Rei Sarantis, pedindo que a mantivesse em segredo. Essa runa é a única capaz de reduzir as forças de Solares, pois nuvens pesadas possuem o poder de ocultar o Sol. Se ele contasse a alguém, traidores poderiam entregá-la aos Solares. Essa runa, escondida em um colar de ouro, está no cofre em sua cabeceira. Inclusive, o Rei às vezes a usa para punir a população com raios e tempestades, ou até mesmo provocar uma seca. Quando está de bom humor, ele a utiliza para fazer chover e irrigar as plantações.

Karma e Rastor se entreolharam, e Karma perguntou: - E a outra runa que você encontrou?

- Essa, Raiz já conhece - respondeu Amorim. - Ela entregou a runa a Baru, um psicopata preso, que vocês desconheciam. Raiz julga Karma por dormir com o Rei casado, mas Baru é filho dela com Bomer, a mão do Rei. Quando ele nasceu, Raiz se recusou a ser sua mãe e o abandonou na porta da casa de Bomer e sua esposa. Bomer fingiu não saber que era o verdadeiro pai de Baru e, durante sete anos, alimentou uma mentira para sua esposa, alegando que a criança fora abandonada ali.

- Cala a boca, Amorim! - interrompi.

Amorim continuou: - Raiz, assim como Rastor e Karma, você também é culpada. Permitiu que Bomer maltratasse seu próprio filho por anos. O que você não sabia é que, aos sete anos, após apanhar de seu pai e do Rei até quase perder a respiração por roubar uma maçã da mesa real, Baru fez uma prece a mim. Na mesma noite em que a coroa do Rei caiu no fogo, eu senti Baru. Ele estava vivo e, para minha surpresa, possuía um pouco de divindade. Sim, irmãos, Baru tem sangue divino como vocês. Então, conversei com ele, instigando-o a fugir e se esconder.

Baru se escondeu por dez anos. Aos dezessete, convenci-o a tentar matar o Rei durante a ausência de Raiz. Sabia que a tentativa seria frustrada, pois Karma não permitiria, e mesmo sem saber, ela ajudou a cumprir o plano. Baru acabou preso.

- Ele foi morto! Eu o envenenei - afirmou Karma, lembrando-se do homem raquítico que tentara matar o Rei.

- O Rei não te contou tudo, Karma - revelou Amorim. - Assim como cada um de nós, Baru nasceu com uma habilidade herdada de Raiz e minha.

Interrompi Amorim, surpresa: - E sua?

- Sim, Bomer é meu bisneto - afirmou Amorim. - Tive apenas um filho, pois sabia que meu bisneto se relacionaria com a Deusa Raiz. Inclusive, entreguei a Runa da Chuva a Sarantis em troca de meu filho se tornar sua mão, depois meu neto e, por fim, meu bisneto. Ele tinha um propósito: unir meu sangue ao seu e criar um ser chamado Baru, com a incrível habilidade de suportar e converter qualquer dor em energia. "O que não te mata, te torna mais forte" - essa é a habilidade de Baru. Cada veneno que ele tomava o tornava mais resistente, cada ferida o deixava mais forte. Por isso, o Rei o manteve na masmorra por tantos anos. E você, Raiz, foi responsável por dar-lhe vida, tanto no nascimento quanto ao entregar o anel da manipulação para que ele visse a luz fora da cela. Agora, neste exato momento, ele conseguiu a Runa das Trevas e está a caminho de Bomer, depois seguirá para Sarantis.

Perplexa e sem enxergar nada, sabia que Amorim falava a verdade dolorosa. Fui manipulada e tive muitos filhos nesse meio tempo, mas sempre me lembrava do quão difícil foi abandonar Baru. Tentei me aproximar discretamente durante sua infância, mas ele desapareceu aos sete anos, e achávamos que havia morrido. Tudo era mais louco ainda, pois Baru era meu filho e, ao mesmo tempo, tataraneto de Amorim. Nada fazia sentido; tudo estava confuso.

Amorim continuou: - Fiquei preso por muito tempo e já falei demais. Preciso ir a um lugar, e logo nos encontraremos, Raiz. Peço que Kora teletransporte Rastor para perto de Solares e avise-o para se preparar, pois o reino está chegando ao fim. Envie Karma para junto do Rei, para que ela conte tudo o que eu disse e que ele é a próxima vítima. Leve Raiz à casa de Bomer para que sinta seu filho, pois ele está lá neste momento. Por fim, Kora, me envie àquele lugar combinado e vá atrás da Runa da Natureza para ajudar Nublado quando ele chegar lá.

Tudo continuou escuro. Senti um vento e percebi que estava em um lugar molhado, como se estivesse cheio de água ou algo mais denso. Ouvi passos e perguntei: - Baru, é você?

PARTE III: A MÃO DECEPADA DO REI

- Qual é o nosso destino? - Interroguei, enquanto tentava acompanhar o ritmo de Baru, as palavras escapando dos meus lábios em um fôlego irregular.

- Não estamos indo para derrubar o Reino? - Baru retorquiu, um sorriso perspicaz brincando em seus lábios. - Acreditei que fosse esse o teu objetivo.

Andávamos por uma complexa teia de becos, todos sombrios e cheirando a desespero e negligência. Eu me sentia atraído, quase compelido, a segui-lo nessa jornada desconhecida. A cada passo que dava, um emaranhado de dúvidas e questionamentos se formava em minha mente.

- Quem é você, Baru? - Indaguei, minha voz ecoando nas paredes sombrias. - Como me conheces tão bem?

Ele riu, uma risada baixa que parecia dançar com a brisa noturna, trazendo um ar de mistério e perigo.

- Isso realmente importa para ti, agora? - Ele perguntou, seus olhos nunca deixando a escuridão adiante. - Tudo o que precisas saber é que estamos nessa empreitada juntos. Há anos atrás, fui incumbido de matar o Rei e hoje vamos realizá-lo juntos. Sei que este é teu desejo. Sinto a tua sombra interna, as tuas trevas, clamando pelo sangue do Rei. Então é isso que eu vou te dar.

Examinei nosso entorno, meus olhos se esforçando para se ajustar à falta de luz. Os becos pareciam distorcer e se contorcer a cada olhar, enquanto o castelo parecia um ponto minúsculo em uma distância quase inatingível, minha visão embaçada e turva. De repente, Baru mudou de direção, se posicionando diante de uma casa de aspecto modesto e desgastado pelo tempo. Ele deu dois toques na porta, e após um breve silêncio, outros dois. Uma voz feminina soou do interior da casa.

- Quem está aí?

Baru, então, ergueu a voz, uma qualidade autoritária transparecendo em seu tom. - Abra a porta e deixe-me entrar.

Eu já tinha testemunhado Baru manipulando a vontade das pessoas antes, assim como ele havia feito comigo e com Lana. Contudo, desta vez, algo inusitado ocorreu. Sombras escorregaram dele, deslizando como serpentes negras e adentrando a casa pela parte inferior da porta.

- Você vai abrir a porta - Baru declarou, uma promessa sutil envolta em sua voz de comando.

A mulher então abriu a porta, e enquanto Baru entrava, parecia que a sua sombra se multiplicava e entrava junto com ele, como se tivesse vida própria.

- O que você quer? Se for dinheiro, pegue! - A mulher gritava enquanto corria.

Baru então perguntou: - Onde estão os guardas? Onde a mão do Rei não teria guardas protegendo sua casa?

Ele começou a olhar para os cantos, e deu risada: - Sarantis sabe que eu cheguei, que patético ver esses 3 homens atrás da próxima porta, e o pior, ele deixou você para morrer aqui - Baru então pega sua adaga, coloca ela de frente para a luz, a adaga vira uma sombra na frente da porta e sangue começa a escorrer, e um som de pessoas caindo no chão.

Baru então olhou para a mulher e falou: - Imagino que você não queria estar aqui, e não adianta mentir para mim sua ladra prostituta, onde está a mão do rei? Eu sinto que ele está escondido, mas onde?

Sombras começaram a cercar a mulher, e eu gritei:

Não Baru! Não faça isso com ela!

Silêncio Necro! - E eu não conseguia mais falar.

Baru continuou, a voz tão afiada quanto a lâmina de sua adaga: - Você realmente acredita que a alma desta mulher é pura? Que ela é digna de viver? Passou a vida roubando os homens com quem se deitou, chantageando-os para se proteger de qualquer retaliação. Seu valor é nulo, Necro. É nosso dever purificar o mundo dessas almas corruptas. - Ele virou-se para a mulher, puxando-a rudemente pelo pulso, os olhos faiscando com uma determinação brutal. - Onde está a mão do rei?

A mulher permaneceu em silêncio, resistindo bravamente ao interrogatório. Sem hesitar, Baru enfiou a adaga no pulso dela. A lâmina perfurou o braço da mulher, atravessando-o de um lado ao outro. Seu braço começou a escurecer, sombras se agitando em um frenesi voraz, parecendo alimentar-se de sua dor. Os olhos da mulher escureceram como o ébano mais puro, e em seguida retornaram ao normal, revelando um olhar de agonia e súplica que me fez estremecer. Era evidente que a dor infligida pela adaga era indescritível, a pior que qualquer ser poderia suportar.

- EU FALO! - A mulher gritou, a voz saiu em um sussurro sombrio, parecendo estar à beira do esgotamento.

Baru então declarou, um sorriso cruel dançando em seus lábios: - Agora já não é mais necessário. Sua sombra me revelou a localização da mão do rei. Aliás, devo dizer, você foi purificada. Todo o mal que havia em ti foi devorado pela minha adaga.

A mulher se imobilizou, um olhar de profunda desolação em seus olhos. E repetiu em voz baixa, sua voz se afinando até parecer a de uma criança: - Não, senhor... Não arranque os olhos daquela criança também... Nós vamos nos comportar, nós prometemos... O cachorro já está satisfeito, senhor, ele não tem mais fome...

Com essas palavras, seus olhos castanhos foram substituídos por um branco puro e deslumbrante. Ela virou-se para Baru e disse, a voz um mero sussurro: - Ele está escondido no subsolo, atrás da estante de livros... Ele sabia da sua chegada há cerca de cinco dias... Todos os dias ele se esconde lá...

A mulher abriu a porta dos fundos, revelando um amontoado de corpos de guardas, e continuou a balbuciar frases com a voz de uma criança. Ela pegou a espada de um soldado caído, e sem hesitação, passou-a pela própria garganta, tirando a própria vida.

Baru se voltou para mim novamente, seu olhar cravado no meu. - Viu, Necro? Precisamos purificar o mundo juntos. Não pretendo te forçar a nada, mas temos a missão de erradicar o mal.

Tentei protestar, mas minha voz não saiu.

Baru continuou

- Quando purifico um ser, retirando sua sombra, ele percebe que não há mais razão para viver. Todos os seus desejos, tudo o que acredita, está intrinsecamente ligado à sua própria maldade. O ser humano é uma criatura depravada, e é ele próprio a causa dos problemas da humanidade, eles estão sempre tentando culpar os demônios ou a falta de sorte, mas no final, a sua própria maldade é que faz com que vivam neste mundo, um mundo caído precisa de um ser caído, um ser ruim, e se eu purifico essas pessoas, o mundo passa a não fazer mais sentido.

Ao entrarmos pela porta, encontramos dois guardas aterrorizados, que não estavam próximos da entrada e que haviam testemunhado a morte dos companheiros. Eles suplicaram:

- Nos poupe! A mão do rei está escondida aqui dentro!

E apontaram para a estante, então Baru virou, e dele saiu uma voz ao mesmo tempo que ela se multiplicava pelo ambiente, como se as sombras estivessem repetindo o que ele falava: - Quietos, façam silêncio, e tirem a estante de livros para mim daquele lugar, eu preciso descer.

Os guardas pareciam perturbados, mas eram impotentes contra a Manipulação das Trevas, então eles empurraram a estante com uma quietude sinistra.

- Fiquem de guarda aqui - ordenou Baru com uma voz gélida. - Se alguém tentar me impedir, vocês o eliminarão. Deixci-me claro?

Os guardas, privados de fala, apenas assentiram e assumiram suas posições defensivas no interior da casa.

Baru e eu descemos as escadas, um som assombroso de assovios e canções fazendo eco em meio à escuridão, entrelaçados com a dança sinistra das sombras que o acompanhavam. Ele cantarolava com uma risada na voz, "Mão, sei que estás aí, sabias que um dia eu retornaria. Seria melhor se me entregasse o colar antes que minhas queridas criaturas te encontrem..."

- Sai do teu esconderijo, demônio! - a Mão do Rei irrompeu do seu refúgio atrás de um sofá decrépito, arremessando uma lamparina ao chão, incendiando a sala inteira, inclusive Baru. Corri para as escadas, tentando me distanciar das chamas vorazes.

Com uma risada trovejante, Baru proclamou, - Demônios não queimam, eles habitam no fogo. - Enquanto isso, suas sombras serpenteavam pelos pilares, indiferentes ao caos em chamas.

- Imploro por clemência, Baru - suplicou a Mão do Rei, recuando até o fim da sala. - Lembre-se, eu sou teu pai biológico, não apenas o adotivo. Raiz, tua mãe, te abandonou, mas eu te poupei. Deves fazer o mesmo por mim.

A revelação me atingiu como um raio. Raiz era a mãe de Baru? E o homem que agora estava encolhido de medo era seu pai biológico?

Baru se voltou para mim, o rosto marcado pela sinceridade. - Vim aqui apenas para que Necro saiba a verdade. Raiz, a mulher que se deitou com o Boomer, quando descobriu a gravidez, renegou-me. Fui fruto de uma traição, pois Boomer era um homem casado, e Raiz, sendo solitária por natureza, sempre abandonava seus filhos com famílias aleatórias. Mas comigo, ela me deixou na porta do meu verdadeiro pai, como uma criança abandonada. O Boomer, desconhecendo nossa ligação de sangue, me adotou mas me tratou como um bastardo. Sofri espancamentos, fui relegado a dormir ao relento, e um dia, por roubar uma maçã dos jardins do Rei, fui brutalmente agredido por Amorim até cair semi-inconsciente, e depois fui expulso de casa. Não restava lugar para mim neste mundo.

Ele então olhou ao redor, e sua voz assumiu um tom distante, como se estivesse revivendo as lembranças: - Mas aquele dia foi um divisor de águas. Quando estava à beira da morte, após ter roubado uma simples maçã, senti pela primeira vez em minha vida a presença de Amorim, o grande Deus que havia perdido sua divindade. Naquela noite senti uma vitalidade pulsante, uma sensação de que tudo iria mudar. Amorim falou ao meu ouvido, ordenando que eu assassinasse o primeiro guarda que cruzasse o meu caminho e me rendesse para ser preso. Ele me prometeu que um dia eu teria o poder de me vingar daqueles que me maltrataram. E hoje, estou aqui para me vingar de meu pai.

Então a Mão do Rei se recuou para o fim da sala, assumindo uma postura de súplica, implorando em desespero: - Não, Baru, não!

A sombra do Boomer, que era a Mão do Rei, parecia ter ganhado vida própria contra a parede da sala. As três sombras de Baru começaram a circundá-la, e uma delas começou a falar, seus sussurros se mesclando com os de Baru:

- Prazer, Boomer. Sou Acataz, a sombra do demônio que foi morto há milênios. A meu lado está Lhgath, a sombra da princesa que envenenou aproximadamente 30 mil pessoas antes de tirar a própria vida. E ao meu outro lado, temos Volm, a sombra que dispensa apresentações pela sua reputação.

Com cada palavra proferida, a luz piscava, intensificando o clima de tensão. Lhgath agarrou a cabeça da sombra da Mão do Rei e começou a golpeá-la contra a parede. De maneira aterrorizante, Bommer começou a bater a própria cabeça no chão com tanta força que o sangue começou a manchar o piso. Acataz, sem expressar qualquer emoção, manifestou uma lâmina sombria e começou a esfaquear a sombra de bommer.

Bommer se recostou no chão, respirando ainda, porém, seus olhos estavam vazios, como se sua alma tivesse sido extirpada e apenas o invólucro corporal restasse.

Sentindo a ausência de vida em Bommer, Baru revirou os pertences do homem e encontrou uma bússola. Ao invés de apontar para o norte, a agulha indicava a direção da fortaleza do Rei.

- Pode falar agora, Necro - Baru rompeu o silêncio.

Foi como se eu tivesse esquecido como respirar, e de repente me lembrado: - O que vai fazer com seu pai?

- Ele foi purificado. Não há nada o que fazer. Talvez fique aqui até que a fome o leve, ou alguém o resgate. Mas mesmo se for resgatado, ele não tem mais vida, não tem mais morte. Sua sombra já não existe mais. Ele está, neste momento, entre o limiar da vida e da morte - a voz de Baru ecoou pela sala, fria e desprovida de qualquer emoção.

Baru começou a subir as escadas, e perguntei: - Para onde vamos?

- Vamos fazer uma visita para o rei, mas antes, vou pedir para esses dois guardas que estão vivos, irem até o Rei e contar a ele que eu estou chegando, não quero ser uma surpresa, quero que saiba que o fim dele está próximo.

O mensageiro da Guarda Real adentrou apressadamente na sala do trono, com uma expressão que denotava gravidade. O rei, que estava sentado em seu trono, se ergueu subitamente ao ouvir a notícia. Uma onda de choque e tristeza percorreu seu corpo ao saber que seu braço direito, o Bommer, havia sido assassinado, poucos dias após a morte de sua esposa e a fuga dos criminosos responsáveis.

O funeral da rainha já havia ocorrido semanas atrás. No dia de sua morte, a população se reuniu diante do palácio real para prestar suas últimas homenagens e se despedir. O rei, astutamente, usou a trágica morte de sua esposa para persuadir seus súditos que Solares era o culpado e que eles precisavam se preparar para um conflito iminente.

Durante o velório, o corpo da rainha jazia em um caixão de madeira dourada, cercado por flores brancas e velas. Ela estava trajada com um imaculado vestido de seda branca, e seus cabelos loiros estavam meticulosamente arrumados. A população chorava e soluçava enquanto passavam pelo caixão para se despedir da amada soberana.

O funeral da rainha foi um momento de profundo luto e tristeza para todo o reino. Os súditos se uniram em dor e sofrimento, demonstrando solidariedade em um momento tão penoso. Contudo, após este difícil evento, a notícia da morte de Bommer instaurou medo no rei, mas também avivou um ímpeto de vingança. Apesar de saber que não foi Solares, mas os fugitivos, os responsáveis, o rei sabia que era mais conveniente que a população acreditasse em sua versão belicista, uma vez que já não havia muito a perder.

Convocou imediatamente seus conselheiros e líderes militares para uma reunião de emergência. Nesta ocasião, mencionou a morte de Su e Bommer, a fuga dos prisioneiros e o desaparecimento das deusas. Compreendia sua vulnerabilidade e temia que, se Solares descobrisse, seu reino seria atacado e derrubado. Insistiu que era imperativo demonstrar força, convocando o povo do reino a se armar e preparar para um ataque surpresa à Sociedade.

Ainda que os conselheiros discordassem, temendo que o rei se enfraqueceria ainda mais em um possível contra-ataque, não desafiaram sua palavra e seu decreto. Reconhecendo que o rei ainda detinha sua runa, seguiram o plano estabelecido. Deixaram a reunião em busca de novos soldados para o primeiro embate. E, com o desaparecimento dos deuses, não havia regras ou seres superiores para impedir essa guerra.

- Vieste me visitar, mãe? E mantém-te em silêncio e imóvel até que eu ordene novamente - ecoou uma voz. Sentia a presença de duas pessoas no ambiente, tentava discernir quem, além de Baru, estava ali, talvez pelas vibrações do solo. Parecia alguém conhecido, mas precisava ouvir a voz para ter certeza.

- Ninguém me informou que ainda estavas viva, nunca me contaram sobre...

De repente, vozes preencheram o ambiente. - Não a escutes, Baru! Ela está mentindo! Ela busca te enganar como fez no passado ao te abandonar!

- O que queres, Raiz? - Baru indagou, sua voz não parecia única, mas acompanhada de outra, mais profunda, quase demoníaca.

- Por que sinto a presença de outra pessoa aqui? Quem mais está contigo? O que ocorreu contigo? Por que tua voz soa tão estranha? Algo aqui está diferente, as runas gritam em meus ouvidos. O que está acontecendo?

Novas vozes soaram. - Ela não é mais uma Deusa! A chama de Fring se apagou, Raiz não é mais divina, não precisamos mais temê-la. Se ela morrer, não haverá vingança divina. Mate-a, este é o momento da vingança!

Outra voz interveio. - Necro acaba de revelar em seus pensamentos que Raiz, assim como tu, odeia seu irmão. Ela despreza o Rei e deseja sua morte. Talvez devas refletir sobre isso.

Ao ouvirem o nome de Necro, percebi que ele era a outra presença com Baru. Ele estava vivo!

- Silêncio, Raiz! - Baru rugiu - Cesse seus pensamentos, posso ouvi-los. Sei do amor que tens por Necro, mas neste momento o amor não salvará nenhum de vocês. Sinto tua raiva, tua aversão por Amorim e Karma. Foi Karma quem te fez isso, não foi? Se escolheres se juntar a mim voluntariamente, posso te oferecer a vingança que desejas. Até o fim desta noite, o Rei estará morto. Creio que as notícias já chegaram até ele, e ele deve estar se preparando para a defesa. Se Karma estiver por perto, permitirei que a mates. Aceitas minha oferta, sim ou não?

Ponderei por um momento e declarei: - Chegou a hora de derrubar o reinado de Sarantis. É hora do meu irmão pagar por seus crimes.

- Ainda não te perdoei - Baru falou - Mas quero que tenhas tua vingança, para que eu possa me alimentar dela e fortalecer-me ainda mais. Porém, depois do Rei, deverás pagar tua dívida comigo com a vida.

Deixamos a casa, caminhando pelas ruas como se não temêssemos nada. Baru parecia controlar tudo, sentia a presença de algumas pessoas que pareciam ser guardas tentando se aproximar, mas era como se eles não pudessem, os demônios de Baru os mantinham distantes.

Então, Baru parou e gritou. - Quero que iniciem uma guerra! Quero que metade dos habitantes do Reino ataquem a outra metade. Quero que vejam o próximo como inimigo, que comecem a se matar. Quero guerra! Esses ratos não merecem minha compaixão.

Foi como se um estrondo sonoro preenchesse o ar, e gritos nas ruas se intensificassem, enquanto nos dirigíamos ao castelo. Ouvi pessoas chorando, o embate de espadas, corpos tombando, garrafas sendo arremessadas, um calor pervasivo.

Chegamos à entrada do castelo, mas o portão principal estava erguido. Então Baru disse, sem tom de manipulação: - Raiz, destrua o castelo e forme uma ponte com as pedras. Contudo, não danifique os aposentos do Rei. Quero que esta ponte nos leve até lá.

Coloquei os pés no solo e reduzi o castelo a escombros, exceto pelos aposentos do Rei, onde senti que ele estava à espera.

Saímos daquela casa, e andamos pelas ruas como quem não tivesse medo de nada, Baru parecia estar controlando tudo, sentia a presença de algumas pessoas que pareciam guardas tentando se aproximar, mas era como se eles não pudessem, os demônios de Baru impediram que todos chegassem perto de nós.

Nisso, Baru parou no meio da Rua e gritou: - Quero que comecem uma guerra! Quero que metade das pessoas que são habitantes do Reino comecem a atacar a outra metade, quero que suas mentes pensem que a pessoa ao seu lado é sua inimiga, que eles comecem a se matar, quero guerra! Esses ratos não merecem minha compaixão.

Então foi como se um som estrondoso começasse a aparecer, e gritos nas ruas ficassem mais fortes, enquanto a gente andava em rumo ao castelo, senti muitas pessoas chorando, barulhos de espadas, corpos caindo, garrafas sendo arremessadas, calor por todo o canto.

Chegamos até a entrada do castelo, porém haviam levantado o portão principal, então baru disse, mas com um tom sem me manipular: - Raiz, quebre todo o castelo e faça uma ponte com as pedras, porém não quebre os aposentos do Rei, quero que essa ponte leve até lá.

Coloquei os pés no chão, e derrubei todo o castelo menos os aposentos de onde meu irmão ficava,e senti que ele estava lá sentado, esperando pelo momento.

Caminhamos pela ponte, subindo até o aposento do Rei situado no topo da torre. Surpreendentemente, seus soldados não nos obstaram; estavam imersos em conflitos uns com os outros. O ambiente no quarto do Rei era opressor; podia-se sentir a presença de corpos sem vida, muito provavelmente vítimas da tirania do Rei.

Ao nos alcançar, o Rei se voltou para nós e pronunciou: - Sei que a minha presença não é o único motivo de sua vinda. Vieste em busca das duas runas. Porém, uma delas já não está mais comigo. Karma fugiu com o colar da Runa da Água, correndo para levar a Rastor e Solares. Fui traído, e não tive tempo nem de impedi-la. Se não fosse pela minha coroa, ela teria roubado isso também. Restou-me apenas você, minha querida irmã. Uma deusa destinada a nos libertar e proteger-me, conforme a lei dos Deuses previa. Quero que convoque todos os outros Deuses para exilar Karma.

Respondi, - Já não sou mais uma deusa. A chama de Fring foi extinta, e não possuo mais a obrigação de te proteger. Não o farei. Antes de entrarmos aqui, você assassinou esses homens, provavelmente para aliviar a sua tristeza por ter sido abandonado por Karma. Você é indigno, irmão, e hoje será o seu fim.

Enquanto proferia estas palavras, percebi que Baru circulava silenciosamente pelo ambiente, e Necro ainda permanecia em silêncio, conforme a última ordem de Baru. De repente, Baru se virou para o Rei e ordenou, - Fique quieto. Cesse a fala.

O Rei, no entanto, encarou Baru e retrucou, - Você não pode me silenciar. Acreditava que eu estaria fraco? Que eu seria controlado como fizeste com todo o meu povo? Como fez com Boomer? Achou que eu teria medo de você? Sei que veio aqui para pegar a Runa e entregá-la a Solares.

Baru, então, retorquiu: - Solares ainda será morto, ele não merece o que tem, e não cuida dos seus, a tristeza do povo de Solares é muito pior do que a sua, mas neste momento você é quem me deve. Não se lembra de mim? Eu sou o filho de Raiz e Boomer, neto de Amorim. Fui concebido com o sangue de dois Deuses, ou melhor, dois ex-deuses. Você ordenou que me matassem, que meu pai me espancasse, que eu fosse preso, me deixou sem comida, sem roupas. Mas aqui estou, portador da Runa das Sombras e da Manipulação.

Uma das vozes dos demônios que o acompanhavam advertiu, - Cuidado, meu Senhor. Ele detém a Runa da Vida. Você controla corpos, mentes e sombras, mas não almas. As almas são mais poderosas que sombras e seus corpos.

Neste instante, senti Sarantis colocando a mão em sua coroa. Um som terrível começou a se emanar, era o ruído de almas sendo liberadas de sua coroa e ocupando o espaço, eram incontáveis almas, inúmeras vozes, como se cada uma estivesse sussurrando em meu ouvido histórias pessoais, experiências vividas, segredos íntimos. Gradualmente, o ambiente se encheu de almas que começaram a se aglomerar. De repente, uma voz se sobressaiu, abafando o coro das almas:

Sim, lembro-me de você, aquele garoto franzino que foi preso há anos atrás. Recordo-me deles falando sobre você. Você deveria estar morto, e é isso que ocorrerá hoje. Enquanto você se deleita com a escuridão das pessoas, eu me aproprio de suas vidas. Hoje, ordeno que todas as almas aprisionadas na coroa e as almas contidas dentro desses muros venham até esta sala e o exterminem.

O som de gritos tomou conta do lugar, parecia que um combate espiritual estava acontecendo entre sombras e almas. Senti uma avalanche de emoções, vento, calor, tristeza, alegria, tudo ao mesmo tempo, como um arroubo súbito e intenso. Sentindo o braço de Necro me impulsionando para nos retirarmos do lugar, percebi que ele estava livre; provavelmente o ataque de Sarantis havia interrompido a manipulação de Baru.

Então Necro se aproximou e sussurrou em meu ouvido: - Minha Raiz, não fuja do seu destino, aconteça o que acontecer. Aquelas pessoas lá fora não merecem ter suas almas arrastadas para essa batalha. Derrube o muro enquanto tento atacar o Rei pelas costas. E não retroceda, como você falou naquela noite, somos memórias de nossa futura e próxima morte. Hoje, vou derrubar esse Rei, mesmo que não seja por minhas mãos. Não vou ficar aqui assistindo ele matar tantas vidas inocentes!

Decidi que não permitiria que Sarantis escapasse impune. Afastei o braço de Necro e comecei a fazer o chão tremer. Falei: - Pare de fazer isso, irmão, ou vou derrubar os muros!

Sarantis então retrucou: - Pensei em deixá-la viva, junto com Necro, mas, pelo visto, terei que matá-los. Não ouse tocar em meu muro, ou Necro será o primeiro a morrer. Farei com que sua alma seja sugada e rodeie você até a eternidade.

Enquanto ele enfrentava Baru, e sombras e almas se digladiavam numa batalha épica, percebi que derrubar os muros provavelmente enfraqueceria Sarantis, pois o cerco das almas seria dissipado. Então, sem hesitação, comecei a envolver meus pés e criei um escudo ao meu redor. Iniciei o processo de desmoronamento dos muros.

Enquanto observava Sarantis, percebi algo no ar mudar. Sua aura vibrante, sempre pulsante com um poder voraz, começava a diminuir. Ele corria em direção a Necro, abraçando-o com uma desesperação que me fez tremer. Tentei intervir, desejei com toda a força do meu ser que ele caísse, que o poder que emanava dele minguasse o suficiente para que Necro fosse salvo e o plano de Baru se desenrolasse. Mas minha vontade era como uma tempestade enfrentando um penhasco, impotente contra a resistência brutal de Sarantis.

Necro gritava, os ecos de seu desespero rasgando a quietude da batalha. "Pare!", ele implorava. Mas Sarantis era implacável, sugando sua vida, sua essência, como se fossem nada mais que poeira no vento. O poder que sustentava os muros do reino, a força vital que protegia o seu povo, estava diminuindo. Apenas as almas aprisionadas em sua coroa persistiam, um testemunho agonizante de sua tirania. E as almas que ele havia roubado da população agora tinham a chance de escapar, de fugir do reino que agora jazia em ruínas.

Com o tempo, a derrocada de Sarantis continuou. Ele estava enfraquecendo, mas não estava derrotado. Mesmo quando os muros caíram, e as almas que lhe davam poder se dissiparam, ele continuava em pé, uma figura solitária em meio à desolação. Então, com uma crueldade impiedosa, ele tomou a coroa e a enterrou em Necro. Em um instante, Necro estava morto, e algo extraordinário aconteceu. Necro não era apenas um homem, ele era uma criação divina, um ser imortal. E quando Sarantis conseguiu controlar essa alma imortal, descobriu um poder além de qualquer outro que já tinha experimentado. Ele utilizou a alma de Necro, esse farol de imortalidade, para encerrar a batalha e trazer a morte a Baru.

O som da batalha morreu, substituído por um silêncio abafado e desolado. Dois corpos jaziam no chão, um lembrete sombrio da brutalidade que acabara de ocorrer. Não havia mais sombras, não havia mais almas, apenas um rei enlouquecido revirando o corpo de Baru, procurando as runas que já não estavam lá.

Eu estava exausta, minha energia havia sido toda consumida para derrubar os muros. Estava deitada no chão, incapaz de me mover, enquanto observava Sarantis arremessar o corpo sem vida de Baru de um lado para o outro.

- Não é possível! Onde estão as Runas? - Sarantis urrava, seu grito rasgando o silêncio.

Uma voz respondeu, sussurrada pelos ventos, ecoando pelas ruínas, - Estou aqui, estou em todos os lugares.

- Como! Você está morto, como está falando comigo? - Sarantis indagou, um fio de medo tecendo sua voz.

- Oh, o pequeno rei está com medo? - a retórica era pura zombaria.

Na forma de uma sombra, a figura de Baru se manifestou. Movendo-se com uma elegância gélida, ele abaixou-se, recolhendo uma adaga caída, antes de caminhar em direção ao seu próprio corpo sem vida. A lâmina perfurou o início de uma das costelas, e ele quebrou um pedaço do osso, moldando-o em um amuleto pendurado em um fio de sombras. Um grotesco colar de recordação.

- Sabe o que é mais engraçado, seu desgraçado rei? É que agora, eu estou diante de você, e da mesma forma que você tentou me eliminar, vou escoar cada grama de sua existência - o tom de Baru era rancoroso, a promessa de uma dor lenta e cruel pairando no ar. - Destruímos os muros do seu reino, as pessoas estão se aniquilando, e você, patético como é, enviou seus soldados para serem massacrados pelos Solares. Você é fraco, Sarantis, e seu reinado termina hoje.

Ele fez uma pausa dramática, desfrutando da agonia que crescia no olhar de Sarantis.

- Sei que você odeia Solares, posso sentir isso em suas lembranças obscuras. Sei que algo terrível ocorreu entre vocês. Hoje, enviarei a ele uma carta escrita com o seu próprio sangue, declarando que você está morto e que o seu Reino não passa de escombros. Desejo que ele comemore sua morte, pois em breve baterei à sua porta, da mesma forma que fiz contigo.

- Não, você não pode! Você sempre será uma abominação, ninguém te ama, por isso sua mãe te rejeitou! - a voz de Sarantis estava fraca, o desespero se misturando com uma raiva contida.

Com uma mão sombria, Baru tomou a coroa de Sarantis. Erguendo-a sobre sua cabeça, ele a colocou, assumindo o peso e a autoridade que vinha com ela. Com a outra mão, ele tocou Sarantis, e como se um cometa tivesse atingido a sala, a morte começou a se infiltrar. Sarantis, que durante anos manipulou a vida, começou a sentir a agonia que cada alma que ele sugara tinha experimentado. Era como se estivesse conhecendo a morte pela primeira vez, como se a própria dama da morte o tivesse vindo buscar, infiltrando-se em sua alma e tomando posse de tudo.

Uma luz pulsante irradiava da coroa, tão forte que estilhaçava janelas e transformava em cinzas os guardas que adentravam a sala. Tudo se apagou por um momento, e quando a luz retornou, Sarantis havia desaparecido, deixando para trás apenas uma poça de sangue escarlate.

Baru, então, começou a caminhar em direção à porta . As sombras o seguiam obedientemente, dançando em torno dele como um exército de espectros. O castelo estava em ruínas, proporcionando uma visão desimpedida do Reino. Levantando a mão, ele ordenou que as pessoas parassem de lutar. A destruição estava por todos os lados, chamas dançando em meio aos escombros. O que antes era um Reino de esplendor, agora era apenas uma lembrança sombria. Baru fez um gesto com a mão, puxando o ar à sua frente. Como se hipnotizadas, todas as pessoas do Reino começaram a se mover para o castelo, ajoelhando-se diante dele. Agora, Baru controlava suas vidas, suas sombras manipulavam cada pessoa, tornando-os seus servos obedientes, dispostos a dar tudo por ele.

Mas antes de discursar para seus novos escravos, ele se voltou para mim.

- Mãe, eu prometi que você seria morta, mas sinto que sua vingança contra Karma ainda não foi satisfeita. Enquanto você não se afogar nesse desejo sombrio, não posso matá-la. Deixarei você ir atrás de Karma, mas saiba que não estará viva para testemunhar os novos céus e a nova terra que criarei... Karma não está longe, posso sentir sua presença. Ela seguiu pela floresta e está próxima do vale de ossos secos. Meus poderes não funcionam nela por causa da runa da água que ela carrega, mas isso não a impedirá de enfrentá-la.

Karma está tão fraca quanto você. Espero que ambas morram tentando se matar.

Então, ele voltou seu olhar para a multidão.

- Por muito tempo vocês foram governados por um rei fraco, por deidades inúteis. Mas hoje, isso muda. Vamos tomar o Reino do Sol pela força. Eles têm suas armas brilhantes e luzes coloridas, mas nós temos a vida e as sombras ao nosso lado. E se o sol vier, nós seremos o eclipse!

A multidão reagiu com um grito ensurdecedor, animada e alvoroçada. E assim, com Baru à frente, começaram a marchar em direção ao território do Sol.

O CAPÍTULO PERDIDO

Ela veio andando sobre as águas, e todos sabiam que ela era a prometida, a escolhida, a cada sinal que aparecia, e cada suspiro que acontecia, não precisava falar, embora quando falava o vento das suas palavras traziam a paz.

Olá pessoal, como estão?

Todos se ajoelharam, como um movimento ordenado, mulheres choravam, homens de grande porte colocavam suas espadas enfiadas no chão em sinal de devoção.

Não há necessidade disso, fiquem de pé, não sou uma Deusa, não vim atrás de joelhos, vim atrás de suor e espadas, estamos indo em direção da grande guerra.

Então uma das mulheres se levantou, era Agaha, a valente e ao lado dela, estava Tom, o seu tio, ambos estavam com pequenas crianças que deveriam ser seus primos, Tom então falou: - Atlantis, sou Tom, irmão de Nublado, seu tio, você tem a minha vida, lutei ao lado do seu pai, e lutarei ao seu lado até o final da minha vida! Nós vamos destruir Amorim juntos, e eu quero ter a oportunidade de passar a espada do Nublado na garganta deste genocida!

Atlantis, então foi andando em direção de Tom, chegou de frente para ele, e lhe deu um abraço bem apertado, e disse: - Eu sei quem você é, e um dos motivos para eu cruzar metade de Mitrin, foi por você e por Agaha, não foi fácil encontrar vocês, mas minha mãe Lana, antes de falecer, me ajudou a descobrir para onde vocês haviam ido, e aqui estou, sinto muito por Nublado, mas saiba que eu o vi ontem, pelas lentes do passado, e ele esteve bem.